Bernd Naumann

novum pro

www.novumverlag.com

Bibliografische Information
der Deutschen Nationalbibliothek:

Die Deutsche Nationalbibliothek
verzeichnet diese Publikation in
der Deutschen Nationalbibliografie.
Detaillierte bibliografische Daten
sind im Internet über
http://www.d-nb.de abrufbar.

Alle Rechte der Verbreitung,
auch durch Film, Funk und Fernsehen,
fotomechanische Wiedergabe,
Tonträger, elektronische Datenträger
und auszugsweisen Nachdruck,
sind vorbehalten.

© 2022 novum Verlag

ISBN 978-3-99131-137-9
Lektorat: Volker Wieckhorst
Umschlagfotos:
Isselee | Dreamstime.com,
Bernd Naumann
Umschlaggestaltung, Layout & Satz:
novum Verlag

Gedruckt in der Europäischen Union
auf umweltfreundlichem, chlor- und
säurefrei gebleichtem Papier.

www.novumverlag.com

„Wer bist du?", sagt der kleine Prinz.
„Du bist sehr hübsch …"
„Ich bin ein Fuchs", sagte der Fuchs.
„Komm und spiel mit mir", schlug ihm der kleine Prinz vor.
„Ich bin so traurig …"
„Ich kann nicht mit dir spielen", sagte der Fuchs.
„Ich bin noch nicht gezähmt!"
„Ah, Verzeihung!", sagte der kleine Prinz.
Aber nach einiger Überlegung fügte er hinzu:
„Was bedeutet das: ‚zähmen'?"
„Es bedeutet: sich vertraut machen", antwortete der Fuchs.
„Vertraut machen?"
„Gewiss", sagte der Fuchs. „Du bist für mich noch nichts als ein kleiner Knabe, der hunderttausend kleinen Knaben völlig gleicht.
Ich brauche dich nicht, und du brauchst mich ebenso wenig.
Ich bin für dich nur ein Fuchs, der hunderttausend Füchsen gleicht.
Aber wenn du mich zähmst, werden wir einander brauchen.
Du wirst für mich einzig sein in der Welt.
Ich werde für dich einzig sein in der Welt …"

Aus: „Der kleine Prinz"
von Antoine de Saint-Exupéry

Inhaltsverzeichnis

Der Holzstoß 9
Vorfreude 23
Das neue Zuhause 37
Unser Sorgenkind 61
Freunde ringsumher 76
Spuren im Schnee 88
Der Rhododendron blüht 118
Abschied 150

Der Holzstoß

Eingebettet zwischen Bergen und hohen Fichtenwäldern liegt der kleine Ort Erlabrunn. Hinter einer langen Häuserkette der Wohnsiedlung am Fuße des Märzenberges reihen sich die Wäscheplätze, und an der Berührungsstelle zweier solcher Plätze, auf einem Stück der kleinen Böschung, die die unterschiedlichen Höhenlagen überbrückt, befindet sich der Holzstoß.

Mit dem Holzstoß möchte ich beginnen, denn es ist Moritz' Geburtsort. Von dieser Stelle aus sehe ich das Wohnhaus meiner Eltern. Und das linke Fenster in der ersten Wohnetage ist der Ausblick aus meinem Zimmer über den Wäscheplatz, über die dahinter liegenden kleinen Gärten und zu den steil aufragenden, bewaldeten Berghängen. Längst bin ich aus der Wohnung der Eltern ausgezogen. Aber das Zimmer mit dem schönen Ausblick ist mir geblieben. Und das ist gut so, wenn wir bei den Eltern zu Besuch sind.

Der Holzstoß ist ein großer Stapel aus überlagertem Rundholz, alten Brettern und dicken Fichtenästen. Er begrenzt den zum Haus gehörenden Wäscheplatz auf der linken Seite. Weil das aufgestapelte Holz keine Bodenberührung haben soll, befindet sich unter dem Berg von Stämmen, Brettern und Ästen ein flacher, ausgedehnter Hohlraum. Viele Kätzchen kamen hier zur Welt, denn der Holzstapel ist sozusagen ein kleiner Palast für Katzenfamilien. Darunter sind die Kleinen gut geschützt. Höchstens einem ganz kleinen Hund würde es gelingen, in den flachen Hohlraum einzudringen. Und ein Mensch, der der Katzenmutter ihre Jungen wegnehmen wollte, müsste sich die Mühe machen, einen ganzen Holzstoß abzutragen. Aber diese Mühe macht sich natürlich niemand. Und das wissen die Katzenmütter, denn sie sind schlau.

Wie schlau Katzen sind, habe ich auch von Helga erfahren. Sie hat mir oft von ihren Erlebnissen mit diesen intelligenten und anschmiegsamen Tieren berichtet.

Da drüben die Frau, die gerade in dem winzigen Garten meiner Eltern herumbuddelt – das ist Helga. Seit einem Jahr leben wir zusammen. Unsere Unterkunft ist vorläufig noch die kleine Einraumwohnung im neunten Obergeschoß eines Neubaublockes. Und das große Neubaugebiet befindet sich 60 Kilometer von hier entfernt in der Bezirkshauptstadt.

An diesem Wochenende im Juli ist wieder unser Besuchstag bei den Eltern. Die Sonne scheint, und sommerliche Wärme macht das Arbeiten draußen angenehm. Ich bin mit dem Auto beschäftigt, und Helga hilft ein bisschen im Garten. Ab und zu sehe ich nach, was sie im Garten so treibt, und ich leiste ihr ein bisschen Gesellschaft. Sie ist sehr fleißig. Sie häckelt und pflanzt und hat kaum Zeit für mich.

Doch plötzlich hält sie inne. „Hörst du?" „Was?" „Na, hörst du nicht das winzige Stimmchen?" Ich höre nichts.

Nach einer Weile fängt Helga wieder an. „Na, hör nur mal!" Nun vernehme ich auch das schwache piepsende Stimmchen. „Eigenartig, was könnte das sein? Ein Vogel?"

Helga sieht sich um, sucht aufmerksam die Umgebung ab. „Ich glaube, es kommt von dort, von dem Holzstoß … Könnten es nicht Kätzchen sein?"

Sollten das Laute von Katzenjungen sein? „Ich glaube doch eher, es ist ein Vogel."

Helga will es nun genau wissen und ist nicht mehr zu bremsen. Sie läuft schnell aus dem Garten und nähert sich behutsam dem alten Holzstoß. Da höre ich sie rufen: „Volker – Volker, komm mal her! Es sind Kätzchen – drei ganz kleine süße Kätzchen!"

Die Kätzchen konnten erst vor wenigen Tagen zur Welt gekommen sein. Ich kann sie nur wenige Augenblicke sehen. Sie lugen noch einmal kurz unter dem Holzstoß hervor und verschwinden sogleich wieder.

Unser Interesse für die Kätzchen ist leicht zu erklären. Noch wohnen wir in einem dieser Neubaublöcke der Bezirksstadt. Aber wir haben Pläne und möchten unsere Wohnsituation verändern. Und dabei denken wir an ein kleines Einfamilienhaus. Schon seit Anfang des Jahres bemühen wir uns, und nun sieht es so aus, dass wir unserem Ziel schon ganz nahe sind. Im Mai gab uns Frau Petzold endlich die verbindliche Zusage. Wenn sie ihr Wort hält, ziehen wir schon bald in die kleine Stadt Frankenberg. Als Hausbesitzer würden wir dann am Rande der Stadt über ein Grundstück verfügen, das von seiner Größe her weit über unsere Wünsche hinausgeht. Wir könnten Schafe und Ziegen halten – und natürlich auch einen Hund. Tierliebend sind wir beide. Doch es sind die großen Aufwendungen zu bedenken, auch die Bindungen, die man durch das Halten solcher Tiere eingeht. Und so konnten wir uns bei diesen Überlegungen schnell auf eine Katze einigen – auf eine ganz normale, genügsame Katze, die im Grundstück herumstrolcht, Mäuse fängt und auch allein zurechtkommt, wenn wir am Wochenende einmal nicht zu Hause sind.

Ich gehe mit Helga zurück in den Garten. Helgas Augen verraten Anspannung und Freude. „Mal sehen", sagt sie, „vielleicht wird eines von den dreien unser Kätzchen!"

Dies ereignete sich im Sommer 1989. Meinem Notizkalender kann ich den genauen Tag entnehmen und daraus auf die Woche schließen, in der unser Moritz unter einem alten Holzstoß zur Welt kam. Es war die zweite Woche des Sommermonats Juli.

Frankenberg, 22. Juli.
Das Haus von Frau Petzold ist schon seit Jahresbeginn unbewohnt. Trotzdem ist unser Vorhaben heute illegal. Es ist nur deshalb möglich, weil uns Frau Petzold den Schlüssel überlassen hat. Sie sieht es gern, wenn sich jemand um ihr Haus und das

Grundstück kümmert, denn sie kann es von ihrem neuen Wohnort, dem 150 km entfernten Cottbus, nicht mehr.

Noch immer sind wir ohne Kaufvertrag. Wir müssen Enttäuschungen und Rückschläge in dieser Angelegenheit hinnehmen. Wir ärgern uns über die jetzige Besitzerin des Hauses, über ihre Unschlüssigkeit, das Hinhalten und versuchen, gelegentlich etwas Druck auszuüben. Mit ihrer halben Zustimmung haben wir den ersten Möbeltransport organisiert. Nun steht uns schon ein bewohnbarer Raum zur Verfügung – das Schlafzimmer. Wir nutzen die Gelegenheit für die erste Übernachtung in unserem neuen Heim und hoffen, dabei nicht erwischt zu werden. Wir sitzen mit Sektgläsern im Bett und sind sehr glücklich. Das kühle, sprudelnde Getränk und die Hoffnung, hier bald ganz legal wohnen zu können, bringen uns in die richtige Stimmung. Helga hat schon ganz konkrete Vorstellungen, wie die Wohnung eingerichtet werden soll.

Wir entwerfen die ersten Pläne zur Gestaltung des ausgedehnten Grundstücks. Und bald sind unsere Gedanken wieder bei den Kätzchen, die unter dem alten Holzstoß zu Hause sind. Erwartungsvoll sehen wir unserem nächsten Besuch in Erlabrunn entgegen. Wir beraten den Termin und einigen uns auf das nächste Wochenende.

Das sommerliche Wetter ist seit Wochen beständig. Unter den Strahlen der hoch stehenden Julisonne wirkt die kleine Wohnsiedlung meiner Eltern bei unserer Ankunft einladend und freundlich. Ich steuere den alten dunkelroten Lada um die Hausecke herum und nach hinten auf den Wäscheplatz. Mutti hat uns schon entdeckt und winkt uns vom Fenster aus zu. Wir winken zurück, doch wir haben uns zuerst um eine wichtige Sache zu kümmern. Es sind nur ein paar Schritte von dem am Garten abgestellten Auto bis zu dem alten Holzstapel. An seiner Rückseite entdecken wir Kinder und, halb unter die dicken Knüppel geschoben, einen kleinen Milchnapf. Es ist ein gutes Zeichen. Nur die Kätzchen bekommen wir nicht zu sehen.

„Sind die Kätzchen denn noch da?", fragt Helga. „Ja", antwortet ein kleines Mädchen aufgeregt, „sie sind da drunter – aber sie kommen nicht heraus!" „Wie viele Kätzchen sind es denn?", setze ich das neugierige Fragen fort. „Zwei. Eins ist gestorben", erhalten wir als Antwort von einem schon etwas älteren Jungen. Er bückt sich, kriecht an der langen Rückseite des Holzstapels herum, um die beiden ausfindig zu machen. Aber er kann uns nicht helfen. Als nach einigen Minuten von den Kleinen immer noch jede Spur fehlt, brechen wir unsere Erkundung erst einmal ab. Wir nehmen die Taschen wieder auf und machen uns auf den Weg. Die Eltern werden sich gar nicht denken können, wo wir so lange bleiben.

Noch vor dem Kaffeetrinken versuche ich es mit Helga ein zweites Mal. Und diesmal haben wir Glück. Eine kleine Gruppe von Kindern drängt sich um das Mädchen, das uns vorhin so bereitwillig Auskunft gegeben hat. Liebevoll hält sie ein ganz kleines Kätzchen im Arm, und von allen Seiten wird sie bedrängt: „Ah, gib mir es mal!" „Nein, mir!" „Mir bitte!"

Helga tritt an die Kindergruppe heran und bittet das arg in Bedrängnis geratene Mädchen sehr freundlich, doch ihr einmal das kleine Kätzchen zu zeigen. Sofort stellen alle ihre Ansprüche zurück, und Helga bekommt das Kätzchen zuerst.

Es ist ein graues Kätzchen, ein ganz liebes kleines Ding. „Sieh mal!", sagt Helga und weist auf die schwarze Zeichnung im Fell. Ich sehe nun deutlich die feinen schwarzen Linien und verstehe Helgas Freude. Sie hat eine genaue Vorstellung, wie unser Kätzchen aussehen soll. Ein Fell mit solch einer Zeichnung nennt man „grau getigert". Man muss sich so die Urform unserer Hauskatzen vorstellen. Das Fell dieser Tiere war grau getigert, bevor der Mensch durch Züchtung die Vielfalt der Fellfarben und Zeichnungen hervorbrachte, wie wir sie jetzt kennen. Aber die graue Hauskatze blieb die Häufigste. Hunderttausend solcher Allerweltskatzen rennen herum. Ich hätte mich eher für eine Katze entschieden, die man weniger leicht mit anderen verwechseln kann. Aber es war nun einmal Helgas Herzenswunsch – grau getigert. Und ich war mir sicher, dass man zu guter Letzt ein unauffälliges graues Kätzchen ebenso lieb haben konnte wie ein weißes mit gelben Flecken oder ein schwarzes mit weißen Pfötchen.

Die Kinder müssen warten. Helga übergibt das kleine Ding nun erst einmal mir. Zart und zerbrechlich liegt es in meinem Arm. Es ist so klein, dass ich es gar nicht richtig streicheln kann. „Ein hübsches Gesicht hat das Kleine", sage ich zu Helga. „Gefällt es dir?" „Ja, sehr!"

Nun ist aber noch eine Frage zu beantworten: Katzenweibchen oder Kater? Aus Gründen, die leicht einzusehen sind, möchten wir uns einen kleinen Kater zulegen. Ich halte das Kätzchen hoch, und Helga versucht, eine Antwort auf diese Frage zu finden. „Was meinst du?" Aus ihren Worten klingt Unschlüssigkeit. Aber ich kann es nicht besser beurteilen. „Sie sind eben noch zu klein!" „Na, ich glaube doch, es ist ein Katzenweibchen!", meint Helga und streichelt liebevoll über den kleinen grauen Kopf.

„Wo ist denn nun eigentlich das zweite Kätzchen?", frage ich die Kinder. Das freundliche Mädchen bückt sich und fummelt mit einem kleinen Stock unter den alten Rundhölzern herum. „Es ist noch da drunter – es kommt nicht raus!" Dann schiebt sie den kleinen Milchnapf noch ein Stück weiter unter den Holzstoß.

„Na, vielleicht hat das Kätzchen Angst vor euch!", spricht Helga in einem Ton, als wäre sie die Lehrerin der kleinen Kinderschar. „Gehen wir doch alle mal ein bisschen weg. Vielleicht kommt es dann!"

Und Helga behält recht. Kaum ist für ein paar Minuten Ruhe vor dem Holzstoß eingezogen, lugt schon das zweite Kätzchen hervor. Ein wenig misstrauisch, aber von Neugier getrieben, bewegt es sich in der Nähe des Milchschälchens und untersucht aufmerksam so ziemlich alles, was in den Weg kommt. Aber nähern wir uns, verschwindet das Kleine sofort wieder unter dem Holzstoß. Das Spielchen wiederholt sich ein paarmal, und wir müssen viel Geduld aufbringen, um das Kätzchen endlich zu erwischen. Behutsam halte ich es in den Händen. Das ganze Ebenbild des Kätzchens, das wir uns eben betrachtet haben. Dass es Geschwister sind, ist nicht zu übersehen. Nur einen winzigen Unterschied bemerken wir. Das graue Köpfchen ist etwas größer. „Ich glaube, das ist ein kleiner Kater!", sagt Helga. Aber ganz schlüssig sind wir uns wieder nicht. Und es ist auch niemand hier, der sich besser auskennt und es uns sagen könnte.

Das Kätzchen wird unruhig. Ich übergebe es Helga. Sie nimmt es auf ihren Arm, und ich streichle mit zwei Fingern über das graue Köpfchen mit den kleinen spitzen Ohren. Zwischen den Ohren laufen vier dünne schwarze Linien, und auffallend sind die schwarzen Streifen im Fell, die die Beine wie Ringe umschließen.

Zum ersten Mal vernimmt der kleine Kerl unsere Stimme. Er spürt die zärtliche Zuwendung und mustert uns mit seinen gelbgrünen runden Augen. Wir machen uns mit ihm ein wenig vertraut und geben ihn dann an die Kinder zurück. Die Kinder sind glücklich, dass sie nun beide Kätzchen zurückhaben. Besorgt um das Schicksal der Kätzchen, versuche ich auf sie einzureden: „Passt gut auf sie auf, damit ihnen niemand etwas zuleide tut!" Ich bemerke Resonanz und sehe in ihren Gesichtern, wie ernst sie meine Worte nehmen. Man kann ihnen vertrauen – sie sind wie die meisten Kinder warmherzig und tierlieb.

Nur selten bin ich Kindern begegnet, die für Tiere nichts übrig haben oder gar zur Tierquälerei neigen.

Schlimm ist es, wenn sich junge Menschen schon durch Brutalität und Verrohung „auszeichnen" und sich mit solch verkümmerten Seelen auch noch als Helden fühlen. Mit Abscheu erinnern sich hier viele noch der Gruppe halbstarker junger Männer, die vor zwei Jahren mit großen Stöcken durch den Ort zogen, um alle jungen Katzen umzubringen. Sie kamen auch hier her, an diesen Holzstoß. Von niemandem dazu beauftragt, erschlugen sie die Kätzchen brutal und richteten zum Entsetzen der Leute, die hier wohnten, ein regelrechtes Blutbad an. Ich wurde selbst nicht Zeuge dieser grausigen Aktion, die Eltern haben mir von dem Vorfall berichtet.

Es ist eine Aufgabe des Menschen, der unkontrollierten Vermehrung dieser Tiere zu begegnen. Erfolgt dieses mit humanen Mitteln und von der Notwendigkeit bestimmt, so handelt es sich um eine andere Sache, als wenn Brutalität und Freude am Töten im Spiel sind. Ich selbst würde es nicht fertig bringen, Katzenjunge zu töten, und Helga würde eine solche Aufgabe erst recht nicht übernehmen. Kater bringen keine Junge zur Welt, und so glauben wir, das Problem auf einfachste Weise gelöst zu haben. Man muss schon über einiges nachdenken, bevor man sich so einen kleinen Freund anschafft.

Wenn ich an den Vorfall denke, der sich hier vor zwei Jahren abgespielt hat, und an andere Gefahren, die auf die Kleinen lauern, so möchte ich unser Kätzchen am liebsten gleich mitnehmen. Aber wir wollen uns erst sicher sein, dass es ein kleiner Kater ist. Zudem sind die Kleinen noch keine drei Wochen alt und werden noch gesäugt. Man kann sie der Katzenmutter so früh nicht wegnehmen.

Weitere drei Wochen sollen vergehen, bis wir die Kleinen wiedersehen. Wir brauchen die Wochenenden, um mit den Arbeiten in unserem zukünftigen Heim vorwärtszukommen. Zimmer für Zimmer ist zu räumen und der Zustand der Räume in Ordnung zu bringen. Auch mit dem Grundstück müssen wir uns beschäftigen. Es wirkt wild und verwahrlost, übermannshohe Brennnesseln haben sich überall breit gemacht, und wir entdecken immer neue Ecken mit Abfällen und Gerümpel. Ein Ende der Arbeiten ist noch nicht abzusehen. Wir räumen allen Unrat beiseite, beginnen zu verändern, was uns nicht gefällt. Es ist noch nicht einmal ganz sicher, dass uns das Haus eines Tages gehören wird. Doch voller Optimismus scheuen wir weder Mühe noch den großen Zeitaufwand, um unserem Ziel ein Stück näherzukommen. Oft zwingt uns erst der Einbruch der Dunkelheit, Schluss zu machen und die Heimfahrt in das fünfzehn Kilometer entfernte Wohngebiet in der Bezirkshauptstadt anzutreten.

Es ist der letzte Besuch bei den Eltern vor unserem Jahresurlaub, den wir für die Zeit von Ende August bis Mitte September geplant haben. Wir nehmen uns diesmal etwas mehr Zeit für den Besuch und fahren schon am Freitagabend. Wie immer stelle ich den alten Lada auf dem Wäscheplatz neben dem Garten meiner Eltern ab. Nun sind wir wirklich gespannt – keine Frage, wo es uns zuerst hinzieht. Wir laufen den kleinen Umweg, der am Holzstoß vorbeiführt. Aber diesmal sind keine Kinder hier. Nur die kleine Milchschale steht etwas verlassen vor dem Holzstoß. Ich muss mich fast auf den Boden legen, um in den kleinen flachen Hohlraum unter den alten Rundhölzern hineinblicken zu können. Nichts zu sehen – niemand da! Aber im Schälchen ist noch ein bisschen Milch. Ein Zeichen dafür, dass die Kätzchen noch nicht weg sind und von den Kindern versorgt werden.

Wir wollen gerade weitergehen, da nähert sich eine ausgewachsene graue Katze vorsichtig dem Holzstoß. Die Ähnlichkeit in der Fellzeichnung ist ganz auffällig. Es besteht für uns kein Zweifel – das ist die Katzenmutter. „Na, wo hast du denn deine Kleinen?", spricht Helga sie in so freundlichem Ton an, als müssten wir uns mit ihr gut stellen. „Miau", ist die Antwort der grauen Katzenmutter. Sie bleibt stehen und mustert uns mit großen gelbgrünen Augen. Wir verstehen die Katzensprache nur ungenügend und wissen nun immer noch nicht, wo ihre Kleinen stecken.

Eine Stunde später versuchen wir es ein zweites Mal. Wir gehen auf den Wäscheplatz und erkundigen uns bei ein paar Kindern, die hier spielen, nach dem Verbleib der Kätzchen.

„Sie sind bei Hofmanns im Garten!" Ein Junge mit dunkelblonden, zerzausten Haaren führt uns einen schmalen Fußweg entlang, der in der Nähe des Holzstoßes beginnt und schräg durch die Gärten in Richtung des angrenzenden Hochwaldes führt. Es ist nur ein kurzes Stück bis Hofmanns Garten. Der Junge bleibt vor uns stehen und schaut zwischen den Zaunlatten hindurch. Und tatsächlich – hier sind die beiden. Und wie groß sie schon geworden sind! Die beiden grauen Kätzchen spielen und tollen im Gras herum. Sie balgen miteinander und drehen vor lauter Übermut Purzelbäume. „Süß sind die beiden!", sagt Helga. Ich finde auch, dass es zwei ganz hübsche liebe Kätzchen sind.

„Die Katzenmutter gehört wohl Frau Hofmann?", frage ich den Jungen mit dem dunkelblonden Haarschopf. Seine Antwort kommt ohne Zögern: „Ja!"

Nun ist uns klar, dass wir nicht so ohne Weiteres eines der Katzenjungen mitnehmen können. Frau Hofmann möchten wir schon erst einmal fragen. Und dann müssen wir natürlich auch die grau getigerte Katzenmutter fragen. Es kann kein Fehler sein, wenn wir uns vorher mit ihr ein bisschen anfreunden. Wie sollte sie uns sonst ihr Kleines anvertrauen?

Am nächsten Tag steht eine kleine Ausfahrt mit den Eltern auf dem Programm. Wir nutzen das sommerliche Wetter zum Besuch eines idyllisch gelegenen kleinen Ortes an der Grenze zur Tschechoslowakei. Wir spazieren durch Wälder und zwischen ausgedehnten, blumengeschmückten Wiesen und sind fasziniert von der friedvollen Ruhe dieser in den Wintermonaten oft gänzlich abgeriegelten Ortschaft.

Als wir am Abend zurückkommen, herrscht reger Betrieb am alten Holzstapel. Die Kätzchen sind wieder zu ihrem Wohnort, dem großen Katzenpalast aus dicken Stämmen und alten Brettern, zurückgekehrt. Mir wird klar, welchen Weg sie für ihre ersten kleinen Wanderungen ausgewählt haben. Es ist der schmale, leicht ansteigende Trampelpfad zwischen dem Wäscheplatz und Hofmanns Garten.

Und das ist die Chance der Kinder. Auf diesem Weg kann man die Kätzchen leicht erwischen. Dann werden sie von Hand zu Hand gereicht. Alle wollen die Kleinen mal streicheln und mit ihnen schmusen.

Erwachsene gesellen sich zu den Kindern am Holzstoß. Zwei davon sind Bekannte aus dem Haus meiner Eltern. Günter ist selbst Besitzer eines stattlichen Katers. Nun können wir gemeinsam die strittige Frage klären. Günter schaut sich das etwas kräftiger gebaute Kätzchen genau an. Es ist zweifellos ein Kater. Unsere Entscheidung ist damit gefallen, und wir erläutern allen unser Interesse für die Kätzchen und was wir mit dem kleinen Kerl vorhaben.

Nun ist noch zu klären, von welchem Zeitpunkt an so ein Kätzchen ohne die Katzenmutter auskommt. „So nach acht, neun Wochen könntet ihr es mitnehmen", meint Günter. Aber er rät uns ab. „Das wird nichts! Sie sind hier unter dem Holzstoß aufgewachsen und unheimlich scheu. Man bekommt so wild aufgewachsene Kätzchen nicht zahm." Er macht ein nachdenkliches Gesicht und bekräftigt dann noch einmal seine Auffassung: „Ich glaube nicht, dass man sie jetzt noch woanders eingewöhnen kann!"

Ich rechne die Zeit ein, bis wir von unserem Ostseeurlaub zurück sind. Es wäre dann schon die zehnte Woche! Helga sieht mich an und fühlt, dass ich genauso denke: Wir lassen uns nicht abbringen. Wir nehmen den Kleinen mit zu uns und versuchen es.

Aber nun muss ich erst einmal bei Frau Hofmann vorbeigehen, um sicher zu sein, dass sie nichts dagegen hat. Ich treffe sie auch gleich an.

„Natürlich können sie ihn mitnehmen!" Sie freut sich, dass jemand das Kätzchen in seine Obhut nehmen will. Ich erkläre Frau Hofmann unser Anliegen ausführlich, dass wir ein großes Grundstück erwerben und dass es der Kleine bestimmt gut bei uns haben wird. Ich teile ihr mit, wann wir aus unserem Urlaub zurückkommen und an welchem Wochenende wir voraussichtlich den kleinen Kater mitnehmen. Es ist auch Frau Hofmann klar, dass es vor dem Urlaub nicht geht. Können wir ihn doch nicht gleich in einer fremden Umgebung vierzehn Tage sich selbst überlassen.

Noch oft schleichen wir an diesem Wochenende an dem Holzstoß vorbei, um nach den beiden Kätzchen zu sehen. Sie halten sich am liebsten dicht neben dem Eingang auf, um schnell unter dem Holz entwischen zu können, falls sich jemand nähert und sie fangen will. In der Nähe des kleinen Milchnapfes spielen sie miteinander, und es macht großen Spaß, ihnen dabei zuzusehen.

Sonntag nach dem Mittagessen bin ich als Erster wieder auf dem Weg in den Garten. Es ist still um den großen Holzstapel geworden. Ich nehme an, dass die Kleinen wieder einmal ausgewandert sind und sich in Hofmanns Garten aufhalten. Aber da entdecke ich, wie an der den Häusern zugewandten Schmalseite des Holzstoßes, an ganz ungewohnter Stelle, so ein graues Kleines herausgekrabbelt kommt. Ich nähere mich behutsam, und siehe da – es ist unser kleiner Kater. Er klettert auf der kurzen steilen Böschung an der Längsseite der Holzstämme herum, beschnuppert da einen Grashalm, da ein Blümchen, und dann interessiert er sich wieder für ein kugeliges Stück Erde, das er mit dem Pfötchen anstößt und ins Rollen bringt.

Plötzlich aber erschlafft seine Tätigkeit. Gähnend zeigt er die kleinen spitzen Zähne. Die Augen verkleinern sich zu Schlitzen, durch die er nur noch ein wenig hindurchblinzelt. Schließlich liegt er ausgestreckt auf der Böschung, um im Schatten des Holzstoßes seinen Mittagsschlaf zu halten.

Es ist noch keine Minute vergangen, dass der kleine Kerl vom Schlaf überwältigt in das spärliche Gras gefallen ist, da krabbelt auch schon das zweite Kätzchen an derselben Stelle unter den Rundhölzern hervor. Es ist auf der Suche nach dem Spielgefährten. Und dieser liegt faul im Gras und schläft. Schade, dass ich keine Filmkamera oder wenigstens einen Fotoapparat bei mir habe. Denn nur selten besteht die Gelegenheit, eine solche Szene, die den liebevollen Umgang zweier Kätzchen in so eindrucksvoller Weise belegt, festzuhalten. Die Kleine läuft geradewegs auf den vermissten Spielgefährten zu, legt sich daneben und kuschelt sich an. Eine Vorderpfote kommt auf den Körper des Brüderchens – wie bei einer Umarmung. So vereint schlafen sie im Schatten der Mittagssonne – am Rande des alten Holzstoßes.

Als ich Helga mein kleines Erlebnis erzähle, errät sie gleich, worauf ich hinaus will. „Meinetwegen", sagt sie, „nehmen wir beide! Es wäre bestimmt sehr schön ... Aber du musst dann mit einem von beiden zum Tierarzt gehen. Du weißt, was passiert, wenn sie größer werden." Helga lässt mir Zeit zum Überlegen. „Wenn du das machen willst ... Ich mache es nicht!", sagt sie dann. So liegt die Entscheidung also bei mir, und man kann sich schwer für eine Sache entschließen, die man nicht richtig kennt. Die Unsicherheit macht mich schnell wankelmütig. „Das Beste wird wohl sein, es bleibt dabei. Wir nehmen den kleinen Kater!"

Der milde Abend verlockt zu einem Spaziergang. Durch ein kleines Tal des hier angrenzenden Hochwaldes fließt der Milchbach. Dort könnten wir nach ein paar größeren flachen Steinen für unseren Garten suchen. Wir wählen den Weg über den Wäscheplatz und biegen von da aus auf den schmalen Fußweg ein, der schräg durch die Gärten in den dahinter liegenden Fichtenwald führt. Linker Hand taucht Hofmanns Gartenlaube auf. An der Rückwand sind Bretter zu einem kleinen Stapel aufgeschichtet und mit Dachpappe abgedeckt. Ich schaue beim Vorübergehen über die Zaunlatten hinweg.

„Sieh mal, wer da sitzt!" Es ist unser kleiner Kater. Auch Helga hat ihn nun auf dem Bretterstapel entdeckt. „Da ist ja unser Kleiner!" Ich lege meinen Arm über Helgas Schultern, und wir schauen uns den kleinen Kerl noch einmal richtig an. Als wir dicht an den Gartenzaun treten, um in seine Nähe zu kommen, steht er auf, weicht ein paar Schritte zurück und beobachtet uns. „Weißt du denn, dass wir dich mit zu uns nehmen? Weißt du das?", fragt Helga, als würde sie wirklich eine Antwort von dem Kätzchen erwarten. Der Kleine aber setzt sich wieder und schaut uns mit seinen großen runden Augen ungläubig an.

Man merkt schon deutlich, wie die Tage kürzer werden – in der zweiten Hälfte des Monats August. Als wir uns zum Schlafengehen in mein Zimmer begeben, liegt längst Finsternis über dem alten Holzstoß. Wir kuscheln uns auf der schmalen Couch aneinander wie die beiden Kätzchen.

„Hast du dir denn nun überlegt, wie wir unseren kleinen Kater nennen wollen?" Schon ein paarmal drängte Helga mit dieser Frage. „Ich habe das Kätzchen aussuchen dürfen, und du bist für den Namen verantwortlich!" „Charli", schlägt sie vor. „Das klingt doch sehr lustig!" Ich bin schon ziemlich müde und möchte das schwierige Problem gern noch einmal verschieben. Aber Helga lässt nicht locker, als wäre es nun unaufschiebbar. Ich will sie nicht verärgern. Wir gehen noch einmal alle Katzennamen durch, die uns gerade so einfallen. Peterle, Purzel, Mingo, Mohrle. „Na, Mohrle passt ja nur zu einem schwarzen Kätzchen." Ich überlege: Mohrle? Mohrle?

Über den Anfangsbuchstaben M komme ich schließlich zu dem Namen. „Ja, der Name würde mir gefallen!" Helga ist auch sofort einverstanden. „Da wird er bestimmt ein ganz Frecher!" Ich merke, wie sie sich freut, dass das Problem nun endlich gelöst ist. Wir haben den Namen für unseren kleinen Kerl: MORITZ!

Vorfreude

Unserer Fahrt an die Ostsee geht noch ein wichtiges Ereignis voraus. Acht Monate lang haben wir um das Haus gekämpft, uns mit vollem Einsatz in die Arbeit gestürzt, die unschlüssige Haltung der Besitzerin geduldig hinnehmen müssen. Und acht Monate lang wussten wir nicht, ob am Ende nicht doch alles vergeblich war. Aber nun endlich sollte Schluss sein mit dem stets erneuten Infragestellen von Absprachen und verbindlichen Zusagen, mit dem belastenden Hin und Her, das so viel Verdruss und auch so manchen Konflikt zwischen uns und der Besitzerin heraufbeschworen hatte.

Diesmal hält Frau Petzold Wort, und drei Tage vor Antritt unseres Jahresurlaubes sitzen wir zusammen in einem kleinen Zimmer des staatlichen Notariats Hainichen. Herr Nestler verliest noch einmal den gesamten Text des Kaufvertrages, den er mühsam in die alte Schreibmaschine eingetippt hatte.

Dann unterschreiben wir alle drei das mehrfach ausgefertigte Dokument, und der Notar verabschiedet uns mit guten Wünschen. Erleichtert verlassen wir das betagte, ehrwürdige Gebäude. Lange waren wir nicht mehr in einer so guten Stimmung. Helga strahlt und hakt sich bei mir ein. „Endlich!" Es ist, als hätte sich die Freude auf unseren Urlaub nun verdoppelt. „Wie gut, dass wir es noch geschafft haben!", sagt Helga. „Wenn wir losfahren, liegt der ganze Ärger hinter uns!" Ein für uns so wichtiges Problem war gelöst, und die Gewissheit, dass wir unser Ziel erreicht hatten, konnte uns in den Urlaub begleiten.

An einem der letzten Augusttage sind wir mit unserem Auto auf der Strecke. Ich habe so etwas noch nicht erlebt. Die Pappeln am Straßenrand stehen wie Bogenlampen, und das Lenkrad zerrt in den Händen. Ein Wartburg mit Wohnanhänger fährt an die Seite und unterbricht notgedrungen seine Fahrt. Schon bei der Abfahrt bemerkten wir die stürmische Wetterlage, aber nun hat das Unwetter beängstigende Formen angenommen. Dicke abgebrochene Äste liegen auf der Fahrbahn umher. Ich muss die Fahrgeschwindigkeit stark drosseln. Die wilden Kräfte gebärden sich umso bedrohlicher, je weiter wir nach Norden kommen. Unser Zeitplan ist nicht mehr zu halten. Und zu allem Übel wissen wir noch nicht einmal genau, wo unser Urlaubsort zu finden ist. Auf keiner Karte war dieses Beckerwitz auszumachen. Dem Antwortschreiben von Frau Meschke war lediglich zu entnehmen, dass dieser wenig bekannte, unbedeutende Ort in der Nähe von Wismar liegen muss. Ohne auch nur für einen Augenblick der Fahrbahn meine Aufmerksamkeit zu entziehen, bespreche ich mit Helga die weitere Strategie. „Also, auf alle Fälle erst einmal Richtung Wismar! Dann werden wir weitersehen …"

Nach neunstündiger Fahrt passieren wir endlich das Ortseingangsschild dieser kleinen Hafenstadt. Linker Hand kommt bald eine Tankstelle ins Blickfeld. Die Tankfüllung könnte noch reichen, aber wir wissen ja nicht genau, wo die Reise hingehen soll. Es wäre nicht gut, ein Risiko einzugehen, und schließlich können wir die Gelegenheit gleich nutzen und uns vom Tankwart den Weg nach unserem Urlaubsort erklären lassen.

Doch die Überraschung ist groß. „Beckerwitz?" Der ältere Herr in blauer Uniform grübelt lange. „Kann ich Ihnen wirklich nicht sagen – noch nie gehört!"

Was nun? Ende August sind die Tage schon recht kurz. Der Sturm hat uns daran gehindert, zügig zu fahren, und nun haben wir die nächste Bescherung: Die Dämmerung bricht schon herein. Wir fahren aufs Geratewohl weiter. Die Scheibenwischer sind in Betrieb, denn es regnet nun ununterbrochen. Ab und zu halte ich an, und Helga kurbelt die Scheibe herunter. Niemand kann uns helfen, und immer wieder die gleiche Antwort! „Beckerwitz? Tut mir leid, kann ich Ihnen nicht sagen."

„Vielleicht gibt es diesen Ort überhaupt nicht. Vielleicht gibt es kein Beckerwitz und keine Frau Meschke." Helga weiß nicht, was sie von meinem Galgenhumor halten soll. Stockfinster ist es mittlerweile geworden, und bei der Auswahl der Strecke könnten wir nun ebenso gut würfeln. Unsere Fahrt geht die Ostseeküste entlang in Richtung Westen. Die Wegweiser zeigen Klütz – Boltenhagen. Nur das gleichmäßige, leise Brummen des Motors und die typischen Rollgeräusche auf einer nassen Fahrbahn sind noch zu vernehmen. Es scheint, dass uns der Gesprächsstoff ausgegangen ist. Wir befinden uns in einer sehr unangenehmen Lage und wissen nicht recht, was werden soll. Auch Ermüdung macht sich bemerkbar. Das Einlegen einer Pause wird wohl das Beste sein, was wir im Moment tun können – ist es doch auch an der Zeit für eine kleine Mahlzeit.

Nur mit Mühe ist durch die nassen Scheiben noch etwas zu erkennen. Gespenstisch tauchen einzelne Gebäude mal links, mal rechts der Fahrbahn im Scheinwerferlicht auf, um dann wieder in Finsternis und Regendunst zu verschwinden.

Helga entdeckt das kleine Gasthaus zuerst. Ich trete etwas zu spät auf die Bremse und muss ein kleines Stück zurückfahren, um parken zu können. Der nur für wenige Fahrzeuge eingerichtete Parkplatz befindet sich gegenüber dem Gasthaus. Erst nach Wechseln der Straßenseite wird die Beschriftung an dem flachen Gebäude lesbar: „Restaurant Störtebeker ".

Wir betreten das kleine Gastzimmer und sind angenehm überrascht: Holzverkleidete Wände mit Fischernetzen behangen und Trophäen aus Störtebekers Zeiten, stilvolle Leuchten über sauberen Tischen und auf jeder Tischplatte eine Vase mit Blumen. Wir finden es hier sehr gemütlich und brauchen auch nicht lange an der Tür zu stehen. Eine freundliche junge Kellnerin weist uns einen Platz am vordersten Tisch zu. Wir überfliegen die Abendkarte – ein gutes Angebot und genau das Richtige für uns beide. Wir können zwischen mehreren warmen Speisen wählen.

Als die Kellnerin wieder an den Tisch kommt, versuchen wir aber erst einmal, unser Problem zu klären.

„Wir suchen den Ort Beckerwitz – können Sie uns da helfen?" Die junge Frau scheint es zu ahnen, dass wir eine lange Fahrt hinter uns haben und unseren Urlaubsort suchen. „Ja, Sie fahren noch fünf Kilometer in Richtung Boltenhagen – dann rechts abbiegen. Keine zehn Minuten mit dem Auto", antwortete sie auf sehr höfliche Art.

Sind wir froh über diese Auskunft! Nun können wir uns Zeit lassen. Die Anspannung der letzten Stunden weicht. Wir fühlen uns hier geborgen und genießen die angenehme Wärme und die behagliche Atmosphäre der kleinen Gaststube.

Am folgenden Morgen macht uns lautes Gänsegeschnatter munter. Ein Hahn kräht hin und wieder ganz aus der Nähe. Durch das Fenster sehe ich blauen Himmel und ein Stück Garten. Unsere Betten sind hintereinander aufgestellt. Anders wäre für sie in der kleinen Bodenkammer kein Platz. Bei Finsternis und strömendem Regen waren wir spät abends angekommen. Nun erst ist Gelegenheit, sich umzusehen und uns mit der Unterbringung vertraut zu machen. Ein teurer Urlaubsplatz oder eine Auslandsreise kamen für uns dieses Jahr nicht infrage. Nach dem Kauf unseres Hauses galt es erst einmal, sparsam mit dem verbliebenen Geld umzugehen. Das Privatquartier an der Ostsee war erschwinglich. Freilich, in unserem neuen Heim und dem großen Grundstück wartete ein Berg Arbeit auf uns. Aber war es nicht besser, nach den Belastungen der letzten Monate erst einmal Abstand zu gewinnen, andere Eindrücke aufzunehmen und aus großer Entfernung die Dinge, die wir in Bewegung gebracht hatten, noch einmal in Ruhe zu überdenken? So hatten wir uns doch für eine kleine Erholungspause entschlossen und aus einer Sammlung gut aufbewahrter Zeitungsannoncen ein passendes Angebot herausgesucht.

Wir müssen die steile Holztreppe hinuntersteigen, um dann durch die Küche unserer Wirtsleute in das Bad zu gelangen. Frau Meschke begrüßt uns freundlich: „Na, wie haben Sie geschlafen?" „Danke, gut. Es ist ja herrlich ruhig hier!" „Das Wetter scheint sich auch zu bessern – da können Sie sich ja heute schon was vornehmen", meint Frau Meschke und erklärt uns gleich, auf welchem Weg man am besten zum Strand gelangt. „Zehn bis fünfzehn Minuten sind es zu Fuß, wenn sie in Richtung Wieschendorf gehen."

„Übrigens können Sie hier in der Küche frühstücken, wenn Sie möchten." Frau Meschke zeigt uns, wo sie Teller und Bestecks aufbewahrt und wie die Kaffeemaschine zu bedienen ist. Eine volle Stunde lassen wir uns Zeit für die erste Mahlzeit hier in Meschkes Küche, für das anschließende Aufwaschen des Geschirrs und das Packen unserer Sachen für den Strand. Dann sind wir endlich abmarschbereit.

„Siehst du, wir bekommen wirklich schönes Wetter!" Ich nehme Helga an die Hand, und Meschkes kleiner Hund trottet uns ein Stück hinterher. „Sie brauchen keine Angst zu haben, er tut Ihnen nichts!", ruft Frau Meschke uns nach. Auch bei dem Nachbarn entdecken wir eine Hundehütte, und aus fast allen Grundstücken hört man es schnattern und gackern. Enten baden in kleinen Wassertümpeln, und eine Schar Gänse folgt uns aufgeregt am Gartenzaun entlang. Die Gänse strecken ihre Hälse und machen unsertwegen einen ordentlichen Krach. Für die Gegend typische eingeschossige Backsteinhäuser mit Walmdach und kleinen, blumengeschmückten Fenster prägen das Antlitz des kleinen Fischerdorfes. Liebevoll gepflegte Vorgärten schieben sich zwischen rotbraunen Backsteinmauern und dem schmalen unbefestigten Weg, auf dem wir gemächlich dahinschlendern. Es gefällt uns hier – weitab der großen Stadt, aus der wir gekommen sind, in sicherer Entfernung von dem hektischen Treiben, dem nie endenden Straßenlärm und belastenden Abgasen. Immer noch ist es ein bisschen windig, und eine Prise Seeluft weht uns um die Nase. Bis zum Ausgang des Ortes steigt der Weg leicht an. Auf der Anhöhe angekommen, helfe ich Helga in die weiße Strickjacke. Vor unseren Augen liegt eine Landschaft voller Schönheit und innerem Frieden. Eine lange gerade Linie erscheint am Horizont, zwei aufeinander stoßende Flächen scharf voneinander abgrenzend. Die Ostsee liegt ausgestreckt und still wie in einem tiefen Schlaf und spiegelt das Blau des Himmels.

Es ist unser dritter Urlaubstag und der letzte Tag im August. Wir haben die gleiche Stelle am Strand bezogen wie am Tag zuvor. Das Recht zum Ausbreiten unserer Badesachen auf diesem winzigen Stück des Sandstrandes haben wir durch Aufräumarbeiten erst erwerben müssen. Bis zu einem Meter hoch hat der Sturm den Seetang entlang des schmalen Küstenstreifens aufgetürmt. Völlig zertrümmerte Strandkörbe liegen umher, und die Badegäste sind abgezogen, vertrieben worden von der zerstörerischen Gewalt meterhoher Wellen. Nur ein paar wenige irren zwischen Seetang und Strandkorbtrümmern umher, um etwas Platz für ein Sonnenbad zu finden. Völlig ruhig ist die See wieder geworden, und die Sonne scheint seit Tagen ununterbrochen. So hinterlässt uns das gewaltige Unwetter auch einen Vorteil. Das Strandleben ist fast zum Erliegen gekommen, und wer sich nach Abgeschiedenheit und Ruhe sehnt, liegt an dem schmalen Küstenstreifen, versteckt hinter Bergen von Seetang, gerade richtig.

Ohne eine Spur von Zurückhaltung und Respekt vor den Menschen watscheln überall Schwäne umher und kommen in beängstigende Nähe. Sie benehmen sich wie Bettler und erwarten, mit Brotstücken und Keksen gefüttert zu werden. Ich beobachte mit Helga die großen schönen Vögel. Einige schwimmen weit draußen. Wir bemerken, dass es meist Pärchen sind, und mit etwas Geduld gelingt es uns, auch die Partner der allein schwimmenden Schwäne herauszufinden. Manche Pärchen schwimmen getrennt, entfernen sich weit voneinander, und es dauert seine Zeit, bis sie wieder zusammenfinden.

Endlich kommen wir einmal dazu, ein Buch zu lesen und mit großer Gründlichkeit Zeitschriften zu studieren. Dann wandern die Gedanken zu unserem neuen Heim. Wie wird es sein, wenn wir da wohnen und alles nach unseren Wünschen gestalten können? Und womit wollen wir eigentlich nach unserer Rückkehr aus dem Urlaub beginnen? Was ist das Allerwichtigste?

„Weißt du, was für Arbeit auf uns wartet? Und wir liegen hier faul herum!", sagt Helga. Die Arbeit wird uns schon nicht davonlaufen, aber wir machen unsere Pläne und freuen uns auf das neue Zuhause, das einige Hundert Kilometer von hier entfernt liegt.

Die Sonne steht nur noch flach über dem Wasser, und es wird langsam kühl. Niemand sehnt sich danach, noch einmal in das Wasser zu springen. Helga hat sich mittlerweile angezogen und wartet schon etwas ungeduldig auf mich. „Komm, mein Bummelfritze!" Sie drückt mir ein paar Sachen in die Hand, die ich auf dem Rückweg zu tragen habe. „Wir wollen doch heute noch ein bisschen feiern!"

Es ist mir ganz recht, dass mein Geburtstag in die Urlaubszeit fällt, Helga war heute früh die einzige Gratulantin. Nicht mal Frau Meschke weiß von dem Geburtstag ihres Gastes. Mit leicht ermüdeten Beinen erreichen wir das hübsche Wohnhaus unserer Wirtsleute. Eine graue Katze läuft mit gemächlichem Schritt ein Stück vor uns her und verschwindet dann zwischen Zaunlatten in den Garten des Nachbarn.

Am späten Abend steht eine Flasche Apfelkorn auf dem Tisch. Auch in einer kleinen Stube mit ganz bescheidener Ausstattung kann es gemütlich sein. Das Zimmer ist sauber und ordentlich, und wir haben alles, was man für einen Aufenthalt im Urlaub benötigt. Ich kurbel an dem Drehknopf unseres Radiorecorders, bis die richtige Musik ertönt, nehme das mitgebrachte Miniroulette aus dem Plastikbeutel und stelle es auf den Tisch. Helga öffnet eine Tafel Pfefferminzschokolade und zerbricht sie in Stücke. Wir beginnen mit unserer abendlichen Beschäftigung. Der hölzerne Kreisel wirbelt die Stahlkugeln über den schalenförmigen Boden. Nach drei Versuchen wird zusammengerechnet. Der Preis für den Gewinner ist jeweils ein Stück Schokolade. Helga steckt mir die gewonnenen Schokoladestückchen gleich in den Mund und freut sich. Doch dann wendet sich das Blatt, und Helga hat ihre Gewinnsträhne. Ich schiebe ihr die Schokoladestückchen zu. „Na, iss!" Helga kommt in Verlegenheit. Statt zu essen beginnt sie, die Stücke auf ihrer Tischseite zu stapeln. „Ich weiß schon", kommentiere ich ihr Verhalten. „Die Figur!"

Helgas alter Reisewecker steht wieder mal, aber unserem Gefühl nach ist es schon nach 24 Uhr. Halb so schlimm, wenn man Urlaub hat und am nächsten Tag ausschlafen kann. Das zweite Bett bleibt heute erst einmal unbenutzt, und wir plaudern noch ein bisschen über den Tag und über unsere Vorhaben nach dem Urlaub. „Wie fühlst du dich denn so – als Hausbesitzer?", fragt Helga. Ich weiß nicht, wie ich mich fühle. Es ist mir irgendwie noch nicht klar geworden, dass es so ist und was es bedeutet.

„Und weißt du, was wir beide mitnehmen, wenn wir das nächste Mal in Erlabrunn sind?" Ich muss einen Moment überlegen, bis ich darauf komme, was Helga meint.

„Ja, ich weiß – unseren kleinen Kater ..."

Viele Wege führen von unserem Beckerwitz an den Strand der Ostsee. Wir versuchen, die reizvolle Umgebung unseres Urlaubsortes aus allen Blickwinkeln kennenzulernen. Heute haben wir uns für den schmalen Sandweg entschieden, der, eingesäumt von verkrüppelten alten Weiden, durch die leicht hügelige Landschaft führt. Ausgedehnte Grasweiden und die gelben Flächen gerodeter Getreidefelder prägen das Bild zu beiden Seiten unseres Weges. Schwarzweiß gescheckte Kühe heben die Köpfe und begrüßen uns mit lautem Gebrüll. Nur vereinzelte Baumgruppen finden sich in dem ausgedehnten Weideland, und ein paar einsame Bauerngehöfte verstecken sich hinter den mächtigen Kronen betagter Laubbäume. Die alten, schilfbedeckten Gebäude ducken sich Tarnung suchend auf den Boden, fügen sich in die Landschaft, als wären sie ihr entwachsen.

Die Sonne steht Anfang September nicht mehr allzu hoch, doch die Sicht ist klar, und das malerische Vorland der Ostsee leuchtet in satten Farben.

„Richtiges Fotowetter!", sage ich zu Helga begeistert. Wir verlassen den Sandweg und laufen quer über ein Stoppelfeld der blauen See entgegen. Die harten Stoppeln dringen zwischen den Riemchen in Helgas Sandaletten ein und erschweren ihr das Laufen. Sie hält sich bei mir fest und erzählt weiter von ihrem Mephisto.

Mephisto hieß ihr schwarzer Kater in Spremberg, ihrem alten Heimatort. Immer wieder kommt Helga auf das anhängliche Tier zu sprechen.

„Er war sehr scheu und hörte auf niemanden. Nur auf meine Stimme reagierte er. Manchmal sah ich ihn weit draußen im Feld – nur als kleinen unscheinbaren Punkt. Aber hörte er mich rufen, machte er sich gleich auf den Weg, und es dauerte nur wenige Minuten, bis er sich daheim einfand. Mephisto wusste auch genau, zu welcher Zeit ich vom Dienst kam. Er lief mir ein großes Stück entgegen und wartete dann immer an derselben Stelle. Nach freundlicher Begrüßung stieg ich wieder auf das Rad, und Mephisto trottete wie ein kleiner anhänglicher Hund die ganze Strecke bis nach Hause neben dem Fahrrad her."

Die Katze gehört zu den ältesten Haustieren des Menschen. Wir versuchen uns an all das zu erinnern, was wir darüber schon gehört und gelesen haben. Im alten Ägypten galten Katzen als heilige Tiere und genossen die Hochachtung der Menschen. Keiner hätte es gewagt, solch ein Tier zu quälen oder zu töten. Die Kulthandlungen einer bestimmten Priesterschaft standen sogar in engem Zusammenhang mit der Wertschätzung dieser Tiere.

Wir empfinden unsere Übereinstimmung als glücklichen Umstand. Beide zählen wir zu jenen Menschen, die Katzen bewundern und Zuneigung für diese gewandten, kuscheligen Wesen empfinden.

Meine erste Bekanntschaft mit allerlei Tieren führt in die Kindheit zurück. Gern erzähle ich Helga von den Erlebnissen bei Tante Klara. Der Krieg hatte es mit sich gebracht, dass wir Chemnitz verlassen und einige Zeit bei Tante Klara in dem erzgebirgischen Dorf Sosa leben mussten. Hier waren wir vor den Bombenangriffen geschützt, und die kleine bäuerliche Wirtschaft sicherte uns das Notwendigste zum Leben. Ein mittelgroßer Raum war der Aufenthaltsort von vier Generationen – war Wohnraum und Küche in einem. Und hinter dem großen, gusseisernen Ofen wurde gebadet. Nicht selten rannten auch noch frisch geschlüpfte Küken in dem Zimmer umher, kleine Ziegen wurden aus dem Stall geholt, und selbstverständlich hatte auch eine Katze hier ihr Zuhause. Tante Klara veranstaltete mir zuliebe kleine Zirkusveranstaltungen und führte Kunststücke vor, die sie mit den Tieren eingeübt hatte. Sie war eine sehr tierliebende Frau. Und als die Katze eines Tages humpelnd durch das Fenster in die Wohnstube zurückkehrte, wurde sie behandelt und gepflegt, bis das verletzte Bein wieder in Ordnung war.

Kurz vor meiner Einschulung erhielten die Eltern endlich eine eigene, zumutbare Wohnung. Es bedeutete Umzug nach einem ganz kleinen Ort – wenige Kilometer von Sosa entfernt. Das fast 800 Meter hoch liegende Dorf war bei starkem Schneefall oft von der Umgebung abgeschnitten. Hier lebten vorrangig Bauern mit ihren Familien. Pferde und Kühe, Schafe, Hunde, Gänse und Hühner gehörten zum Alltag des Lebens in dem kleinen Ort.

Zur Anschaffung eines eigenen Hundes oder einer Katze aber waren meine Eltern nicht zu bewegen. Doch bald sammelten sich in unserem Garten herrenlose kleine Kätzchen. Ich versorgte sie regelmäßig mit Milch. Die Aufwendungen zur Versorgung der Kätzchen wurden ständig größer. Ich errichtete schließlich aus Bretterresten ein richtiges Katzenhaus, das ich mit Heu auslegte und über Batterieanschluss sogar mit elektrischem Licht versorgte. Die Kätzchen fühlten sich sehr wohl bei mir. Ich spielte mit ihnen und beobachtete ihr lustiges Treiben. Aber es wurden immer mehr. Ich bekam Ärger mit den Eltern und musste mich schließlich verpflichten, die ganze Einrichtung wieder abzubauen. Meine Sympathie für diese verspielten und freiheitsliebenden Tiere blieb bestehen. Ich bewunderte immer wieder ihre unwahrscheinliche Körperbeherrschung und Gewandtheit, mochte ihr schönes kuscheliges Fell, ihre anschmiegsame, zutrauliche Art und die munteren grünen Augen.

Jahrzehnte vergingen. Wohnheime, Untermiet- und Neubauwohnungen ließen die Erfüllung eines solchen Wunsches nicht zu. Doch nun hat sich die Situation in geradezu unerwarteter Weise geändert. Mit einem Eigenheim und einer tierliebenden Partnerin an meiner Seite sind jetzt alle Voraussetzungen gegeben. Das mit dem Haus erworbene Grundstück mit einer Fläche von fast zweitausend Quadratmetern ist das ideale Zuhause für solch einen kleinen Freund. Die nahezu quadratisch verlaufende Grundstücksgrenze schließt eine große Wiese, ausgewachsene Laub- und Nadelbäume, dichtes Buschwerk und viele Zierpflanzen ein.

An keiner Stelle hat das Gelände Berührung mit einer verkehrsreichen Straße. Es liegt inmitten einer Gartenkolonie. Ein schmaler Weg, der von einem LKW nur mit Mühe passierbar ist, verbindet die Ortsstraße mit dem kleinen Eigenheim.

„Hast du schon mal überlegt, wo wir unseren Kleinen unterbringen wollen?", fragt Helga. „Mephisto hat sein Quartier im Keller neben der Zentralheizung. Die Tür am Hintereingang ist mit einer kleinen Öffnung versehen, durch die er jederzeit raus und rein kann." Aber unser Haus in Frankenberg hat keinen Hintereingang und auch sonst keinen geeigneten Zugang für eine Katze.

„Was ist, wenn wir mal nicht zu Hause sind? In unsere Haustür vorn können wir ja nun wirklich kein Loch hineinsägen!"

Wir finden schnell eine andere Lösung: An die Doppelgarage in unserem Grundstück hatte Frau Petzold noch eine Unterbringung für ihren Schäferhund anbauen lassen. Wir benutzen den kleinen Raum vorläufig zum Abstellen der Gartengeräte. Da könnten wir unserem Moritz eine Schlafstelle einrichten. „Natürlich darf er auch mal zu uns in die Wohnung kommen!", beruhigt mich Helga. „Aber in dem kleinen Anbau ist dann sozusagen sein Hauptquartier."

Wir sind am Ende des ausgedehnten Stoppelfeldes angekommen. Die Sicht zum Meer ist uns versperrt. Ein Trampelpfad führt auf die Anhöhe hinauf und dann zwischen immer dichter werdenden Sanddornsträuchern und Kartoffelrosen hindurch. An den engsten Stellen streifen die stachligen Sträucher unsere Kleidung. „Weißt du, dass wir solche Sträucher im Grundstück haben?", fragt Helga. Ich kann mich nicht erinnern. „Doch, die Bepflanzung auf der kleinen Böschung am Swimmingpool besteht zum Teil aus Sanddornsträuchern und Kartoffelrosen. Du hast es bestimmt übersehen, weil alles mit Gras und Brennnesseln zugewachsen ist." „Kann schon sein!" Ich erinnere mich nur an den alles überragenden Rhododendron, wenige Schritte vor den Stufen, über die man die Plattform am linken Rand des Schwimmbeckens erreicht.

Der für diese Küstenregion so typische Pflanzenwuchs lichtet sich ein wenig. Wir vernehmen leise das Anschlagen der Wellen. Eine glatte blaue Fläche erscheint zwischen den Sträuchern. Ich habe etwas entdeckt, und mein erhobener Arm zeigt Helga die Richtung. Zwei große Frachtschiffe – zwischen den stacheligen Ästen von Kartoffelrosen. Wir befinden uns auf dem Kamm der Steilküste. Der schmale Pfad schlängelt sich, allmählich wieder an Höhe verlierend, unserer Badestelle zu.

Kühleres Wetter ist angesagt. Wir sitzen in unserer Bodenkammer und beraten die Ausflugsziele für den nächsten Tag. Dabei hilft uns eine Karte der westlichen Ostsee, die gar nicht so leicht zu beschaffen war.

Der alte Lada kommt nun wieder zum Einsatz, und das Fahren auf den glatten, unbelebten Straßen macht wenig Mühe. Uns interessieren die bekannten Badeorte an der Wismarer Bucht. Wir kommen nahe an die Grenze zur Bundesrepublik. Wachtürme tauchen auf und zwingen uns zur Umkehr.

An einem anderen Tag besichtigen wir die Altstadt und den Hafen von Wismar. Wir finden Platz in einem Café, betrachten durch kunstvoll gerahmte Fenster den Marktplatz der kleinen Hafenstadt und die historischen Gebäude.

Wismar ist nicht weit und lockt uns immer wieder. Wir schleichen uns in die große Backsteinkirche inmitten der Altstadt und lauschen ohne Eintrittskarten einem Orgelkonzert. Ein anderes Mal erkundigen wir uns im Hafen nach den Abfahrtszeiten und erleben noch am selben Tag eine Schifffahrt zur Insel Poel – bei herrlich klarer Sicht und strahlendem Sonnenschein.

Nicht immer sind die Ziele unserer Ausfahrten genau geplant. Das Doberaner Münster wird unsere Entdeckung. Wir sind beeindruckt von der erhabenen Schönheit und der farbenprächtigen Ausgestaltung dieses bedeutenden Bauwerkes, und am Nachmittag ist noch Zeit, den Badeorten Heiligendamm und Kühlungsborn einen kurzen Besuch abzustatten.

Schließlich überlässt uns Herr Meschke seine Fahrräder. Zweimal sind wir auf der Suche nach neuen Badestellen mit den Rädern unterwegs. Es geht über Feldwege und durch die Kiefernwälder der näheren Umgebung unseres Urlaubsortes. An einem vom Sturm weniger verwüstetes Stück Strand in der Nähe von Zirow breiten wir unsere Sachen aus. Bis zum späten Nachmittag liegen wir hier ungestört in dem sauberen hellen Sand, genießen die wärmenden Strahlen der Sonne und müssen uns auf dem unerwartet langen Heimweg schließlich eingestehen, dass wir uns total verfahren haben.

Es ist ein Urlaub ohne Sensationen und große Ereignisse, über die zu berichten wäre. Das Dienstleistungsangebot ist zu Saisonausgang bescheiden, aber wir sind mit dem zufrieden, was noch möglich ist. Wir haben in keinem Restaurant um einen Platz zu kämpfen, bleiben verschont von Ärger und belastenden Problemen. Es sind für uns beide erholsame Tage voller Harmonie. Und die meisten dieser Tage verbringen wir an dem Stück Ostseestrand, das wir zu Fuß erreichen können – auf dem schmalen Sandstreifen bei den Schwänen, die über den angespülten Seetang watscheln und uns Gesellschaft leisten.

Ein Hauch Wehmut liegt über den alten schilfbedeckten Häusern. Es herrscht absolute Windstille, und behagliche Wärme spüren wir an dem Abend vor unserer Abreise. Will uns die Ostsee zum Bleiben verleiten? Wir tragen die Jacken auf dem Arm, schlendern noch einmal durch unser Beckerwitz, vorbei an den hübschen kleinen Vorgärten und den eingezäunten Grundstücken.

Am Haus unserer Wirtsleute bleiben wir stehen und schauen in das gegenüberliegende Gelände. Schafe und Ziegen weiden auf dem vorderen Teil der Wiese. Hinter einer Abzäunung aus Maschendraht schließt sich ein zweiter Abschnitt des Grundstückes an. Und da entdecken wir auch die Katzenjungen wieder, die zwischen aufgeregt gackernden Hühnern herumtollen. Vor ein paar Tagen haben wir die Kleinen bemerkt und dann regelmäßig nach ihnen Ausschau gehalten. Konnten wir sicher sein, dass unser kleiner Kater überhaupt noch da ist, wenn wir nach so vielen Wochen wieder nach Erlabrunn kommen? Und niedlich waren die Kleinen hier auch.

Eine ältere Frau in blauer Wickelschürze taucht in dem aufgewühlten Hühnergelände auf und bemerkt unser Interesse. „Wir beobachten Ihre Kätzchen!", ruft Helga über den Zaun. „Wir wollen uns nämlich auch eine Katze anschaffen!"

„Ja, gefällt Ihnen eine?" Das Gesicht der Frau erhellt sich. „Nehmen Sie doch eine mit!", ruft sie freundlich zurück. Helga sieht mich an. Dann sagt sie laut: „Danke, wir bekommen schon was zu Hause!"

Ich nehme Helga an die Hand, und wir wenden uns dem Eingangstor unserer Wirtsleute zu. Meschkes Hund trottet uns neugierig ein Stück entgegen. Wir haben keine Eile – es ist noch ausreichend Zeit zum Kofferpacken.

„Nicht wahr", meint Helga, „wir haben es unserem kleinen Kater versprochen, dass wir ihn nehmen."

„Ja", erwidere ich, froh darüber, dass es Helga auch so sieht.

„Und ein gegebenes Wort muss man halten!"

Das neue Zuhause

Meinen Eltern in Erlabrunn fallen sogleich die gebräunten Gesichter auf. Besuch von drüben ist da, und auch Tante Romana versichert uns, dass wir gut erholt aussehen. Fünf Wochen sind seit unserem letzten Aufenthalt in Erlabrunn vergangen, und die Blätter des Buchenwaldes, der einen großen Teil des steilen Märzenberghanges bedeckt, beginnen sich schon zu verfärben. Wird unser kleiner Kater noch auffindbar sein? Am Holzstoß finde ich nur einen leeren Milchnapf. Aber die Eltern können uns beruhigen. So viel sie wissen, sind die beiden grauen Kätzchen noch hier und wohlauf. Wir wollen nun nicht erst nach ihnen suchen. Es gibt viel zu erzählen, umso mehr, da Tante Romana nur aller ein, zwei Jahre einmal zu Besuch kommt. Und wie immer, wenn Besuch aus dem Westen kommt, werden Vergleiche gezogen. Bei den meisten Dingen sind wir im Nachteil. Trotzdem – wir hören es schnell heraus: Es gibt ein ganzes Bündel von Problemen und Sorgen, die das Leben dieser Frau im Moment belasten. Es sind Probleme meist ganz anderer Art, als wir sie hier kennen. Zu allem Unglück hat ihr Sohn beim Rückstoßen mit dem Auto auch noch den Dackel angefahren. Die Tierklinik konnte nicht mehr helfen, und der Kummer war groß, als sie sich von dem vertrauten Freund trennen mussten.

Am nächsten Tag sehen wir endlich unseren Kleinen wieder. Er krabbelt mit seinem Schwesterchen in Hofmanns Garten herum. Gewachsen sind die beiden und sehr beschäftigt. Sie verstecken sich hinter Grasbüscheln, schleichen sich aus der Deckung an und überfallen sich gegenseitig. Unser kleiner grauer Kater beschnuppert zwischendurch einen Grashalm, dann ein Stück Baumrinde, untersucht alles mit großer Gründlichkeit, was ihm in den Weg kommt – und bemerkt uns nicht.

Noch am selben Tag klingle ich im Nachbarhaus. „Wir sind zurück! Morgen Abend so gegen 18 Uhr möchten wir den kleinen Kerl abholen." „Geht schon klar!", versichert mir Frau Hofmann und schmunzelt ein bisschen. „Wir sind zu Hause."

Am Sonntag nutzen wir das günstige Wetter der ersten Herbsttage für einen Ausflug. Unser Ziel ist der nahegelegene Auersberg. Den Lada lassen wir auf einem Parkplatz am Fuß des Berges stehen. Wir haben keine Eile und richten uns bei dem langen Aufstieg nach dem Tempo der Eltern. Ich erzähle Helga etwas über den Berg. Wie so viele weiß sie nicht, dass der Auersberg neben dem Fichtelberg und dem Brocken der dritte Tausender in der DDR ist.

Unser wichtigstes Thema aber ist Moritz. Nur noch wenige Stunden trennen uns von dem lang erwarteten Moment, wo wir ihn mitnehmen können. Zunächst soll die Fahrt heute Abend nach Karl-Marx-Stadt gehen, wo wir mit Moritz bis zum nächsten Tag in unserer Einraumwohnung bleiben wollen. Wie gewohnt werde ich dann Montag früh mit dem Bus zur Arbeit in die Stadt fahren. Für unseren Moritz soll im Laufe des Vormittags die Reise mit dem Auto weitergehen – bis nach Frankenberg, wo ihn Helga mit seinem neuen Zuhause vertraut machen wird. Das ist der geplante Ablauf. Doch so manches Detail ist noch zu besprechen. „Wir brauchen einen flachen Behälter, den wir mit Sägespänen füllen können. Schließlich benötigt er eine Toilette!" Welche Decke soll Moritz für sein Nachtlager bekommen? Und was legen wir in das Körbchen, damit er sich richtig wohl darin fühlt?

„Ja", sagt Helga verschmitzt, „nun haben wir auch unsere Sorgen!"

Wenige Minuten vor unserer Abfahrt am Sonntagabend ist die Spannung auf den Höhepunkt gestiegen. Wir sind fertig angezogen, und unsere Sachen sind schon im Auto verpackt. Die Abfahrt darf sich nicht mehr verzögern, wenn wir das Kätzchen erst einmal haben. Ich laufe über den Wäscheplatz und dann ein Stück den Pfad entlang, der schräg durch die Gärten führt. Doch kann ich weder Moritz noch sein Schwesterchen entdecken. Es stellt sich heraus, dass Frau Hofmann die beiden in ihre Wohnung genommen hat und auf uns wartet.

Nun stehen wir aufgeregt mit unserem Körbchen vor der Wohnungstür im Erdgeschoss des Nachbarhauses. Frau Hofmann öffnet auf unser Klingelzeichen hin und hat den kleinen grauen Kerl schon in ihrem Arm. Helga nimmt das Kätzchen entgegen und setzt es behutsam in den Korb. Aber im nächsten Augenblick spüre ich einen kräftigen Ruck, und der Griff des Korbes entgleitet fast meinen Händen. Unser Moritz ist mit einem temperamentvollen hohen Satz herausgesprungen und flüchtet in Hofmanns Wohnstube zurück.

Frau Hofmann und ihre Tochter machen sich auf die Jagd nach dem Kleinen. Sessel rollen hin und her, das Sofa wird vorgeschoben. Die Verfolgungsjagd führt unter den Tisch, über Hocker und Stühle, und Hofmanns geben ihr Bestes, um den kleinen Ausreißer wieder einzufangen. Die Tochter bringt schließlich ein graues Kätzchen hinter dem Sofa hervor. Der Irrtum stellt sich schnell heraus. Die Mühe war vergebens – das ist nicht unser Moritz, sondern das Schwesterchen!

Noch einmal beginnt das wilde Durcheinander in Hofmanns Wohnung. Dann haben wir unseren Ausreißer endlich wieder. Aber statt uns freundlich zu begrüßen, faucht er uns an und wehrt sich nach Kräften. Er möchte nicht mit. Helga nimmt die kleine Decke im Körbchen zur Hilfe. Sie deckt ihn so damit ab, dass nur noch das graue Köpfchen herauslugt. Ich kann Moritz auf diese Weise besser festhalten. Dabei tut es mir leid, dass der Kleine solche Ängste ausstehen muss und wir ihn ganz gegen seinen Willen entführen müssen. Wir bedanken uns noch schnell bei Frau Hofmann, und dann geht es mit schnellem Schritt zum Auto.

„Jetzt musst du mir das Körbchen abnehmen", sage ich zu Helga. „Ich fahre. Pass auf, dass er dir nicht entwischt. Wir könnten ihn hier im Freien nicht mehr einfangen!"

Meine Eltern schauen besorgt vom Fenster aus zu. „Sei nicht so aufgeregt!", ruft mir Mutti von oben zu. „Fahr langsam – dass ihr mir nicht noch einen Unfall baut wegen eures Kätzchens!"
„Tschüs – gute Fahrt!"
„Bis zum nächsten Mal – macht's gut!"
Die Autotüren knallen. Unser Moritz kann nun nicht mehr ausreißen. Helga streichelt den kleinen Kerl liebevoll und redet ihm gut zu. Nachdem das Auto ein Stück gerollt ist, setzt sie den Korb samt Inhalt auf den Hintersitz und beobachtet, was geschieht. Es dauert nicht lange, da hebt unser Moritz neugierig sein Köpfchen und setzt an, aus dem Korb herauszuklettern. Helga drückt ihn vorsichtig in den Korb zurück und streichelt ihn wieder.

Allmählich scheint sich unser Kleiner nun doch seinem Los zu ergeben. Er gewöhnt sich an die schaukelnde Fahrbewegung und an die streichelnde Hand. „Ich glaube, er hat sich ein bisschen beruhigt", sagt Helga. Ich werfe einen kurzen Blick nach hinten auf das Körbchen, sehe aber nur zwei spitze Ohren über den Rand herausgucken. „Dass es eine so aufregende Sache wird, hätte ich ja nicht gedacht!"

Bald haben wir die Hälfte der Strecke zurückgelegt. Helga bereitet der ständig nach hinten gestreckte Arm nun doch Probleme, und sie nimmt ihn zur Entlastung wieder nach vorn. Moritz ist brav und bleibt im Korb sitzen. Aber nur für ein paar Minuten. Dann springt er heraus und krabbelt auf dem Rücksitz umher. Helga muss sich wieder um ihn kümmern. Der Kleine hat sich an die zärtliche Hand gewöhnt, und Helga bleibt nichts anderes übrig, als die unbequeme Körperhaltung wieder einzunehmen.

Noch einmal bin ich in großer Sorge. Es ist, als wir vor den elfgeschossigen Hochhäusern angekommen sind. Wieder mal kein Parkplatz in der Nähe des Hauseingangs zu finden – der rege Fahrverkehr auf der Straße und eine unserem Moritz völlig fremde Welt.
„Halt ihn ja gut fest", sage ich zu Helga. „Er darf dir auf keinem Fall aus dem Korb springen!"
Helga gibt sich Mühe, und alles geht gut. Schon wenige Minuten später ist unser Kleiner außer Gefahr und dabei, unsere

Einraumwohnung bis in alle Ecken und Winkel hinein zu erforschen. Begierig schleckt er die Milch aus der kleinen Schale, die wir ihm vorsetzen, und dann geht es wieder auf Entdeckungsreise. Wir müssen ihn ein bisschen beobachten, damit er keinen Unsinn anstellt.

Plötzlich haben wir Moritz aus den Augen verloren. Wir suchen hinter dem Sessel und unter der Couch. Helga begibt sich schließlich in die Schlafnische. „Komm mal her!", ruft sie. „Hier sitzt der kleine Prizelkopf – mitten im Bett." Moritz hat die Pfötchen artig zusammengestellt und schaut uns mit großen Augen an. Hier gefällt es ihm offenbar am besten. „Aber wo sollen *wir* dann schlafen – kannst du mir das sagen?", wendet sich Helga fragend an den kleinen Kerl.

„Hoffentlich hat er nicht schon eine Pfütze aufs Bett gemacht." Ich will ihn herunternehmen. Aber bevor ich zufassen kann, springt er davon. Moritz ist noch sehr scheu. Auch von Helga lässt er sich nicht fangen.

Unser kleiner Kater hat einen anstrengenden Tag hinter sich, und es wird nun Zeit für ihn zum Schlafengehen. Im Korridor bereiten wir sein Nachtquartier vor. Das ausgepolsterte Körbchen erhält seinen Platz unter der Anrichte, und ein flaches Plastikgefäß, das einst zum Entwickeln von Fotos diente, kommt mit Sägespänen gefüllt in die Ecke zwischen Schuhregal und Badtür. Wir müssen jeden Moment damit rechnen, dass uns Moritz etwas hinterlässt. Werden wir dem kleinen Kater, der letzte Nacht noch im Garten oder unter dem Holzstoß schlief, klarmachen können, was wir von ihm erwarten?

Helga fängt ihn ein und versucht, ihm die Bedeutung der Plastikschale in der Korridorecke zu erklären. Dann setzt sie ihn in sein Körbchen und schließt die Wohnungstür. Wir stellen den Fernseher an. Vielleicht ist Moritz müde und schläft ein bisschen. Aber nur wenige Minuten ist Ruhe. Wir hören den Korb umpurzeln, und dann miaut es an der Tür. Helga möchte lieber nicht so schnell nachgeben. Doch Moritz lässt nicht locker und miaut und klagt herzzerreißend. Ich halte es schließlich nicht mehr aus und öffne die Tür einen kleinen Spaltbreit. Zufrieden, dass er seinen

Willen durchgesetzt hat, tippelt er über den Teppich. Will ich ihn fangen, springt er schnell zur Seite. Und doch fühlen wir es beide schon deutlich: Er sucht unsere Nähe.

Nur beiläufig verfolgen wir noch das Fernsehprogramm. Unsere Aufmerksamkeit richtet sich auf die Unternehmungen unserer kleinen Katze. Nachdem Moritz unten alles erforscht hat, beginnt er, sich für die höheren Etagen zu interessieren. Er springt auf den Sessel und von da aus auf den kleinen Schrank am Fenster. Die Blumenvase ist in Gefahr. „Kommst du da runter!", spricht ihn Helga an und erhebt mahnend den Zeigefinger. Es ist, als würde es unser Moritz schon verstehen. Er springt sofort herunter auf den Teppich. Bald darauf ist er wieder verschwunden. „Sieh mal nach, wo er steckt!", sagt Helga. Ich schiebe den Vorhang zur Schlafnische ein Stück beiseite. Moritz hat es sich auf der gepolsterten Ofenbank am Fenster unseres kleinen Schlafraumes bequem gemacht.

Als am nächsten Tag um sechs Uhr der Quarzwecker zu piepsen beginnt, fühle ich mich wenig ausgeruht. Wir hatten unseren kleinen Kater vor dem Schlafengehen wieder in den Korridor gesperrt. Aber er wollte sich nicht damit abfinden und miaute noch lange an der Vorsaaltür herum. Dabei waren wir ihm ein Stück entgegengekommen, und er hatte außer dem Körbchen nun auch noch die gepolsterte und mit Stoffbummeln behangene Ofenbank in seinem Nachtrevier.

Es ist still in der Wohnung. Nur der übliche morgendliche Straßenlärm dringt durch das geöffnete Fenster herein. Ich springe als Erster aus dem Bett. „Was macht denn unser Kätzchen?" Behutsam öffne ich die Tür zum Korridor. Helga erwartet meinen Bericht und möchte wissen, wie sich der Kleine denn entschieden hat. Das Körbchen ist leer. Unser Moritz liegt auf der Ofenbank und sieht mich mit halb geöffneten, verschlafenen Augen an. Ich kann mich nicht lange mit ihm beschäftigen, und auch Helga ist in Eile. Unser Kleiner nutzt das betriebsame Hin und Her, um sich schnell wieder in das Wohnzimmer einzuschleichen, und während wir frühstücken, beschäftigt er sich unter dem Tisch.

Für mich wird es Zeit aufzubrechen. Helga schnuppert im Korridor herum und entdeckt den kleinen Kerl statt in den Sägespänen auf dem Linoleum unter dem Schuhregal. „Lass nur", winkt Helga ab. „Ich mach das schon!"

Ich wiederhole meine Bedenken wegen der Fahrt mit Moritz, die sie im Laufe des Tages ohne mein Beisein antreten will. „Willst du nicht doch lieber warten, bis ich von der Arbeit komme?" „Mach dir keine Sorgen – ich komme schon mit ihm zurecht!" Helga schiebt mich zur Tür hinaus. „Nun mach aber, dass du wegkommst!"

Unser neugieriger kleiner Kerl sitzt, während wir uns verabschieden, im Korridor und interessiert sich für die Stoffbummeln an der Ofenbank, die durch den Luftzug leicht in Bewegung geraten sind.

Die Zeit vergeht langsam, wenn man voller Ungeduld auf etwas wartet. Unkonzentriert verrichte ich am Schreibtisch meine Arbeit. Mich beschäftigen die Gefahren, die auf unseren Kleinen lauern. Moritz könnte beim Überqueren der verkehrsreichen Straße oder im letzten Moment vor dem Schließen der Autotüren noch aus dem Korb springen und Helga davonlaufen. In immer kürzeren Abständen streifen meine Blicke über das graue Telefon auf dem Arbeitsplatz. Gegen zehn Uhr kommt endlich der erwartete Anruf.

„Hallo, wir sind da", meldet sich Helga. Mit Erleichterung vernehme ich das Wort „wir".

„Hör mal!", sagt Helga. Ich lausche in das Telefon. Aber außer ein Kratzen und andere Geräusche ist nichts wahrzunehmen. „Hörst du denn nichts?", wiederholt Helga ihre Frage. Ich merke, dass sie mit dem Hörer hantiert und vernehme es nun ganz deutlich.

„Moritz …?"

„Richtig!", erwidert Helga. „Er fühlt sich wohl in meinem Arm. Was glaubst du, wie er schnurrt."

Ich erfahre, dass es keine Schwierigkeiten gab. „Er blieb die ganze Fahrt brav in seinem Körbchen. Nur einmal, beim Halt an der Ampel, krabbelte er heraus. Er dachte wahrscheinlich, wir sind da."

Wir wollen das Gespräch nicht unnötig ausdehnen. „Wann kommst du?", fragt Helga. Ich entschließe mich, eine Stunde eher Schluss zu machen. „Sechzehn Uhr dreißig kommt der Bus an – Frankenberg, Apotheke."

Helga macht sich indessen an die Arbeit, und nebenbei muss sie den kleinen Kerl betreuen, der sich noch nicht allein zurechtfindet. Schon wieder woanders! Was ist nur los?

Langsam und vorsichtig tippelt er auf den Dielenbrettern entlang, beschnuppert die Ritzen zwischen den Brettern und die Telefonleitung. Durch die offenstehende Zwischentür kommt er von dem Korridor in den kleinen gefliesten Vorraum. Da, eine Holztreppe! Neugierig streckt er sein graues Köpfchen nach oben. Wo wird sie wohl hinführen? Doch nun entdeckt er auch die runde Plasteschale wieder, die ihm Helga gleich bei der Ankunft hingestellt hat. Es ist noch ein Rest Milch drin, und Moritz entschließt sich für eine Stärkung, bevor er seine Erkundungen fortsetzt.

„Na, hast du nun alles ausgeleckt?" Helga kommt gerade dazu, als er sich mit dem Pfötchen über das Gesicht wischt, um sich von den Resten der Mahlzeit zu säubern. Sie fasst ihn schnell, und Moritz muss wieder einmal in den Korb. Aber dieser Korb ist ihm nun vertraut. Willig lässt er sich von Helga tragen, die liebevoll mit ihm spricht, ihm jede Sache geduldig erklärt.

In der einen Hand das Körbchen mit Moritz, in der anderen einen zweiten Korb mit Schüsseln und einem Schälmesser – so steigt Helga die Treppe am Hauseingang herunter. Sie läuft in Richtung des ehemaligen Hundezwingers, dann den Weg zwischen Apfelbaum und dem großen Rhododendronstrauch entlang auf die drei Stufen zu, über die man die Betonplattform vor dem Swimmingpool erreicht. Die linke Hälfte der Plattform trägt eine Konstruktion aus Stahlrohren, Glas und einem Welldach, wie man sie von manchen Bushäuschen kennt. Die teilweise überdachte Plattform ist ein schöner Aufenthaltsort mitten im Grundstück, auf der sich jetzt jedoch noch viele Hinterlassenschaften unserer Vorgängerin befinden.

Helga stellt den Korb mit Moritz auf der Plattform ab und rückt den aufgeklappten Campingtisch noch etwas zurecht. „Wir werden bei dem schönen Wetter doch nicht in der Wohnung sitzen bleiben!", erklärt sie Moritz. Er sitzt immer noch in seinem Körbchen und sieht Helga unschlüssig an. Ob er nun aussteigen darf? Neugierig streckt er den Kopf über den Korbrand und hält erst einmal Ausschau nach allen Seiten. „Na komm!", ermuntert ihn Helga. Moritz zögert nur noch wenige Augenblicke. Dann ein mutiger Satz über den Korbrand, und er steht auf dem Betonboden. Während Helga mit dem Bohnenschneiden beginnt, setzt Moritz behutsam die ersten Schritte in sein neues Reich.

Bis Mittag ist Helga mit ihren Arbeiten beschäftigt. Moritz kann sich völlig frei bewegen. Doch er entfernt sich nicht weit, sodass ihn Helga, ohne aufstehen zu müssen, immer im Auge behalten kann. Allmählich wird er lebhafter. Immer interessanter und aufregender werden seine neuen Entdeckungen. Helga macht sich nun Sorgen, dass der kleine Tollpatsch ins Wasser fällt. Hatte er doch bisher keine Gelegenheit, eine solche Gefahr einschätzen zu lernen. Sie wartet auf einen günstigen Augenblick und ergreift ihn dann unter dem Campingtisch. Nun soll er einmal Bekanntschaft mit dem Wasser machen. Im ersten Augenblick mustert er noch sehr interessiert die glitzernde Fläche. Doch als Helga sein Pfötchen in das Wasser drückt, ist er gar nicht begeistert. Jetzt taucht Helga auch noch das andere Pfötchen ins Wasser und spritzt ihn ein wenig voll. Nun reicht es unserem Moritz aber! Er befreit sich temperamentvoll aus Helgas Händen und beginnt in sicherer Entfernung, die nass gewordenen Körperteile trocken zu schütteln.

In der wärmenden Mittagssonne ist das unangenehme Erlebnis schnell vergessen. Schon läuft er wieder wichtigtuend und mit senkrecht nach oben gestelltem Schwanz an Helgas Beinen vorbei. Seine Aufmerksamkeit richtet sich auf die niedrige Granitsteinmauer am Rande der Plattform. Helga beobachtet, wie die kleine Schwanzspitze zu vibrieren beginnt. Moritz duckt sich dicht an den Boden und schleicht sich Stück für Stück an die Mauer heran. Alle Muskeln sind angespannt, und dann springt er plötzlich los. Mit seinem rechten Pfötchen schlägt er wild nach irgendetwas. Helga ist Moritz' Benehmen ein Rätsel. Sie steht auf, um sich die Stelle an der Mauer genauer anzusehen. Sie entdeckt schließlich den Grund der ganzen Aufregung. Vor Moritz' Füßen krabbelt ein Marienkäfer und versucht, sich in einem Mauerritz in Sicherheit zu bringen.

Die Sonne hat ihren höchsten Punkt erreicht. Helga bemerkt, dass der Bewegungsdrang des kleinen Kerls nun langsam erschlafft, und als sie nach einiger Zeit wieder aufblickt, hat sich Moritz am Rande der Plattform zur Ruhe gelegt. Er aalt sich erschöpft von den vielen Aufregungen des Tages in der Sonne.

Erst als Helga ihre Töpfe beiseitestellt und den Campingtisch wieder an seine alte Stelle rückt, wird der Kleine wieder munter. Es wird Zeit, in die Wohnung zurückzukehren. Helga möchte Moritz in das Körbchen setzen, aber er entwischt ihr im letzten Augenblick. Auch bei dem zweiten Versuch, ihn zu fangen, springt Moritz davon. Er hoppelt die drei Stufen hinunter und versteckt sich unter dem großen Rhododendronstrauch. Helga bückt sich und redet freundlich auf ihn ein: „Komm, mein Kleiner – komm raus, wir müssen jetzt in die Wohnung zurück!" Moritz ist nicht bereit, sein Versteck zu verlassen und lässt Helga warten.

„Na gut, wie du willst!" Helga sieht ein, dass es keinen Zweck hat, ihm noch länger zuzureden. Sie nimmt den leeren Korb mit der Decke in die eine, den Korb mit den Töpfen in die andere Hand und läuft langsam auf den Hauseingang zu. Auf halber Strecke blickt sie noch einmal zurück. Moritz kommt aus dem Rhododendronstrauch herausgekrochen und sieht ihr hinterher. Helga tut so, als bemerke sie es nicht. In dem gelb gefliesten Vorraum angekommen, schließt sie die Haustür nicht, sondern lehnt sie nur leicht an. Es vergeht keine Minute, da hört es Helga an der Haustür miauen. Sie öffnet die Tür ein wenig.

„Ach, wer kommt denn da? Na also!"

Der Bus aus Karl-Marx-Stadt kommt am späten Nachmittag pünktlich bei der Apotheke an. Nach fünf Minuten Weg – bergauf die Straße in Richtung Flöha – habe ich die Einfahrt zu unserem Grundstück erreicht. Sie ist leicht zu übersehen. Zwei gemauerte Säulen, die Reste des einstigen Tores, markieren den Anfang des schmalen Weges, auf den ich von der linken Straßenseite aus einbiege. Nun ist der Blick frei bis zu einem orangefarbenen zweiten Tor, an dem unser Grundstück beginnt. Eine Frau im Bikini mit einem Strohhut auf dem Kopf steht hinter dem orangefarbenen Tor und winkt mir zu. Der andere Arm ist angewinkelt und drückt einen kleinen grauen Körper an die gebräunte Haut.

Ein langer Holzzaun begrenzt den schmalen Weg auf der einen Seite, eine Mischung aus Sträuchern und Brennnesseln auf der anderen. Den hinteren Teil der Zufahrt rahmen Blumenrabatten. Mein Weg führt vorbei an dem bunt bepflanzten Streifen und an den kleinen Silbertannen vor Wächtlers Bungalow. Und schließlich kommt rechts neben dem Tor, etwas versteckt hinter einer ausgewachsenen Silbertanne, das kleine Eigenheim ins Blickfeld.

Helgas Augen strahlen. „Hallo!" Ich schiebe eine Torseite etwas nach innen. „Hallo, ihr beiden!" Moritz beobachtet mit lebhaften Augen unsere Begrüßung. Dann streichle ich den zierlichen grauen Körper in Helgas Armen. „Hallo Moritz – wie geht's dir?"

Er sieht mich etwas argwöhnisch an. „Du bist im Vorteil", sage ich zu Helga. „An dich ist er schon ein bisschen gewöhnt." Helga merkt, wie wichtig mir es ist, ihren Vorsprung aufzuholen. Sie erklärt Moritz, wer ich bin und dass ich auch mit hierher gehöre. Ich bücke mich ein wenig zu ihm hinunter, und unter meiner streichelnden Hand knicken die kleinen spitzen Ohren nach hinten.

Die flach stehende Sonne strahlt in das Grundstück. Bäume und Sträucher werfen lange Schatten. Es ist wie eine Einladung zu einem Bummel durch das schöne Gelände. Wir haben allen Grund, dankbar zu sein. Eigenheim, Garten, Swimmingpool – für so manchen ein unerfüllbarer Traum. Es ist unser Besitz – doch was heißt das? Ich merke, dass ich mich in Wahrheit nicht als Besitzer fühle und mit dem Begriff, der mir kalt und tot erscheint, nichts anzufangen vermag. Wir fühlen uns berechtigt, das Erworbene zu nutzen und zu gestalten. Wir wollen es beseelen und lebendig machen. Und unser Moritz wird dazu beitragen, das kleine Reich zum Leben zu erwecken – da sind wir uns ganz sicher.

Helga setzt den kleinen Kerl auf der Wiese ab. „Du brauchst keine Angst zu haben", versichert sie mir. „Er reißt nicht aus!" Sie zeigt mir, was sie mittags alles noch draußen gemacht hat. „Moritz habe ich im Körbchen immer mitgenommen. Er ist aus dem Korb herausgekrabbelt und herumgeschlichen. Aber er blieb immer in meiner Nähe."

Am späten Abend haben wir eine wichtige Sache mit unserem kleinen Kater zu regeln. Leider habe ich die geplante Wohn- und Schlafstätte aus Brettern und Rundholz nicht rechtzeitig fertigstellen können. Die Zeit war einfach zu knapp, und das Vorhaben geriet infolge anderer dringender Arbeiten ins Hintertreffen. Als provisorische Lösung haben wir uns für zwei Plastikstiegen entschieden, die entsprechend zusammengestellt und, mit einer Öffnung versehen, Moritz' Schlafstube werden sollen. Helga hat die kleine Katzenstube schön ausgepolstert und in den Hundezwinger gestellt.

Ich hätte Moritz ja am liebsten die erste Nacht im Haus gelassen. Aber Helga meint, es wäre besser, wenn er sich von vornherein an sein neues Quartier gewöhnt.

Wir müssen ihm nun verständlich machen, wo er heute Nacht zu schlafen hat. Aber im Moment springt er zwischen Garage und dem Eingang des ehemaligen Hundezwingers herum und lässt sich wieder einmal nicht fangen. Nun klettert er endlich freiwillig zwischen den Gitterstäben der Tür des Hundezwingers hindurch. Doch als ich ihm folge, flüchtet er durch den kleinen vergitterten Ausgang in der Hinterwand des Zwingers. Um ihn zu fangen, müssen wir uns eine bessere Taktik ausdenken. Helga versteckt sich hinter dem Hundezwinger, um ihn dort zu erwischen, wenn er wieder durch das kleine vergitterte Fenster entschlüpfen will. Meine Aufgabe ist es, den Kleinen von vorn auf den Eingang zuzutreiben. Schon tippelt er in die gewünschte Richtung. Vor der weit geöffneten Tür bleibt Moritz aber erst einmal stehen und blickt aufmerksam in die Richtung, wo Helga hinter der Mauer auf ihn lauert. Er denkt gar nicht daran, noch einmal den kleinen Raum zu betreten. Stattdessen springt er nun kurz vor dem Eingang zur Seite. „Er ist uns wieder entwischt!", rufe ich Helga zu. „Ich glaube, er hat den Braten gerochen." Helga kommt aus ihren Versteck hervor. „Na warte, ich kriege ihn schon!"

Moritz läuft in Richtung Garageneingang, und Helga folgt ihm langsam. „Na, komm mein Kleiner, komm mal zu mir!" Die Garage ist noch ohne Tore, und unser Frecher versteckt sich hinter der Mittelsäule der offenen Garagenfront. Als sich Helga nähert, weicht er aus, indem er um die Betonsäule herumläuft. Helga geht ihm in angespannter gebückter Haltung hinterher, und schon bewegen sich die beiden im Kreis. Ein lustiges Bild und für den Zuschauer ein Grund zum Lachen. Helga bekommt den flinken kleinen Kerl nicht mehr zu Gesicht. Aber Moritz sieht Helga fortwährend von hinten und folgt ihr mit wenigen Schritten Abstand im Kreis herum.

Doch schließlich erwischt sie den frechen Kerl doch noch. Wir begeben uns in den Hundezwinger und schieben Moritz in seine weich gepolsterte Stube. Ich greife mit einer Hand durch die Öffnung der gelben Plastikstiege, streichle ihn und rede ihm gut zu. „Es scheint ihm doch zu gefallen – auf dem weichen Lager", sage ich zu Helga und nehme meinen Arm wieder heraus. Wir warten einen Moment. Doch schon lugt das graue Köpfchen aus dem Eingang hervor. Unser Moritz krabbelt wieder heraus.

Etwas später versuchen wir es ein zweites Mal. Es ist schon dunkel geworden, und Helga leuchtet mit der Taschenlampe. Ich schubse ihn vorsichtig durch die Gehäuseöffnung. „Sei lieb, mein Kleiner!" Moritz legt sich lang. Ich fühle mit der Hand sein kuscheliges Fell. Nach geduldigem Streicheln und Warten hören wir ihn leise schnurren. Unsere Verständigung erfolgt im Flüsterton. Wir versuchen nun, uns heimlich von Moritz' Schlafstätte zu entfernen. Von der Treppe des Hauseingangs leuchte ich mit der Taschenlampe zurück. Moritz folgt uns nicht, und im Hundezwinger bleibt es ruhig. „Vielleicht haben wir es nun geschafft", sage ich leise zu Helga.

Etwas abgeschieden steht das kleine Eigenheim inmitten der Gartenkolonie. Ungewohnte Stille und Finsternis liegen über unserem kleinen Reich. Die Nacht hat noch wenige Stunden, als uns ein lautstarkes Scheppern jäh aus dem Schlaf reißt. Helga sitzt augenblicklich senkrecht im Bett: „Einbrecher – es kommt aus dem Keller!"

Was sollen wir tun? Gleich die Polizei rufen? „Oder siehst du erst mal nach?", schlägt Helga schließlich vor. Ihre Stimme klingt ängstlich und unsicher, so, als wäre sie nicht sicher, ob sie mir eine so gefährliche Sache zumuten kann. Mir ist es tatsächlich nicht ganz einerlei, aber ich darf es mir nicht anmerken lassen – als Mann. Nur wenige Schritte sind es über den Korridor bis zur Kellertür. Fast geräuschlos drücke ich die schwarze Klinke nieder und öffne die Tür einen Spalt. Nichts passiert. Ich schalte das Licht an. Was sehe ich da auf der Kellertreppe sitzen? Ein graues kleines Bündel, ängstlich an die Wand gedrückt. Ganz unten am Ende der Treppe liegen zwei Plastikschüsseln und ein Blecheimer herum.

Moritz blickt mich hilfesuchend und selbst zu Tode erschrocken mit seinen großen Augen an. Er hatte Schüssel und Eimer, die auf der obersten Kellerstufe ihren Platz haben, versehentlich angestoßen. Sie waren polternd die Treppe hinuntergefallen.

Mit dem kleinen verängstigten Kerl auf dem Arm gehe ich zurück ins Schlafzimmer.

„Hier ist unser Einbrecher!"

„Wie ist er denn reingekommen?", fragt Helga verwundert. Wir stellen später fest, dass eines der Kellerfenster nicht richtig geschlossen war. Moritz ist durchgeschlüpft, in den stockfinsteren Kellerräumen und -gängen herumgeirrt, die er noch nie zuvor betreten hatte. Und er hat den Weg herausgefunden und die richtige Tür, die zu uns in die Wohnung führt.

„Er wollte zu uns!", sage ich zu Helga. „Und dabei ist ihm dieses Malheur passiert."

Wir entschließen uns, ihn für den Rest der Nacht im Haus zu lassen.

Sein Körbchen steht auf der Holztreppe zur oberen Etage. Das ist ein guter Platz für unseren Moritz, und das Körbchen mit der weichen Einlage ist ihm gut vertraut. Wir können uns nach diesem Schreck zu nächtlicher Stunde wieder schlafen legen. Aber es dauert nicht lange, da höre ich unseren Kleinen an der Zwischentür zum Korridor herummiauen.

„Hörst du?" Ich stoße Helga an. „Er will unbedingt zu uns."

„Ich sehe schon, wir werden ihn noch mit ins Bett nehmen müssen", bemerkt Helga mit kritischen Unterton.

Sie hat ja recht. Ich darf mich nicht erweichen lassen, sonst tanzt uns der kleine Kerl eines Tages auf dem Kopf herum.

Moritz findet sich schließlich damit ab, dass er nicht mit zu uns in das Schlafzimmer darf und gibt Ruhe.

Als ich am Morgen die Zwischentür öffne, um nach ihn zu sehen, blinzelt er verschlafen aus seinem Körbchen.

Wieder einmal verbringe ich einen Teil meiner Arbeitszeit mit Telefonieren. Nichts geht auf Anhieb und problemlos. Ich muss den Möbeltransport organisieren. Aber niemand ist zuständig. Ich werde von einer Stelle zur anderen verwiesen. Eine Frau vom VEB Kraftverkehr kommt mir schließlich entgegen. „Einen Kleintransporter können wir Ihnen stellen, aber für das Auf- und Abladen der Möbel müssen Sie selbst sorgen – da haben wir niemanden."

Nun telefoniere ich mit Bekannten und Freunden. Der Termin muss abgestimmt werden – und nicht jedem passt es vormittags um elf Uhr, mitten in der Woche.

Helga hat noch keine Arbeit in dem neuen Wohnort aufgenommen und kann sich intensiv mit unserer zukünftigen Wohnung beschäftigen. Zimmer für Zimmer nimmt sie sich vor. Sie räumt, ordnet, reinigt und kümmert sich um die tägliche Versorgung. Und nebenbei betreut sie den kleinen Kerl, der sich beharrlich an ihren Rockschoß hängt und ihr zwischen den Beinen herumquirlt. Dann steckt sie ihn einfach mal raus, und Moritz miaut an der Haustier herum, weil ihm das nicht passt. Doch als er merkt, dass Helga unnachgiebig bleibt, beginnt er, den näheren Bereich um die Eingangstür zu erkunden. Moritz beschnuppert den Fußabtreter und untersucht die alten Hausschuhe, die im Vorhäuschen abgestellt sind. Dann hoppelt er Stufe für Stufe die Treppe hinunter. Niemand stört ihn bei seinen Erkundungen. Aber er entfernt sich nur so weit, dass er die Haustür gut im Blick behält. Und da ist er gut beraten.

Endlich! Gegen Mittag lässt sich Helga wieder sehen, und sie bringt eine Plastikschüssel mit ein paar klein geschnittenen Wurststücken für ihn heraus. „Komm, mein Moritzel!", ruft Helga ihm zu, und unser Kleiner tippelt hinter ihr her zum Hundezwinger, wo Helga die Schüssel auf einem Holzpfosten neben der gelben Plastikstiege abstellt. So wird die Strecke zwischen Haustür und ehemaligem Hundezwinger für Moritz das erste vertraute Stück Weg in dem ausgedehnten Gelände.

Als ich am späten Nachmittag von der Arbeit komme, nehmen wir unseren kleinen Kater mit in die Wohnung. Habe ich ihn doch den ganzen Tag nicht einmal sehen können. Helga hat den Tisch schon gedeckt. Ich stehe an der Durchreiche und nehme die Kaffeekanne entgegen. Moritz spaziert unter dem Tisch herum. Nachdem wir uns gesetzt haben, springt er auf einen freien Stuhl. Er streckt sich, und der kleine Hals wird immer länger. Was haben denn die beiden da auf der Tischplatte? Schon sind die Vorderpfoten oben, und das graue Köpfchen lugt über die Tischplatte. Ich erwische ihn im letzten Moment, bevor er daran geht, sich an unserer Mahlzeit zu beteiligen. „Nein, Moritz, du hast schon!", belehrt ihn Helga. Ich setze ihn auf dem Parkettfußboden ab. Aber unser Kleiner gibt noch nicht auf. Plötzlich sitzt er neben mir auf der Bank. Ich lass ihn. Doch schon wird der kleine Hals wieder länger und länger. „Moritz!", spricht Helga ihn mit erhobener Stimme an. Mich wundert, dass unser kleiner

Kater den Tonfall, mit dem man ein Kind zum Abwenden einer verbotenen Handlung anspricht, schon versteht. Moritz zieht sofort den kleinen grauen Kopf wieder ein und bleibt brav auf dem rot bezogenen Schaumgummikissen sitzen. Ich streichel ihn. Er hat wirklich ein Lob verdient. „Wir erwarten ja gleich viel von ihm", sage ich zu Helga. „Vor zwei Tagen rannte er noch unter dem Holzstoß umher, und nun soll er hier brav am gedeckten Tisch sitzen und zuschauen, wie wir es uns schmecken lassen."

Als wir den ersten Besuch empfangen, hat sich Moritz schon ein bisschen eingelebt und verbringt den fünften Tag in seinem neuen Zuhause. Mathias, ein junger Mann von 25 Jahren, ist unser erster Besucher und Handwerker in einem. Ich öffne das Tor, damit er seinen gelben Trabbi gleich in die Garage fahren kann. Ein kleiner Raum am Ende des Korridors ist unser Besucherzimmer. Wir zeigen dem Gast die bescheidene Einrichtung und die überzogene Schaumgummimatratze für die Übernachtung. „Reicht völlig aus!", beruhigt uns Mathias. Nun stelle ich ihm unser Kätzchen vor. Moritz liegt in meinem Arm und schaut den fremden Mann, der ihn zur Begrüßung streichelt, etwas misstrauisch an.

Gleich nach dem Kaffeetrinken macht sich Mathias an die Arbeit. Die Elektrik im Haus ist eine Katastrophe. Kaum herauszufinden, welcher Schalter mit welcher Lampe in Verbindung steht. Die meisten Steckdosen sind demontiert, neue Anschlüsse müssen installiert und mehrere Wanddurchbrüche gemeißelt werden.

Dass unser Kleiner da herumspaziert, muss nicht sein. Helga setzt ihn vor die Haustür. Doch Moritz ist nicht einverstanden. Gerade jetzt, wo es interessant wird und Besuch da ist, soll er draußen bleiben! Er miaut an der Haustür herum, bis ich ihn wieder hereinlasse. Wir müssen uns darauf einstellen und aufpassen, dass wir ihn bei unserer Arbeit nicht treten.

„Nun macht endlich Schluss – das Abendbrot ist fertig!", ruft Helga und macht uns darauf aufmerksam, dass es schon auf acht zugeht. Als Mathias aus dem Bad kommt, spaziert Moritz in unserer Essecke unter dem Tisch herum. Mathias wirft schnell noch einen Blick in die herumliegende Tageszeitung. Unübersehbar ist die dick gedruckte Schlagzeile auf dem Titelblatt: „Vorwärts auf dem bewährtem Kurs!"

Mathias liest flüchtig noch ein paar Zeilen und schüttelt dann den Kopf.

„Sag mal", fragt ihn Helga, „was ist eigentlich mit deinem Armeedienst, wann wirst du denn gezogen?"

„Keine Ahnung", erwidert Mathias. „Die Spatendienstleute lässt man doch absichtlich hängen." Helga reicht die Schüssel mit Brot. „Na, lang zu, guten Appetit!" Moritz ist inzwischen auf einen freien Stuhl gesprungen. Er sitzt mir gegenüber neben Mathias. Unser Gast freut sich über den kleinen Kerl, der ganz deutlich zu verstehen gibt, dass er dazugehört. Leckere Sachen sind auf dem Tisch, und unserem Moritz fällt es immer noch schwer zu widerstehen. Aber Helga braucht ihn nur anzuschauen und ihn mit erhobenem Zeigefinger anzusprechen, und schon geht das graue Köpfchen wieder runter. Auch Mathias staunt über seine sensible Reaktion und dass eine kleine Katze so geduldig und diszipliniert an einem mit Schinken und gebratenen Klops gedeckten Tisch sitzen kann.

Unsere Mahlzeit zieht sich in die Länge. Wir unterhalten uns über die Situation in der DDR und die nicht abreißende Auswanderungswelle von DDR-Bürgern über das Ausland.

Moritz aber wird die Sache langweilig. Ich bemerke, wie es ihm die Augen zuzieht. Der kleine Körper auf dem Stuhl fängt an zu schwanken. Auch Helga und Mathias bemerken nun, wie unser Kleiner mit der Müdigkeit zu kämpfen hat. Jetzt hat er die Augen ganz geschlossen, und wir beobachten mit Sorge, wie er bald nach dieser, bald nach jener Seite abzukippen droht.

„Na, wer fällt denn da gleich vom Stuhl?", ruft Helga über den Tisch. Unser Moritz blinzelt, und Mathias streichelt über sein matt schimmerndes graues Fell. Langsam kommt wieder Leben in dem kleinen Kerl auf. Er springt vom Stuhl und beginnt auf dem Parkettboden herumzulaufen, als würde er etwas suchen. Plötzlich setzt er sich und bleibt eine Weile in der eingenommenen Haltung. Mir kommt die Sache verdächtig vor. Und tatsächlich – er hinterlässt uns auf dem Parkett eine kleine Pfütze, demonstriert unserem Gast, dass er noch nicht stubenrein ist. Ich stehe auf und sehe mir die Bescherung an. Moritz bekommt von mir einen kleinen Klaps auf den Po. Er springt davon und verkrümelt sich durch die leicht geöffnete Wohnungstür in den Korridor.

„Nun kannst du gleich den Scheuerhader holen", meint Helga. „Du lässt ihn ja immer rein!"

Während ich den grauen Hader von der Kellertreppe hole, erklärt Helga die Angelegenheit unserem Gast. „Es ist nämlich so, dass wir im Umgang mit dem Kleinen schon bestimmte Rollen übernommen haben. Volker ist immer nachgiebig und zeigt sich nur von der guten Seite. Wenn aber der kleine Prizelkopf was verbockt hat, so ist es meine Sache, mit ihm zu schimpfen."

„Volker der Gute und Helga die Böse", kommentiert Mathias.

„Helga die Strenge!", korrigiere ich und wische eifrig mit dem feuchten Hader über den Parkettfußboden. Gut, dass wir das Parkett erst vor ein paar Wochen geschliffen und versiegelt haben. Moritz' Hinterlassenschaft lässt sich auf dem glatten Boden leicht und schnell beseitigen.

Das Fernsehbild auf dem kleinen tragbaren Apparat, den ich provisorisch im Wohnzimmer aufgestellt habe, ist unscharf. Es kommen die neuesten Berichte über die Lage in den Botschaften. Wir spüren die zunehmende Gespanntheit der ganzen Situation und diskutieren eifrig. Doch keiner hat eine Vorstellung, in welche Richtung sich die ungewöhnlichen Vorgänge weiterentwickeln werden.

Moritz ist draußen. Helga hat ihn rausgesteckt, doch ich möchte vor dem Schlafengehen noch einmal nach ihm sehen. Ich begebe mich auf den Weg in den Hundezwinger. In seiner kleinen Stube aus Plastikstiegen ist er nicht. Ich rufe ein paarmal nach ihm – nichts rührt sich.

„Unser Moritz ist nicht zu finden, und es regnet", teile ich Helga etwas vorwurfsvoll mit.

„Wer weiß, wo er steckt", versucht mich Helga zu besänftigen. Mit einer Taschenlampe ausgerüstet, geht es erneut auf die Suche. Ich leuchte hinter den Strauch mit den zierlichen wachsartigen Blättern, der in der Ecke zwischen dem Treppenaufgang und der Hauswand eingepflanzt ist. Nach dem Anheben einiger Äste entdecke ich im Lichtschein der Lampe ein kleines graues Bündel, dicht auf die Erde gekauert. „Mein Moritzel! Was machst du denn hier?" Leise und wehleidig klingt die Stimme, mit der er antwortet. Ich glaube, unser Moritz ist beleidigt. Er kommt nicht freiwillig vor, und es kostet mich einige Mühe, ihn unter dem Strauch hervorzuholen.

„Wo warst du denn so lange?", fragt Helga, als ich endlich wieder im Wohnzimmer auftauche. Ich erzähle den beiden, wo ich Moritz gefunden habe und dass er offenbar gekränkt war. „Ich habe noch ein bisschen mit ihm gesprochen, ihn gestreichelt und ihn dann in seine kleine Stube gebracht."

Helga hat in der Küche den schweren Hundenapf schon mit Milch gefüllt, als ich mich am folgenden Morgen auf den Weg zum Hundezwinger machen will.

„Moritz, Moritzel!", rufe ich laut und schließe die Haustür hinter mir. Ich habe mit dem braunen großen Napf gerade die letzte Treppenstufe erreicht, als unser Kleiner um die Hausecke geflitzt kommt. „Hallo, mein Lieber!", begrüße ich ihn freundlich. Er macht wenige Schritte vor mir kehrt und läuft den Weg in sein Wohnrevier voraus. Er schlüpft zwischen den Eisenstäben hindurch und wartet an der bekannten Stelle neben der gelben Plastikstiege auf seinen Milchnapf.

Mathias hat vor unserem Frühstück schon sein Werkzeug zurechtgestellt und ist dabei, die anstehenden Arbeiten im Flur vorzubereiten. „Hier müssen wir die Wand aufhacken", erklärt er mir. „Die Leitung muss ganz neu verlegt werden."

„War denn dein Moritzel da?", fragt Helga und setzt sich mit uns an den Tisch. „Ja", antworte ich kurz. Helga lächelt. „Na, da ist ja die Welt wieder in Ordnung!"

Moritz ist eigentlich der Erste von uns dreien, der sein neues Heim in Frankenberg bezogen hat. Unser Umzug steht noch bevor, und offiziell wohnen wir immer noch in diesem Neubaugebiet der Bezirkshauptstadt. Die Schrankwand, die alte Couchgarnitur, die Waschmaschine – alles ist noch in unserer alten Wohnung, und solange die Waschmaschine noch dort steht, kann man nicht behaupten, dass wir umgezogen sind. Wir beide halten uns hier in diesem Haus gewissermaßen nur auf.

Das soll bald anders werden. Für Donnerstag elf Uhr ist das Gütertaxi bestellt. Ich nehme einen Tag Sonderurlaub. Unser wichtigster Mann bei diesem Unternehmen ist Stephan – ein großer kräftiger Kerl mit blondem Haarschopf. Der im Neubaugebiet abgestellte Barkas ist schnell beladen. Eine Stunde später steht die schwere Waschmaschine im Keller unseres Hauses, und wir sind heilfroh, dass Stephan, das schwere Gerät auf der Sackkarre fast allein tragend, nicht mitsamt Waschmaschine die steile Kellertreppe hinuntergestürzt ist.

Den Rest der Möbel transportieren wir an den folgenden beiden Tagen mit einem geborgten Hänger.

Am Freitagabend wird es sehr spät. Erst gegen 22 Uhr, bei völliger Dunkelheit, kommen wir zurück. Ich mache mir Sorgen um unseren Moritz. Es ist das erste Mal, dass wir ihn so lange allein lassen. Bevor wir mit dem Ausladen beginnen, sehe ich im Hundezwinger nach. Ich leuchte mit der Taschenlampe in Moritz' kleine Stube hinein. „Niemand hier!"

Ich richte mich wieder auf und sehe Helga fragend an. Ist er wirklich nicht in seinem Häuschen? Noch einmal bücke ich mich ganz tief hinunter. Da sehe ich im Lampenlicht den kleinen grauen Körper, ganz in die äußerste Ecke gedrängt. Auch Helga bückt sich und begrüßt unseren Moritz. „Hallo, mein Guter! Wir sind wieder da!" Er weiß nun doch, wo er hingehört. Und wir sind sehr froh darüber.

Für den zweiten Transport müssen wir früh aufstehen, denn der Besitzer will den Hänger vormittags zurückhaben.

Es ist der Vorabend zum Staatsfeiertag der DDR. Man kann die wenigen Fahnen an den Wohnhäusern der Stadt mühelos zählen. So wenig waren es noch nie. Die Straßen wirken wie ausgekehrt in jenen Morgenstunden. Nur selten begegnen wir einem Fahrzeug. Und das ist unser Glück. Am Ortsausgang der großen Stadt fällt uns ein Regal vom Hänger. Wir halten schnell an und können das zerschundene Möbelstück mühelos von der Straße holen und wieder aufladen.

Schon gegen zehn Uhr sind wir wieder zu Hause. Ab heute ist es nun unser wirkliches Zuhause. Helga öffnet das orangefarbene Tor, und da kommt uns auch schon unser Moritz entgegengehoppelt. Er gibt ein paar Laute zur Begrüßung von sich. Sicher bedeuten sie: Schön, dass ihr wieder da seid.

Wir sind das ganze Wochenende allein und sehr beschäftigt. Die Stunden vergehen schnell, und es bleibt nur wenig Zeit, sich mit Moritz abzugeben. Doch er nutzt jede Gelegenheit, um in unserer Nähe zu sein. Fast geräuschlos tippelt er auf seinen weichen Pfötchen durch die Wohnung. Oft verschafft er sich unbemerkt Zugang, wenn wir bei dem vielen Hin und Her das Schließen einer Tür vergessen. Ganz unerwartet taucht er auf und springt dann ausgelassen und unternehmungslustig in dem Zimmer umher, in dem wir uns gerade aufhalten.

„Als wir ihn in Erlabrunn mitnehmen wollten, hat er uns angefaucht, und jetzt geht er uns nicht mehr von der Pelle", bemerkt Helga.

Am Nachmittag lässt sich jedoch unser Kleiner längere Zeit nicht mehr sehen. „Hast du ihn rausgelassen?", frage ich Helga. Helga verneint und findet Moritz' lange Abwesenheit nun auch verdächtig. „Irgendwo muss der Kleine doch sein!" Helga macht sich auf die Suche. Dann ruft sie mich in das Schlafzimmer „Guck mal, wer hier sitzt – mitten auf dem Bett!" „War denn die Schlafzimmertür nicht zu?", frage ich Helga. „Doch, mir ist es ein Rätsel, wie er reingekommen ist. Bestimmt ist er mal mit durchgeschlüpft, und wir haben es nicht bemerkt."

Unser Moritz sitzt zufrieden auf dem frisch bezogenen Federbett und sieht uns unschuldig an. Helga steht auf dem Bettvorleger aus Schafsfell und gestikuliert. „Kommst du nun runter, du kleiner Frecher!"

Moritz muss den schönen Platz verlassen, und Helga setzt ihn kurzerhand vor die Haustür. „Nun bleib mal ein bisschen draußen. Wir können dich jetzt gar nicht gebrauchen!"

Noch eine halbe Stunde Zeit ist es bis zur Tagesschau. Wir lassen es mit dem bewenden, was wir bis jetzt geschafft haben. Ausnahmsweise wird der Fernseher schon beim Abendbrot eingeschaltet, um im Fernsehen der DDR die „Aktuelle Kamera" anzusehen. Erich Honecker hält die Festansprache. Sein Gesicht wirkt schmal und von der Krankheit gezeichnet. Wir können seine Worte teilweise nicht verstehen. Und wir verstehen auch nicht die Ignoranz gegenüber alledem, was sich in den letzten Wochen ereignete.

Ich hole eine Flasche Wein aus dem Keller. Zum ersten Mal können wir es uns beim Fernsehen auf der alten grünen Couch gemütlich machen. „Wollen wir nicht unseren Moritz mit reinlassen?", frage ich vorsichtig an. „Na, meinetwegen", erwidert Helga.

Ich brauche nicht lange nach ihm zu suchen und komme wenige Augenblicke später mit dem kleinen Kerl im Arm in das Wohnzimmer zurück. Vor dem linken Flügel des großen dreiteiligen Fensters, nahe dem hinteren Ende der alten Couch, ist einer der beiden Sessel aufgestellt. Auf der Sitzfläche des Sessels breiten wir eine braune Decke aus. „Und hier ist **dein** Platz!" Moritz sieht mich etwas verunsichert an. Dieses neue Lager für unser Kätzchen ist weich und kuschelig, doch er muss sich erst damit vertraut machen. Er beschnuppert die braune Decke und die lederbezogenen Armlehnen. Dann erst setzt er sich und beginnt sein Fell zu lecken.

Wir verfolgen auf unserem Farbfernseher die Berichte von der anderen Seite. Erschreckende Bilder kommen in die Abgeschiedenheit unseres neuen Heims. Gepanzerte Fahrzeuge rücken gegen junge Männer und Frauen vor. Wir sind beeindruckt von dem Mut und der disziplinierten Art dieser jungen Leute und vernehmen ihre Rufe: Keine Gewalt, keine Gewalt!

Aufgebrachte Menschenmassen versuchen, Bahnhöfe und Züge zu stürmen. Welch unerwartete Zuspitzung einer Entwicklung, deren erste Anzeichen nur von wenigen erkannt und richtig eingestuft wurden.

Schon seit Monaten verstärkt die Stasi ihre Jagd auf PKWs mit einer weißen Schleife an der Antenne, als Zeichen von Ausreisewilligkeit. Man kann es belächeln und sich fragen, ob es in unserem Land im Moment nichts Wichtigeres zu tun gibt.

Ich denke, dass unser Moritz keine weiße Schleife braucht. Begrenzt auch ein langer Zaun unser kleines Reich, so ist der Kleine doch nicht eingesperrt und kann durch die Latten hindurchschlüpfen, wenn er nur will.

Aber er ist hier! Er liegt auf seiner Decke und lugt zu uns herüber. Wir merken, dass er uns beobachtet. Nach einigem Zögern rappelt sich unser Kleiner auf und springt über die Sessellehne. Er tippelt das Sofa entlang – über meine Beine hinweg zu Helga. Auf ihrem Schoß macht er es sich bequem. „Komisch", meint Helga. „Ich mach doch gar nicht so viel Aufhebens um ihm – trotzdem kommt er zu mir." Ich versuche, es Helga zu erklären: „Keine Kunst, schließlich ist es ein Kater!"

Wir freuen uns über seine Zutraulichkeit. „Sieh nur mal, was er für ein hübsches Fell hat, diese schöne Zeichnung und der seidige Glanz", begeistert sich Helga. Ich muss zugeben, dass ich graue Katzen noch nie so genau betrachtet habe. „Ja, es ist wirklich ein hübscher Kerl!"

Nun wechselt unser Moritz seinen Platz. Er zwängt sich zwischen uns beide und legt sich an dieser Stelle auf der Couch lang. Ich kann ihn in dieser Position gut streicheln, und er fängt leise an zu schnurren. Und mit seinem Schnurren wird es wie durch ein Wunder heimisch in unserer Wohnung. Ja, wir drei sind nun hier zu Hause. Moritz schläft auf dem Rücken liegend und die kleinen Beine davongestreckt, als könnte ihm nun gar nichts mehr passieren. Ich sehe Helgas zufriedenes Gesicht.

„Stimmt's, er hat es gut bei uns", sagt sie.

Unser Sorgenkind

Katzen merken sich schnell, wo es etwas zu futtern gibt und wann man sich einfinden muss, um nichts zu verpassen. Unser Moritz muss früh am Morgen seinen Nachtschlaf unterbrechen, damit er nichts verpasst.

Doch heute früh hat er es wieder einmal verschlafen. Ich rufe nach ihm.

Es dauert keine Minute, da kommt er um die Garagenecke getippelt. Wir sehen Moritz an, dass er noch mit der Müdigkeit zu kämpfen hat. Er setzt sich auf die Treppe und gähnt. Ich streichel den müden Kleinen, sage ihm auf Wiedersehen und wende meine Schritte dem eiserenen Tor neben der großen Silbertanne zu. Unser Moritz gerät durch mein Weggehen in einen Konflikt. Und statt bei Helga auf das Milchschälchen zu warten, läuft er mir schließlich hinterher. Ich versuche, ihn mit allerlei Gesten zum Umkehren zu bewegen. Helga fordert mich auf weiterzugehen: „Er kommt schon zurück!"

„Moritz, Moritzel, komm, mein Moritzel!", ruft sie immer wieder von der Treppe aus. Aber Moritz lässt sich nicht mehr beeinflussen. Offenbar hat er sich heute für mich entschieden und sich entschlossen, mich auf dem Weg zur Arbeit zu begleiten. Ich kann es auf keinen Fall zulassen, dass er mit vor zur Straße läuft, nehme den kleinen Kerl hoch und bringe ihn Helga zurück. „Na, nun bist du aber stolz!", empfängt mich Helga am Tor. „Nun sieh aber, dass du fortkommst. Du verpasst noch den Bus!"

Immer mehr wird es zur Gewohnheit: Wenn mich Helga morgens an der Haustür verabschiedet, ist Moritz schon zur Stelle.

Ich lege auch großen Wert darauf, unseren kleinen Kater früh noch einmal zu sehen. Damit er mir nicht wieder hinterherrennt, fängt ihn Helga in den folgenden Tagen gleich an der Treppe ab, bevor ich losgehe. Dann steht sie mit dem kleinen grauen Bündel im Arm da und winkt. Sie nimmt Moritz' Pfote und bewegt sie auf und ab, als wollte sie ihm zeigen, wie man jemandem nachwinkt. Helga versucht Moritz beizubringen, dass er mir nicht hinterherlaufen darf. Bevor ich am Ende der schmalen Zufahrt auf den Fußweg der Straße einbiege, sehe ich noch einmal zurück zu meinen beiden am Tor. Ein letztes Winken. Bis zum späten Nachmittag werden wir uns nicht mehr sehen. Doch ich gehe mit dem guten Gefühl, dass alles in Ordnung ist.

An einem kühlen Morgen in der zweiten Oktoberwoche scheint irgendetwas nicht zu stimmen. Ich öffne die Haustür, sehe auf die Treppe und nach rechts in Richtung Garage – ich vermisse unseren Moritz. Hat er es wieder einmal verpennt? Wir rufen nach ihm, aber Moritz lässt sich nicht sehen. „Mach dir nur keine Sorgen", besänftigt mich Helga. „Er wird schon noch auftauchen!" Ich verabschiede mich mit einem Küsschen. „Ruf mich an, wenn er wieder da ist!" Gerade am Tor angelangt, höre ich Helgas Stimme. „Da kommt er doch!"

Unser Moritz bewegt sich nur langsam vorwärts. Seine Gangart ist äußerst merkwürdig. Aller paar Schritte bleibt er stehen und schüttelt ein Bein. Beim Näherkommen fällt seine unförmige Gestalt auf – das Fellhaar wirkt wie angeklebt. „Das sieht ja aus, als wäre er nass!", sage ich zu Helga. „Aber es hat doch gar nicht geregnet."

„Mein Moritzel – was ist denn mit dir passiert?", empfängt Helga den Kleinen. Ist der Tolpatsch in den Swimmingpool gefallen? Helga untersucht ihn flüchtig und äußert Zweifel. „Du musst gehen!", sagt sie zu mir und nimmt Moritz mit in das Haus.

Zwei Stunden später verständigen wir uns telefonisch. „Es ist kein Wasser", erklärt mir Helga. „Es ist irgendwelche Schmiere, eklig riechende Schmiere! Ich habe versucht, ihn mit Tüchern abzuwischen. Alle vier Beine und der ganze Unterkörper sind verklebt."

Dass man eine solche Schmiere allein durch Abreiben nicht aus dem Fell bekommt, ist mir klar. Aber es gibt eine größere Sorge. Helga berichtet, dass Moritz kein Futter annimmt und auch nichts mehr trinkt. „Er versucht sich dauernd zu lecken. Aber er kann es nicht schaffen, die Zunge verklebt, und er ekelt sich." „Ich merke es richtig", sagt Helga. „Er ekelt sich vor sich selbst."

Wie kann das nur passiert sein? Es ist uns ein Rätsel. Keine Katze verunreinigt freiwillig auf solche Art das Fell. Ich ahne dumpf, dass Menschenhand im Spiel war – ein Katzenfeind. Irgendein Sadist. Doch was sollen wir nun tun? Es gibt da nur eine Möglichkeit. Moritz muss gebadet werden. „Man muss ein fettlösliches Mittel dazugeben", meint Helga. „Aber das schaffe ich nicht allein. Einer muss ihn halten!"

Na, das kann ja heute Abend ein schwieriges Unterfangen werden – mit unserem Moritz, denke ich mir so.

Helga hat den kleinen Kerl schon im Haus, als ich abends von der Arbeit komme.

„Riech nur mal an seinem Fell!" Helga reicht mir den Unglücksraben. Ich bin mir ziemlich sicher. „Es riecht wie Abschmierfett!" Auch die Färbung an den Tüchern, mit denen Helga versucht hat, Moritz abzureiben, spricht dafür. Es ist das rotbraune Fett, mit dem man Kraftfahrzeuge abschmiert.

„Den ganzen Tag hat Moritz keinen Tropfen getrunken", berichtet mir Helga. „Versuch du es mal!" Ich schiebe die kleine Plasteschüssel mit Milch auf ihn zu. Moritz weicht zurück, als wäre die Milch ungenießbar. Ich versuche es nun mit Wasser. Die gleiche Reaktion! Was soll werden, wenn er nichts mehr trinkt? Mir wird angst um unseren Moritz. Auch Helga fühlt, dass die Situation ernst ist.

Der Gasheizer beginnt den kleinen Raum zu erwärmen. Wir treffen die Vorbereitungen für das Bad. Als ich Moritz aber in die Schüssel mit warmem Wasser setzen will, streckt er alle vier Beine von sich. Es ist schwer zu beschreiben, wie sich der Kleine sträubt. Helga kann ihre Aufgabe, ihn das Fett aus dem Fell zu waschen, kaum wahrnehmen. „Nun halt ihn doch mal richtig fest – wie soll ich denn sonst etwas machen?" Ich versuche, den kleinen grauen Körper etwas in das Wasser hineinzudrücken. Moritz wendet seine letzten Kräfte auf, um sich zu befreien. Er wehrt sich, als ginge es um sein Leben. Ich habe ernste Bedenken, dass er sich zu sehr aufregt, einen Herzinfarkt bekommt oder sonst einen Schaden davonträgt, der nicht wiedergutzumachen ist. Und Helga verlangt immer wieder, dass ich unseren Kleinen, der um sein Leben kämpft, festhalte.

Die Prozedur zehrt an unseren Nerven. Schließlich schätzen wir ein, dass es erst einmal genug ist. Ich atme auf, als wir den klitschnassen Körper endlich aus der Schüssel herausnehmen und mit einem Handtuch trockenreiben können. Dann wickelt ihn Helga in ein angewärmtes trockenes Handtuch ein, sodass nur noch das graue Köpfchen herausguckt. Wir hoffen, so der Gefahr, dass er sich erkältet und dann erst richtig krank wird, begegnen zu können. Moritz akzeptiert die warme Hülle. Ich trage das Bündel im Arm, streichel das herauslugende Köpfchen und rede dem kleinen Matz gut zu, damit er sich wieder beruhigt. Wir lassen Moritz noch eine Zeitlang im Bad, da es hier angenehm warm ist. Es vergehen wenigstens zehn Minuten, bis er aus eigenem Antrieb aus seiner Verpackung herauskrabbelt. Noch einmal versuche ich es mit dem Milchschälchen. Doch Moritz weicht wieder zurück. Was sollen wir nur tun? Da stecke ich einen Finger in die Milch und halte den Finger dann direkt vor seine Nase. Moritz schnuppert neugierig, und auf einmal fühle ich die kleine raue Zunge. Ich stecke den Finger erneut in das Milchschälchen, und wieder leckt Moritz mit der kleinen rauen Zunge die Milch von meinem Zeigefinger ab. Nun schiebe ich ihm vorsichtig das Milchschälchen zu. Er beschnuppert den Rand des Schälchens. Und dann hören wir, wie die Zunge zu schlecken beginnt. Moritz trinkt wieder – und nicht zu wenig! Ich sehe zu Helga. Der Einsatz hat sich gelohnt, und in ihrem Gesicht zeigt sich Freude und Erleichterung.

Natürlich lassen wir unseren Kleinen an diesem Abend in der Wohnung. Noch immer ist er damit beschäftigt, die Reste der ekligen Schmiere aus dem Fell zu lecken. Aber jetzt hat er eine gute Chance, es zu schaffen. Auf seinem Badewasser bleibt eine schillernde Fettschicht zurück, und Moritz fühlt sich sichtlich wohler. Während das Abendprogramm im Fernsehen läuft, liegt er neben uns, ausgestreckt auf seiner braunen Decke. Er erholt sich von den Strapazen.

Vorerst können wir den kleinen Unglücksraben nachts im Vorraum einquartieren. Helga schließt die Zwischentür zu seinem Nachtlager. „Weißt du, wie ungünstig das ist?", spricht sie mich im Schlafzimmer noch einmal an. „Übermorgen hat dein Vati Geburtstag!" Ich weiß, was ihr Sorgen bereitet. Wir wollten Freitagabend schon hochfahren und dann zwei Tage in Erlabrunn bleiben. Ich habe mir deswegen auch schon Gedanken gemacht. Wir können Moritz in dieser Situation nicht so lange allein lassen. Vielleicht wird er doch noch krank und braucht unsere Hilfe.

„Eigenartig ist, dass er es auf einmal ablehnt, in seinem Körbchen zu schlafen", meint Helga. „Ich habe die Decke doch gewaschen, damit sie nicht mehr nach dem Fett riecht. Aber er will nicht mehr rein."

So schlimm ist das ja nicht, denke ich mir. Wenn er sich auf der Holztreppe wohler fühlt, soll er seinen Willen haben. Da er nicht mehr in das Körbchen möchte, hat Helga den Rest eines Schaffells auf die Treppenstufe gelegt. Moritz hat dieses Angebot sofort angenommen. Die Ecke, wo die Treppe um 90 Grad abwinkelt und die Stufen ihre größte Breite erreichen, ist nun Moritz' neues Schlafquartier im Haus.

Unsere Teilnahme an der Geburtstagsfeier war schwer abzusagen. Doch wir finden diesmal beide keine richtige Ruhe in Erlabrunn. Die Eltern erfahren von uns, was vorgefallen ist und haben Verständnis. Schon am nächsten Tag wird die Rückfahrt angetreten – gemeinsam mit ihnen. Wir setzen die Eltern in dem großen Neubaugebiet ab. Noch können sie unsere Einraumwohnung nutzen, dort schlafen und von da aus die Verwandten in der Stadt besuchen. Wir vereinbaren, dass ich sie Sonntagvormittag abhole. Sie werden dann ein paar Tage bei uns in Frankenberg bleiben.

Wie abgemacht bin ich mit dem alten Lada Sonntag gegen zehn Uhr zur Stelle. Doch die Eltern bemerken schnell mein betrübtes Gesicht. Moritz ist weg! „Wir kamen schon mit ungutem Gefühl gestern Abend an. Wir haben lange nach ihm gesucht und immer wieder gerufen", berichte ich den Eltern.

Auch als wir zusammen in Frankenberg eintreffen, hat sich unser Kleiner noch nicht wieder eingefunden. Wir müssen befürchten, dass ihm etwas zugestoßen ist. So lange würde er nicht wegbleiben! Erst vier Wochen haben wir unseren Kleinen. So ein lieber kleiner Kerl. Ich kann es einfach nicht fassen, dass wir unseren Moritz nun vielleicht schon verloren haben. Wir sitzen zusammen beim Mittagessen. Helga gibt sich alle Mühe, unsere Gäste gut zu bewirten. Aber die Stimmung ist getrübt. Es fällt mir schwer, meine Traurigkeit zu überspielen.

Am späten Nachmittag klingelt das Telefon. Wir erschrecken ein wenig. Anrufe sind noch selten, kennt doch kaum jemand unsere Telefonnummer. Ich gehe schnell in den Korridor und nehme den Hörer ab. Es meldet sich eine Frauenstimme. „Hier ist Köhler." Ich kann mit dem Namen nicht gleich etwas anfangen. „Köhler, Ihre Nachbarn", hilft mir die Frauenstimme auf die Sprünge. Sie erklärt mir den Grund ihres Anrufes: „Uns ist nämlich gestern eine kleine graue Katze zugelaufen. Kann es sein, dass sie Ihnen gehört?" Ich bemühe mich, mir die Aufregung nicht anmerken zu lassen.

„Ja, wir vermissen seit gestern Abend unseren kleinen Kater. Wir waren schon ganz traurig." „Sie waren wohl nicht zu Hause?", fragt Frau Köhler. „Nein. Wir sind Freitagabend weggefahren!"
Ich erfahre, wie unser allein gelassener Moritz bei den Nachbarn Anschluss gesucht hat und bei der Gartenarbeit helfen wollte. Frau Köhler hatte sich des kleinen Kerls angenommen, ihm

abends zu trinken gegeben und ihn in der Scheune hinter ihrem Haus übernachten lassen. Frau Köhlers Stimme erscheint mir wie die eines Engels. „Ist er denn jetzt noch bei Ihnen?", frage ich. „Ja, er rennt hier im Hof herum", erhalte ich als Antwort. „Sie können ihn holen!"

Im Wohnzimmer wurde alles mitgehört. Ich brauche nichts mehr zu erläutern und habe auch gar keine Zeit.

Als ich im Hof der Nachbarn ankomme, hält Frau Köhler unseren Kleinen im Arm. „Hallo, du kleiner Ausreißer!", begrüße ich Moritz. Er sieht mich an, und ich lese in seinen Augen den Vorwurf: Warum habt ihr mich allein gelassen!

„Er riecht irgendwie komisch." Frau Köhler beschnuppert das graue Fell. Ich erzähle ihr kurz von dem Malheur, das unserem Kätzchen vor drei Tagen passiert ist. Ich möchte das Gespräch nicht in die Länge ziehen, denn ich habe es nun eilig, meinen Moritz nach Hause zu bringen.

Der Zaun, der unsere Grundstücke voneinander abgrenzt, hat kein Loch und keinen Durchgang. Ich muss die Straße wieder hinunterlaufen und dann in die schmale Zufahrt einbiegen. Moritz kuschelt sich bei mir an. Ich spüre den kleinen warmen Körper durch das Hemd. Im Wohnzimmer warten schon alle gespannt auf uns beide. Ich stehe mit dem kleinen grauen Bündel im Arm auf der Türschwelle. Mein Gesichtsausdruck sagt wohl alles – ich bringe einen schon verloren geglaubten Schatz zurück.

Am folgenden Tag erhalten wir telefonisch gleich noch eine gute Botschaft. Ralf – das ist der Jüngere von Helgas beiden Söhnen – meldet sich von seiner Auslandsreise zurück. Dieser Reise wegen hatte Helga so manche unruhige Nacht. Wie oft haben wir abends am Tisch über ihre Bedenken und Sorgen gesprochen. Ralf war mit seinen Freunden auf dem Weg nach Bulgarien – über Ungarn! Wer wusste, was in den jungen Männern vorging – was sie wirklich vorhatten? Und würden sie die lange Strecke unfallfrei fahren?

Helga war aus Spremberg weggezogen, hatte damit den Einfluss auf den Sohn eingebüßt. Sie hätte es schwer ertragen können, sich vielleicht sogar schuldig gefühlt, wenn etwas passiert wäre oder ihr Ralf sich zu einem unüberlegten Schritt hätte verleiten lassen. Aber zum Glück erweisen sich die Befürchtungen nun als unbegründet, und Helga strahlt: „Nächste Woche will er herkommen, uns in Frankenberg besuchen!"

Am Nachmittag haben wir draußen in dem nur wenige Meter breiten Streifen zwischen unserem Haus und Köhlers Grundstücksgrenze zu tun. Moritz springt ausgelassen in unserer Nähe herum. Es kommt zu einem Gespräch mit Frau Köhler. Wir unterhalten uns über den Gartenzaun hinweg.

Auch sie ist der Meinung, dass sich jemand an unserem Kleinen vergangen hat. Köhlers sind selbst Katzenbesitzer. „Nur durch Gewaltanwendung kommt eine Katze zu solch einem Schaden." Das ist ihre Überzeugung. „Eine brutale Methode, um sich Katzen fernzuhalten."

Katzen sind zäh, einfallsreich und fast allen Situationen gewachsen, denen sie sich in der Natur stellen müssen. Aber mit so manchen Produkten und Erfindungen des Menschen kommen sie nicht zurecht. Zwanzig Gramm im Fell haftendes Schmierfett sind eine tödliche Bedrohung für eine Katze, wirken verheerend wie stinkendes Öl kollidierter Frachter in den Federn eines Wasservogels.

Ich möchte dem Menschen, der es getan hat, gegenüberstehen und ihm sagen: Zeigen Sie mir den Schaden, den unser kleiner Kater bei Ihnen angerichtet hat! Vielleicht hat er ein Beet seines Gartens einmal als Toilette benutzt.

Der Mensch glaubt an das Recht einer Bestrafung, meint, sich haushoch über schwächere Geschöpfe erheben zu können. Dabei ist er in maßloser Überheblichkeit gerade dabei, die ganze Erde zugrunde zu richten.

Unser Gedankenaustausch zieht sich in die Länge. Frau Köhler fragt schließlich, wo wir Moritz schlafen lassen. „Es wäre besser, Sie würden ihn erst einmal im Haus lassen", meint sie. „Damit er sich besser eingewöhnt und nicht so sehr draußen herumstreunt." Ich sehe Helga an. „Siehst du!"

Wir halten uns an Frau Köhlers Vorschlag. Moritz darf die nächsten Tage auf der Holztreppe schlafen, und wir brauchen nicht viel Überzeugungskraft aufzubringen. Das kuschelige Schaffell auf der Treppe ist bald einer seiner Lieblingsplätze. Moritz lernt es auch schnell, seine Toilette im Haus zu benutzen. Dazu muss er die steile Holztreppe nach oben klettern. Auf den Dielenbrettern in einer Ecke des oberen Flurs steht der mit Sand gefüllte flache Plastikbehälter.

Abends nehmen wir ihn nun oft in die Wohnung. Meist läuft er dann geradewegs auf den Sessel vor dem linken Fensterflügel zu, wo er auf seine braune Decke springt, um es sich bequem zu machen. Beim Fernsehen richtet sich unser Blick oft auf sein Lager im Sessel, und wir amüsieren uns über die neuesten Schlafstellungen unseres Kleinen. Gern schläft er auf dem Rücken. „Sieh nur mal", sagt Helga. „Ist denn das normal? Er liegt ja da wie ein Mensch!" Moritz hat die Vorderbeine am Kopf vorbei nach oben gestreckt. Das helle Bauchfell ist sichtbar. Es wirkt immer noch etwas verklebt, nicht so schön flaumig wie zuvor. Aber der Appetit ist seit Tagen wieder bestens.

Helga stellt sich neben den Sessel und streichelt Moritz über den Bauch. Er lässt es sich gefallen, reckt und streckt sich und genießt Helgas zärtliche Hand. „Guck mal", sagt Helga. „Er hat ja schon eine richtige kleine Wampe!" Mir ist es auch schon aufgefallen, dass er dick geworden ist. „Wir müssen ihn auf Diät setzen, ab morgen bekommt er nur noch die Hälfte."

Es geht auf 22 Uhr zu. Helga gähnt und drückt auf die gelbe Taste der Fernbedienung. Das Bild bricht mit leichtem Zischen zusammen. „Bringst du Moritz raus?" Helga geht schon in das Bad. Mir tut es leid, den Kleinen aus seinem Schlaf reißen zu müssen. „Komm, mein Moritzel!" Er liegt schwerfällig in meinem Arm und blinzelt mich an. Ich gehe mit ihm durch die Zwischentür und setze ihn auf der Treppe ab. Moritz hoppelt zwei Stufen höher und legt sich auf sein Schaffell. Die Augen werden schon wieder klein. Ich streichle noch einmal über das schwarz gestreifte Fell. „Schlaf gut, mein Moritzel!"

Ein wolkenloser blauer Himmel und sommerliche Temperaturen – das Wetter ist wie bestellt für unsere Außenarbeiten. Ich räume unbrauchbar gewordene Dachbalken von einer Stelle zur anderen, um mir den Zugang zu der halb verdorrten Hecke zu verschaffen. Sie ist keine Augenweide, und ich möchte sie aus dem Grundstück entfernen.

Vor der Garage taucht plötzlich ein Motorrad auf. Der junge Mann in schwarzer Lederbekleidung nimmt den Sturzhelm ab. Das lange Haar ist am Hinterkopf zusammengebunden. Es ist Ralf. Helga umarmt freudestrahlend ihren Sohn. Ich unterbreche ebenfalls meine Arbeit und laufe über die Wiese zur Garage. „Na, du hast dir ja gutes Wetter für die Fahrt ausgesucht!" Wir beginnen mit einem kleinen Rundgang durch das Grundstück. Ralf antwortet mit knappen Worten auf die vielen Fragen der Mutti. „Ist das eurer?", unterbricht er plötzlich das Frage-Antwort-Spiel. Moritz schleicht neugierig in unserer Nähe herum. Ralf versucht sich mit ihm anzufreunden. Er hat es telefonisch erfahren, dass wir uns einen kleinen Kater zugelegt haben, und er steht wie die Mutti auf grau getigert.

„Nun kommt erst mal rein", sagt Helga schließlich. Moritz folgt uns vorsichtig und setzt sich auf die Steintreppe am Hauseingang. „Einen kurzen Schwanz hat er!", meint Ralf und stellt seine Stiefel neben der Haustür ab.

Ja, ist denn das die Möglichkeit?, denke ich mir so. Er kommt hierher und beleidigt unseren Moritz. Ich werfe von der obersten Treppenstufe aus schnell noch einen Blick auf unseren Kleinen. So ganz Unrecht hat Ralf aber nicht. Moritz' Schwanz ist wirklich ein bisschen kurz im Verhältnis zu seinem Körper. Und einen dicken Bauch hat er!

Beim Mittagessen muss Ralf von seinem Urlaub berichten. Helgas Bedenken waren nicht grundlos. Drei seiner Kameraden sind nicht in die DDR zurückgekehrt. „Und wie geht es sonst?" Nach Berlin fährt er oft. „Und was machst du da?" Ralf redet nicht viel, und Helga muss ihm alles aus der Nase ziehen. Wenn ich die knappe Schilderung richtig deute, war er an den turbulenten Ereignissen vor der Gethsemane-Kirche beteiligt. Wir erinnern uns an die Bilder im Fernsehen, an die Polizeiaktionen gegen die Jugendlichen – mit gepanzerten Fahrzeugen. Helga fährt noch jetzt der Schreck in die Glieder. Was hätte da alles passieren können?

Ralf ist ein paar Jahre jünger als Mathias. Was wird mit dem Studium? Es ist die bekannte Sache: ohne Armee kein Studium. Und wer sich nicht länger verpflichtet oder gar den Dienst mit der Waffe ablehnt, kann warten. Helga macht sich Sorgen um Ralfs Zukunft. Aber kann sie noch etwas ausrichten?

Ihr Sohn ist schon der zweite junge Mann, der uns hier besucht und sich für die Spatentruppe entschieden hat.

Mathias' Vater ist Pfarrer. Aber wie hat sich diese Haltung bei Ralf entwickelt? War es Katrin, seine Freundin, die ihm den Kontakt zu kirchlichen Kreisen vermittelte? Ralf erzählt, was mit der Jugendbetreuerin geschehen ist, bei der sie sich abends oft trafen, mit welchen Mitteln ihr die Stasi zugesetzt hat, bis sie die DDR verließ. „Da soll man keine Wut bekommen?", sagt er.

Mit Ralf zusammen komme ich bei meinen Arbeiten besser voran. Wir transportieren die langen Balken nun zu zweit. Auch Moritz mischt sich ein. Er hüpft auf den Balken herum und untersucht wichtigtuend die freigelegten Stellen. Wir müssen aufpassen, dass wir ihn nicht einklemmen. Bis zum Abend ist die alte Hecke vollständig entfernt, und Helga hat Mühe, die aufgetürmten Sträucher wegzuschleifen.

In einer Pause kommt das Gespräch auf Mephisto. Der anhängliche schwarze Kater ist vor ein paar Monaten gestorben. Helga wurde sehr traurig, als diese Nachricht bei uns ankam, ja, sie fühlte sich schuldig an seinem Tod. „Ich glaube, er hat mein

Weggehen nicht verkraftet. Er ging sonst zu niemandem. Ich war seine einzige Bezugsperson."

Ralf erzählt, dass er über längere Zeit keine Nahrung mehr aufnahm und immer apathischer wurde. Eines Tages fand er ihn dann tot im Keller.

Obwohl ich Mephisto nicht kannte, habe ich Helgas Traurigkeit beim Eintreffen dieser Nachricht verstanden und nachempfinden können. Ralf meint, er wäre allerdings schon ziemlich alt gewesen. Es ist gut, dass er es sagt. Ich hoffe, dass es Helga ein wenig entlastet.

Die ungewöhnliche Wärme macht uns zu schaffen. Bei Einbruch der Dunkelheit klebt eine dicke Schicht von Heckenstaub auf unseren Gesichtern.

Ich komme als Letzter aus dem Bad. Moritz miaut an der Haustür herum. Wenn wir Besuch haben, ist er besonders neugierig und möchte auf keinen Fall draußen bleiben. Es gelingt ihm wieder einmal, mich zu erweichen. Er huscht durch den kleinen Türspalt in das Haus. Auf kürzestem Weg durchquert er das Wohnzimmer, springt auf die braune Decke und macht unserem Gast deutlich, wo hier sein Platz ist. Aber Ralf stänkert von der Couch aus mit ihm herum. Dafür beißt ihn Moritz in die Hand. Zwischen Ralf und Moritz entbrennt eine kleine Kampelei. Unser Kleiner, der in Ralfs großen Händen fast verschwindet, verteidigt sich tapfer. Doch Helgas Sohn hat wenig Respekt vor den spitzen weißen Zähnen.

„Was denkst du, wie klug unser Moritz ist", beginnt Helga, Ralf von ihren Erlebnissen mit dem kleinen grauen Kater zu berichten. „Vor dem Reinemachen hatte ich Moritzel wieder mal rausgesteckt, weil er mich bloß von der Arbeit abhielt. Ich begann im Wohnzimmer. Auf einmal höre ich ihn miauen. Ich sehe nach. Moritzel sitzt draußen, direkt vor dem Wohnzimmerfenster, und schaut zu mir hoch. Die Schlafstube ist an der Reihe, und wieder höre ich ihn draußen miauen. Moritz sitzt nun vor dem Schlafzimmerfenster. Einige Zeit später begebe ich mich in den Vorratskeller und vernehme die gleiche Stimme. Ich denke, das kann doch nicht wahr sein und sehe mich um. Moritz hat mich schon wieder entdeckt und lugt zum Kellerfenster herein!"

Ich kenne die kleine Geschichte schon. Solche Begebenheiten übermittelt mir Helga manchmal auch telefonisch. Wiederholt rätselten wir, wie der kleine Kerl so schnell unseren Aufenthaltsort im Haus herausfindet.

Auffällig ist, dass er nicht gern allein bleibt. Moritz ist sehr anhänglich und sucht immerzu unsere Gesellschaft.

Wir erzählen Ralf von dem alten Holzstoß in Erlabrunn, unter dem unser Moritz zur Welt kam, von der grauen Katzenmutter und seinem Schwesterchen. Wir haben ihn aus seiner kleinen Welt herausgerissen, alles, was ihm vertraut war, weggenommen. Ich vermute, dass die große Anhänglichkeit auch mit den verloren gegangenen, gewohnten Beziehungen des kleinen Katers zusammenhängt. Wir wollen ihm den Verlust durch unsere Liebe ersetzen, und oft fällt es schwer, dem um Einlass bettelnden Stimmchen zu widerstehen.

Während wir Ralf von unseren Erlebnissen mit dem Kleinen berichten und nebenbei das Fernsehprogramm verfolgen, ist unser Moritz vom Sessel gesprungen. Der drehbare Fernsehtisch steht auf einem langhaarigen runden Teppich. Moritz krabbelt auf dem grünen Teppich herum und beschnuppert interessiert die kleine Wiese aus Wollhaar.

Nun setzt er sich, und seine Sitzhaltung erscheint mir wieder einmal verdächtig. Auch Helga bemerkt es. Sie vertreibt Moritz und klappt die Unterseite des Teppichs nach oben. „Na, da haben wir ja die Bescherung! Ausgerechnet wieder, wenn wir einen Gast haben." „Können wir ihm nicht übel nehmen", versuche ich unseren Kleinen zu verteidigen. „Er hat sich für sein Geschäft extra ein Stück Wiese ausgesucht."

Es ist weniger dieses kleinen Vergehens wegen. Draußen ist es warm und trocken. „Moritz kann wieder mal in seiner Stube schlafen", meint Helga. „Wenn er immer im Haus schläft, fällt es ihm draußen umso schwerer, wenn wir mal ein, zwei Tage nicht zu Hause sind."

Ich trage den kleinen Kerl in den Hundezwinger und schubse ihn sanft in sein Häuschen aus Plastikstiegen. Doch Moritz kommt sofort wieder herausgekrabbelt. Ich kann ihn nicht zwingen. Ein paar Minuten später sehe ich noch einmal mit der Taschenlampe nach. In seiner Stube ist er nicht. Wo treibt sich der Kleine nun wieder herum?

Am folgenden Tag weckt uns die Morgensonne. Sie scheint uns durch das Schlafzimmerfenster direkt ins Gesicht und kündet einen weiteren schönen Herbsttag an.

Noch im Halbschlaf höre ich das schwache Stimmchen. Geduldig und ausdauernd miaut da jemand vor dem Schlafstubenfenster. Langsam rappel ich mich aus dem Bett, um nachzusehen, wer uns da „Guten Morgen" sagen will. Unser Kleiner sitzt unterhalb des Fensters auf einer Gehwegplatte. „Hallo, mein Moritzel!" Moritz hebt den Kopf und antwortet. „Na, wie hast du geschlafen?", frage ich unseren Kleinen. Moritz richtet seinen Blick erneut nach oben und antwortet mit ein paar Katzenlauten. Auf diese Weise beschäftigen wir beide uns noch eine Zeitlang. „Hörst du!", rufe ich zu Helga ins Schlafzimmer. „Moritz unterhält sich mit mir!"

Ich frage ihn bei dieser Gelegenheit auch, wo er heute Nacht war und hätte es sicher erfahren, wenn ich seine Sprache besser verstehen würde.

Noch bevor unser Gast seine Morgentoilette beendet hat, stelle ich Moritz' Milchschüssel vor die Haustür. Unser Dicker weiß, dass wir nicht mehr im Schlafzimmer sind und wartet schon auf der grauen Steintreppe.

Es dauert nicht mehr lange, und wir leisten alle zusammen unserem Moritz draußen Gesellschaft. Ralf sitzt mit einem Korb auf dem Baum neben der Garage und pflückt Äpfel. Die Ernte ist unerwartet reichlich, und die Hilfe kommt im rechten Augenblick. Moritz folgt Ralf bis zur unteren Astgabelung und beobachtet von da aus aufmerksam seine Arbeit. Plötzlich scheint unser Kleiner irgendetwas auf der Wiese entdeckt zu haben. Ziemlich tollpatschig klettert er vom Apfelbaum herunter, die bestimmte Stelle neben den Sträuchern am Swimmingpool immer im Auge behaltend. Moritz schleicht sich – Deckung hinter Grasbüscheln suchend – Stück für Stück an. Er war nicht vorsichtig genug. Ein Schmetterling flattert aus dem Gras. Moritz setzt zum Sprung an. Trotz vollem Einsatz – er schafft die Höhe nicht ganz und schlägt mit seiner Pfote ein Loch in die Luft. Kopfüber landet er wieder auf der Wiese und beschließt sein übermütiges Manöver mit zwei Purzelbäumen.

Ich beobachte mit Helga sein ausgelassenes Treiben. Wir freuen uns, dass es unserem Kleinen wieder gut geht.

Was stellt er eigentlich so tagsüber an, wenn wir beide nicht zu Hause sind? Helga hat vor einer Woche ihre Arbeit im Labor des Krankenhauses aufgenommen. Es ist eine neue Situation für unseren Kleinen. Er muss allein bleiben, bis Helga nachmittags von der Arbeit zurückkommt.

Eine weitere Frage beschäftigt uns. Warum ist ihm auf einmal die kleine Stube im Hundezwinger nicht mehr recht? „Ich habe extra eine neue Decke reingelegt, damit ihm an seinem Nachtlager nicht der anhaftende Geruch des Schmierfettes stört", versichert mir Helga.

Hat sich unser Dicker eine neue Schlafstelle ausgesucht? Zu gern würden wir wissen, wo sich Moritz nun über Nacht aufhält.

Freunde ringsumher

Schwer fällt es Moritz einzusehen, dass keiner mehr bei ihm bleiben kann. Ralf ist Sonntagabend zurückgefahren, und ich habe mich wie gewohnt heute Morgen auf der Treppe von dem Kleinen verabschiedet.

Nun will auch Helga noch davonlaufen. Auf bewährte Art versucht sie ihn abzulenken. Moritz bekommt Milch und eine Schüssel mit Wurststückchen vor die Haustür gestellt. Helga verschließt die Tür und versucht, sich unbemerkt davonzustehlen. Doch unser Kleiner lässt sich diesmal nicht überlisten, und er hat seine Mahlzeit überraschend schnell beendet. Helga ist noch auf halbem Wege in Richtung Straße, da kommt ihr Moritz hinterhergeflitzt. Sie bemerkt den kleinen Verfolger und wendet sich ihm zu: „Bleib hier, Moritzel, ich kann dich nicht mitnehmen." Sie klatscht in die Hände.

Moritz hat verstanden. Er läuft ein Stück zurück in Richtung Tor, setzt sich und schaut Helga traurig nach. Von der Straße aus sieht Helga noch ein paarmal zur Grundstückseinfahrt zurück. Moritz hat eingesehen, dass er ihr nicht folgen darf. Er bleibt in seinem Reich zurück und übernimmt die Aufgabe, es während unserer Abwesenheit zu bewachen.

Es ist ein großes und schönes Reich, in dem eine Katze alles findet, was sie zum Leben braucht. Es ist ein Reich, das unserem Moritz Geborgenheit gibt, ein Zuhause und volle Freiheit zugleich. Wenn die Neugier den kleinen Kerl überrumpelt, schlüpft er durch die Zaunlatten in Nachbars Garten. Sieben andere Grundstücke umschließen das unsere. In welche Richtung unser Moritz auch das vertraute Gelände verlässt – er strolcht zwischen Blumen und Obstbäumen umher, er schleicht durch hohes Gras und Erdbeerpflanzen, beschnuppert Wasserfässer und tippelt über Bungalowterrassen.

Von der Natur droht ihm keine Gefahr. Gefahr droht ihm nur vom Menschen, umso mehr, da unser Moritz ein unbekanntes graues Kätzchen ist, das da in Nachbars Garten herumspaziert. Die Möglichkeit, unseren Kleinen als herrenloses Kätzchen einzuordnen, darf Moritz nicht länger gefährden. Ich betrachte den Vorfall mit dem Schmierfett als Warnung. Es erscheint mir ratsam, alle Gartennachbarn mit unserem Moritz bekanntzumachen.

Einige Kontakte sind schon hergestellt – doch oft blieb es bei dem „Guten Tag". Und dort, wo die wild wuchernde Jasminhecke an der Grundstücksgrenze den Blick versperrt, sind uns die Gartenbesitzer noch völlig unbekannt.

Wächtlers Bungalow ist unserem Haus am Nächsten. Ich bin gerade dabei, auf dem schmalen Streifen Wiese zwischen unserer Hauswand und dem Bungalow unseres Nachbarn Gras zu mähen, als Frau Wächtler in wenigen Metern Entfernung aus der Tür tritt. Ich spreche sie an und lenke das Gespräch schnell auf mein eigentliches Anliegen. „Wenn mal eine kleine graue Katze bei ihnen herumläuft – das ist unser Moritz."

„Ach so!", erwidert Frau Wächtler. „Ich habe mich schon gewundert. Der Kleine ist oft bei uns." Es stellt sich heraus, dass Wächtlers sich mit Moritz schon angefreundet haben, dass sie ihm Milch geben und ihn manchmal auch füttern. „Was glauben Sie, wie hungrig er war und wie hastig er alles heruntergeschlungen hat", beteuert Frau Wächtler. „Da hat er uns richtig leidgetan!"

Es ist nicht zu fassen. Ich bremse meine Erregung. „Sie brauchen ihm wirklich nichts zu geben, er bekommt bei uns genug!"

Ich muss Helga von diesem Gespräch mit der Nachbarin sofort berichten. „Ist dir klar, was wir für Rabeneltern sind? Da müssen andere unseren Moritz mit durchfüttern!"

Auch Helga ist überrascht von diesen neuesten Nachrichten über unseren Kleinen. Aber sie lacht. „Wächtlers haben vielleicht den kleinen Kugelbauch übersehen!"

Helga hantiert umständlich in der Küche. Jeder Tropfen Wasser muss aus dem Bad geholt werden. Der Abwasch erfolgt in einer Plastikschüssel. „Weißt du, dass nächsten Mittwoch die Küchenmöbel angeliefert werden? Und wir sind immer noch keinen Schritt weiter!", sagt sie verärgert. Wie viel Zeit haben wir beide schon investiert – nur wegen des Zehn-Liter-Boilers, den wir in der Küche brauchen. Es ist die fünfte Woche, dass wir uns vergeblich bemühen.

Und unser Hauptmann lässt uns nun schon zwei Wochen lang im Stich. Es geht mit den Malerarbeiten nicht voran. Der junge Hauptmann ist unser Maler. Das Vorrichten in unserem Haus ist für ihn eine Nebenbeschäftigung, eine willkommene Abwechslung nach seinem Dienst in der Kaserne. Aber nun gibt es keinen Feierabend mehr für ihn. Auch in Karl-Marx-Stadt verwandelte sich die politische Spannung in Aufruhr. Verletzte Jugendliche liegen in den Krankenhäusern, und Truppenteile der Frankenberger Kaserne sind an der Stadtgrenze stationiert. Die Armee ist in höchstem Alarmzustand. Unser Hauptmann ist ein junger Mann wie Mathias und Ralf. Aber für ihn wären Mathias und Ralf im Ernstfall die Feinde. Es hilft wenig, nach dem Warum zu fragen. Unser Hauptmann wiederholt das, was man ihm beigebracht hat, als wäre es seine eigene Überzeugung: „Gegen Aufrührer und Konterrevolutionäre muss konsequent vorgegangen werden!" Ich hatte Gelegenheit, mit ihm darüber zu sprechen, als wir ihn vorige Woche zu Hause aufsuchten. So sieht er es! Noch sieht er es so …

Die Ereignisse überstürzen sich. Aber unser Heim inmitten der Gärten ist wie eine ruhige Insel, ein Ort des Friedens und der Geborgenheit.

Moritz hat sich am Abend wieder zu uns gesellt. Er liegt neben mir auf der Couch, genießt das Streicheln und schnurrt leise vor sich hin.

Ein Druck auf den kleinen Knopf der Fernbedienung. Ein anderes Bild erscheint. Die verwackelten Aufnahmen stammen von keinem Fernsehteam. Im fahlen Licht der Straßenlaternen erkennt man einen schier endlosen Menschenzug. Der tausendstimmige Chor ist schwer zu verstehen. Ein Schriftzug erscheint am unteren Bildrand: Wir sind das Volk! Zahlen werden genannt: Dreihunderttausend! Uns läuft es kalt den Rücken runter. Etwas Unfassbares ist geschehen. Wir können es noch nicht einordnen. Ein verworrener Traum, die Szene eines Spielfilms? Wir fühlen beide, was es bedeutet, wenn das Wirklichkeit ist. Wir erleben den kritischen Punkt kurz vor dem Einsturz eines großen Gebäudes.

Meine Hand gleitet ruhig über das kuschelige graue Fell. Was meint unser Kleiner zu diesen wichtigen Ereignissen? Nur flüchtig streift sein Blick ab und zu über das Fernsehbild. Moritz gähnt und zeigt in beeindruckender Weise seinen Rachen und die spitzen weißen Hauer. Selbst Mäuse, Vögel und Schmetterlinge, die auf dem Bildschirm erscheinen, interessieren ihn nicht sonderlich, wie ich mehrfach schon beobachten konnte. So jung und unerfahren unser Kleiner auch ist – eine Maus auf dem Fernsehbild kann ihn nicht von der Couch locken. Ich setze ihn hoch auf die Couchlehne – nur um einmal zu sehen, was er da so anstellt. Die hohe Position gefällt unserem Moritz. Neugierig mustert er uns beide aus dieser neuen Sicht. Er krabbelt ein paar Schritte auf der grünen Lehne entlang und kommt schließlich Helgas Kopf so nahe, als wolle er seine Zuneigung gleich mit einem Küsschen bekräftigen. Helga fängt ihn mit der Stirn ab und drückt gegen das graue Köpfchen. Moritz versucht seine Stellung zu behaupten, spannt die Muskeln an und schiebt. Helga und Moritz kämpfen Kopf an Kopf.

„Ach", sage ich, „wir haben uns einen kleinen Schafbock angeschafft!"

Im Normalfall ist Helga schon zwei Stunden vor mir zu Hause. Heute nutzt sie das schöne Herbstwetter und beschneidet die Hecke, die gegenüber dem Hauseingang unser Grundstück begrenzt. Sie bemerkt die alte grauhaarige Frau im Nachbargarten. Moritz springt bei der Nachbarin umher. „Moritz, Moritzel – komm her!", ruft Helga. Die alte Frau blickt auf. Helga grüßt freundlich über den Gartenzaun. „Ach, der Kleine gehört wohl Ihnen?", fragt die grauhaarige Nachbarin. „Ja, das ist unser Moritz", bestätigt Helga.

„Das ist doch mein Maxel", widerspricht die alte Frau. Helga sieht verdutzt in den Garten der Nachbarin. Der schmale Streifen ist nur schräg über Müllers Grundstück hinweg einsehbar. Eine mannshohe Hecke aus Jasminsträuchern versperrt die direkte Einsicht. Lupinen und Rosen wachsen im Garten der alten Frau. In der Mitte des nicht mehr als fünf Meter breiten Streifens steht eine kleine Laube mit Flachdach und einer grünen Dachrinne. Die Wände sind mit gelb gestrichenen Leisten beschlagen, und ein an der Rückwand aufgestellter kleiner Schrank dient als Standplatz für ihre beiden Vogelhäuschen.

Eine längere Unterhaltung beginnt, und Helga unterbricht ihre Arbeit. Die alte Frau ist froh, eine aufmerksame Zuhörerin gefunden zu haben. Sie hat keine Angehörigen mehr – hier in Frankenberg. Ihre Tochter ist vor Jahren weggezogen.

Helga hört das Problem der alten Frau bald heraus: Sie fühlt sich vernachlässigt und allein gelassen.

Nun hat sie sich mit unserem kleinen Kater angefreundet. „Er kommt jeden Tag zu mir!" Die alte Frau verpflegt unseren Moritz nicht nur mit Milch. „Ich war heute extra einkaufen. Wir haben heute Mittag Schabefleisch gegessen." Helga denkt, sie hört nicht richtig. „**Wir** haben gegessen …" Die Nachbarin versorgt unseren Moritz mit den besten Sachen, und wir wundern uns, dass er zu dick wird. „Ich habe ihm bei mir auch eine schöne Schlafstelle eingerichtet!", sagt sie. Nun wird Helga alles klar. Die Wohnstätte im Hundezwinger ist unserem Moritz nicht mehr gut genug. Die alte Frau hat ihn praktisch abgeworben.

Sie nimmt Moritz auf den Arm, und er kuschelt sich bei ihr an. „Na, geh zu deinem Frauchen!", sagt sie zu dem Kleinen. Aber Moritz rührt sich nicht von der Stelle.

„Sehen Sie!"

Helga sieht das glückliche Gesicht der alten Frau. Es wäre zu dieser Sache etwas zu sagen. Aber Helga möchte es in diesem Moment nicht.

Die Schüssel mit zu kleinen Würfeln geschnittener Wurst ist meist schon bereitgestellt, wenn ich abends nach Hause komme. Ich brauche sie dann nur noch vor die Haustür zu stellen und nach unserem Kleinen zu rufen. So habe ich wenigstens einmal am Tag die Gelegenheit, Moritz zu versorgen und mich bei ihm beliebt zu machen.

Ich komme in die Küche zurück. „Wo steckt denn Moritz wieder mal?"

Helga erzählt mir von der alten Frau, die hinter den hoch gewachsenen Jasminsträuchern ihren Garten hat. Ich mache keinen Hehl daraus, dass mir die Angelegenheit nicht passt. „Moritz gehört hierher – zu uns!"

„Ich konnte mit der Frau doch nicht schimpfen", sagt Helga. „Wenn du gesehen hättest, wie glücklich sie mit dem kleinen Kerl im Arm war!"

Dann fügt sie hinzu: „Wenn sich unsere Nachbarin ein bisschen um Moritz kümmert, zum Beispiel, wenn wir am Wochenende nicht hier sind – das ist doch gar nicht so schlecht! Und die Gartenzeit ist auch bald vorüber. Im Winter wird sie nicht da sein."

Helga steht an dem gardinenlosen Küchenfenster und starrt plötzlich nach oben auf eine Stelle in Herrn Müllers Garten. „Sieh dir nur mal das an! Ist das nicht unser Moritz?" Helga hebt die Hand. „Dort auf dem Kirschbaum!" Nun sehe ich die kleine graue Katze auch. „Das ist ganz bestimmt unser Moritz!" Er sitzt auf einem Ast des Kirschbaumes und lugt zu uns herüber. Von solchen Kletterpartien hält ihn offenbar sein Bäuchlein nicht ab. Einen Meter höher ist ein hölzerner Kasten mit einer kleinen runden Öffnung angebracht. Ist er den Vögeln hinterher, oder sitzt er da oben, um zu uns durch das Küchenfenster zu sehen?

Ich gehe zur Haustür und rufe den waghalsigen Kletterfritzen: „Moritzel, kommst du da runter!" Unser Moritz hat einige Probleme mit dem Abstieg. Er verliert den Halt, rutscht an der Rinde entlang, und ich sehe ihn schon abstürzen. Doch geschickt fängt er sich wieder und springt auf die Wiese. Wenige Sekunden später steckt er seinen Kopf in die Wurstschüssel. Ich habe die Ration etwas herabgesetzt. Aber was nützt es?

Immer weniger Zeit bleibt abends für unsere Arbeit im Garten. Es wird schnell dunkel, und das Umpflanzen der Beerensträucher gehört zu dem Wenigen, was wir uns draußen noch vorgenommen haben. Ich messe die Abstände aus und beginne, die notwendigen Löcher mit dem Spaten auszuheben. Helga hat die Beerensträucher aus allen Teilen des Grundstückes zusammengesucht und nach Hochstämmchen und den buschig wachsenden Pflanzen sortiert. Wir brauchen nicht lange zu warten. Im Halbdunkel schleicht sich unser Moritz an – so, als wollte er gar nicht bemerkt werden. Doch die herumkollernden Erdklumpen locken ihn aus der Reserve. Übermütig stürzt er sich auf sie und schlägt dabei Purzelbäume. Dann sitzt er wieder im Gras und beobachtet unsere Arbeiten. Habe ich ein Loch ausgehoben, wird es sofort von Moritz untersucht. Er beugt sich über den Rand, streckt seinen Kopf in die Tiefe und hantiert wichtigtuend mit seinen Pfoten. Ich habe den Eindruck, er überprüft meine Arbeit.

Helga kommt mit der Gießkanne und schwemmt die Wurzeln ein.

„Übrigens, es hat geklappt mit unserem Gärtner", sagt sie. „Am Sonnabendvormittag will er mal vorbeikommen und uns beraten." Zu gern möchte Helga vor Wintereinbruch noch ein paar Ziersträucher vor dem großen Wohnstubenfenster einpflanzen. Eile ist mit diesem Vorhaben geboten – in wenigen Wochen kann es schon zu spät sein.

Auf unserem Verbrennungsplatz inmitten der Wiese hat sich wieder einiges angesammelt. Wenn wir jetzt noch Feuer machen wird es ein langer Abend und wir verpassen die neuesten Nachrichten im Fernsehen. Doch Helga möchte die anhaltende Trockenheit ausnutzen. „In einem Viertelstündchen ist alles weg", meint sie mit ironischem Unterton. Ich kenne das Viertelstündchen schon.

Eine Stunde später schiebe ich die unverbrannten Äste wieder der Mitte zu, und das Feuer lodert erneut auf. Beißender Qualm zieht über das Grundstück. „Wir werden ja heute Abend wieder schön stinken", sagt Helga. In einigem Abstand spüren wir immer noch die angenehme Wärme des Feuers. Ich halte Moritz im Arm und versuche ihm zu erklären, was sich vor uns abspielt. Moritz ist beeindruckt, und seine großen runden Augen glitzern im Widerschein der Flammen.

Eine kaum übersehbare Vielfalt von Pflanzen gedeiht in den Grenzen unseres Grundstückes. Ziersträucher verschiedenster Art füllen einen fünf Meter breiten Streifen neben dem Zaun zu Köhlers. Ein ebenso breiter Streifen, dicht bepflanzt mit vielen Laubbaumarten und Büschen, begrenzt das Grundstück nach hinten und wird in Garagennähe von einem Stück undurchdringlichen Wald aus Fichten, Tannen und anderen Nadelhölzern abgelöst. Einige Obstbäume sind unregelmäßig über das gesamte Grundstück verteilt. Die Koniferen-Gruppe am Swimmingpool mit dem alles überragenden Rhododendron ist ein beliebtes Versteck unseres kleinen Katers und die Böschung, auf der diese Pflanzen wachsen, sein Platz zum Sonnen.

Wir zeigen dem Gärtner unseren ganzen Bestand und führen ihn bis in die letzte Grundstücksecke. Moritz schließt sich der Führung an, und bald hat der junge Mann den neugierigen kleinen Kerl bemerkt, der aufgeweckt stets in unserer Nähe herumflitzt. Der Gärtner staunt über die Ausdehnung des Grundstückes und mustert mit großem Interesse die Bepflanzung. „Sie haben hier viele seltene und wertvolle Gehölze", klärt er uns auf. „Aber viele Stellen sind zu dicht bewachsen und müssten gelichtet werden." Wir stehen unter dem Apfelbaum neben der Garage und unterhalten uns. Wo steckt denn unser Moritz? Ich höre im Apfelbaum ein leises Rascheln. Moritz sitzt auf einem Ast und belauscht uns!

Nun lenken wir die Schritte quer über die Wiese auf die Stelle zu, wo Helga damit begonnen hat, Gemüse anzupflanzen. Moritz überholt uns, spurtet mit weiten Sprüngen an uns vorbei auf den Ort zu, den wir gerade anvisiert haben. Er ist als Erster zur Stelle und versteckt sich unter einem der Ziersträucher an Köhlers Gartenzaun.

Am Rand unseres zukünftigen Gemüsegartens haben mehrere Haselnusssträucher eine beachtliche Höhe erreicht. Helga informiert den Gärtner über ihre Pläne und hat in dem jungen Mann einen sachkundigen Zuhörer und Berater. Ich richte meinen Blick durch die Zweige hindurch auf den strahlend blauen Himmel. Wen entdecke ich da auf einem weit ausladenden, dicken Ast? Moritz hat unbemerkt einen Meter über dem Kopf des Gärtners Stellung bezogen und beobachtet die Szene aufmerksam von oben.

Ich tippe Helga an die Schulter und zeige, ohne ein Wort zu sagen, auf die Stelle in dem baumhohen Strauch. Frech lugt der Kletterfritze herunter. Es ist uns fast peinlich. „Ob Moritz vielleicht bei der Stasi ist?", fragt mich Helga leise. Der junge Mann hat nun auch mitbekommen, dass er schon wieder belauscht wird. Er sieht nach oben und schmunzelt.

Unser Rundgang endet an der Hausseite mit dem großen dreiteiligen Wohnstubenfenster. Mir ist beim Begehen unseres Grundstückes noch einmal die große Zahl der angrenzenden Gärten bewusst geworden. Mit den meisten Nachbarn habe ich schon sprechen können. Und sie wissen Bescheid, wer der kleine graue Kater ist, der vielleicht mal in ihrem Grundstück herumstrolcht. Nur an der hinteren Grundstücksgrenze ist die Situation anders. Ich habe die Leute noch nicht einmal gesehen. Gelegenheit, sich bekannt zu machen, wird es wohl erst geben, wenn wir uns durch dieses Dickicht durchgearbeitet und den Bestand an Bäumen und Büschen stark gelichtet haben.

Manch seltene Baumart konnte selbst der Gärtner nicht einordnen. Er würde gern im Frühjahr noch einmal bei uns vorbeikommen, wenn diese Bäume wieder Blätter treiben. Dann ist es einfacher.

Nun sieht er sich das neu zu gestaltende Stück Erde zwischen Haus und Köhlers Garten an. Helga möchte sich einen fachmännischen Plan als Vorschlag für die Anordnung der einzelnen Sträucher von ihm anfertigen lassen, aus dem auch die genauen Bezeichnungen der Pflanzen hervorgehen. Der junge Mann opfert an diesem Sonnabendvormittag ein Stück seiner Freizeit. Aber er verlangt nichts dafür. „Ich habe es gern getan – den Plan mache ich Ihnen nächste Woche fertig!"

Wir bedanken uns, und der junge Mann verabschiedet sich auch von unserem Moritz, der natürlich zur Stelle ist und zwischen unseren Beinen herumschwänzelt. Während der Gärtner sein Fahrzeug wendet, nehme ich Moritz hoch. Laut knatternd entfernt sich der Trabbi durch das geöffnete Tor in Richtung Straße.

Ein Arbeitstag mit den meist notwendigen Versorgungseinkäufen während der Mittagspause liegt hinter mir.

Ich habe endlich einen Briefkasten erworben und biege mit dem verschnürten Paket in unsere Grundstückszufahrt ein. Helga beschwert sich bei Regenwetter immer über die eingeweichte Post aus dem klapprigen, verrosteten Briefkasten, den uns Frau Petzold hinterlassen hat. Aber der Neue ist auch nicht für außen bestimmt. Wie bekomme ich ihn nun wetterfest?

So in Gedanken versunken, laufe ich an Wächtlers Bungalow vorbei. Da miaut es auf einmal aus der Blumenrabatte heraus, und im nächsten Moment springt mein Moritz auf den Weg. Ich setze den verpackten Blechkasten ab und streichle den lieben Kerl.

„Hallo, mein Moritz, du willst mich wohl abholen?"

Es sieht ganz danach aus. Denn nun tippelt Moritz mir voran in Richtung Tor. Dann springt er flink die grauen Treppenstufen hoch und nimmt vor der Haustür Platz. Ich drücke mehrmals den Klingelknopf, und Moritz beobachtet jede meiner Bewegungen. Er lauscht mit gespitzten Ohren dem Türgong und Helgas Schritten im Flur. Zweimal hintereinander tönt das Schloss, und dann öffnet sich die Tür. Helga sieht erst mich an, dann geht ihr Blick nach unten. „Hallo, Helga!", begrüße ich sie. „Wir sind da!"

Während ich mich mit Helga in der Küche unterhalte, drückt sich Moritz schon in der Nähe des Kühlschranks herum und miaut uns hin und wieder an. „Du bekommst ja gleich was!", wende ich mich dem kleinen Fresssack zu. Doch welche Portion ist die richtige? Wer weiß denn, wie viele Mahlzeiten unser Moritz heute schon hinter sich hat?

Nur wenige der Zierpflanzen, die der Gärtner auf seinem Plan stehen hat, kann Helga noch vor Einbruch des Winters anpflanzen. Sie kauert vor dem Wohnstubenfenster auf dem Boden und hebt Löcher für die Pflänzchen aus. Auch in dem angrenzenden Gartengrundstück ist jemand beschäftigt. Es ist Frau Köhlers Schwiegermutter, die immer adrett gekleidete Frau mit dem gepflegten silbergrauen Haar. Sie stammt nicht von hier, und das fällt einem sofort auf, wenn man sie sprechen hört. Zu gern kommt sie zu einem Plausch mit Helga an den Gartenzaun. Doch diesmal hat sie noch nichts bemerkt.

    Plötzlich wundert sich Helga. Sie hört Frau Köhler sprechen, obwohl niemand in ihrer Nähe zu sehen ist. Helga erhebt sich und schaut über den Zaun. Ja, mit wem spricht sie denn nur? Da sieht Helga eine kleine graue Katze zwischen den Erdbeerpflanzen herumspringen. Moritz ist Frau Köhlers Gesprächspartner! Unser Moritz springt der Nachbarin vor den Füßen herum und hält ihr den Hackenstiel fest. Er behindert sie regelrecht bei der Arbeit. Aber Frau Köhler amüsiert sich über den aufgeweckten kleinen Kerl und versucht ihn geduldig davon zu überzeugen, dass er hier nicht mithelfen kann.

„Guten Tag!", sagt die alte Frau, die hinter den hohen Jasminsträuchern ihren kleinen Garten hat. Helga erschrickt ein wenig, als die Nachbarin von der gegenüberliegenden Seite unseres Grundstückes plötzlich neben ihr auftaucht. Wie sich herausstellt, ist Frau Köhler ihre Freundin, und Helga muss es akzeptieren, dass sie einfach so durch unser Tor kommt. Es ist der kürzeste Weg, wenn sie ihre Freundin sprechen will.

    Die alten Damen beginnen miteinander zu plaudern. Doch plötzlich unterbricht die alte Frau, die sich eben dazu gesellt hat, das Gespräch. Sie zeigt über den Zaun in Frau Köhlers Blumenbeet.

„Ja, da ist ja mein Maxel" Sie nähert sich den Zaunlatten und zeigt noch einmal auf unseren kleinen Kater. „Das ist nämlich mein Freund!", sagt sie. Frau Köhler begibt sich in aufrechte Haltung und widerspricht der Freundin energisch. „Also, erstens heißt der Kleine bei uns Moritz und nicht Maxel, und zweitens ist er auch **mein** Freund!"

Trotz aller neuen Bekannten und Freundinnen, die unseren Moritz verwöhnen, vergist er von nun ab keinen Tag, mich abzuholen. In der Nähe des orangefarbenen Tores oder in Wächtlers Vorgarten wartet er abends auf meine Ankunft. Wenn Helga abends gegen halb sechs den Gong hört, weiß sie, dass an der Haustür zwei auf Einlass warten.

Helga erzählt mir von dem Streit der beiden alten Damen um Moritz. „Die Lage ist ernst", sagt sie. „Bei dieser Konkurrenz stehen wir echt unter Druck." Wir stimmen in der Einschätzung der Situation völlig überein: Täglich frisches Schabefleisch und andere Leckereien, ein warmes Nachtlager im Haus aus Schafsfell und viele Streicheleinheiten täglich – das ist jetzt das Mindeste, was unser Moritz von uns erwarten kann. „Wenn wir den Anforderungen nicht gerecht werden, haben wir den Schaden", kommentiere ich die entstandene Lage. „Dann müssen wir mit seiner Auswanderung rechnen!"

Spuren im Schnee

Dem Wetter ist nicht zu trauen, und die großräumige Garage bewährt sich in dieser Situation als ideale Arbeitsstätte. Vorsichtig drehe ich die Kurbel des Wagenhebers – bei einem siebzehn Jahre alten Auto kann man nicht wissen, ob Holme und Bodenblech der Belastung noch gewachsen sind. Vier Räder mit Winterbereifung sind zu montieren. Wir müssen mit Schneefall rechnen und wollen bei unserer nächsten Fahrt nach dem 650 Meter hoch gelegenen Erlabrunn nicht kurz vor dem Ziel steckenbleiben.

Ich rolle ein demontiertes Rad zum Abstellen an die Mittelsäule der Garage. In dem Moment kommt Moritz angejagt. Er spurtet mit einem Tempo über die Wiese, als ginge es um sein Leben. Wenige Meter vor mir kann er nur mit Mühe einen Sturz abwenden, da es ihm bei dem Versuch, in die Garage einzuschwenken, auf dem lockeren Sandboden die Hinterbeine wegzieht.

Ich sehe nach, was der Anlass für dieses Benehmen ist. Wird Moritz von einem großen Hund verfolgt? Dunkle Wolken ziehen am Himmel, und ein paar Tropfen kommen herunter. Von einem Verfolger keine Spur. Moritz hat in der Garage auf der grauen Plane, die den Campinghänger abdeckt, Platz genommen. Es fängt an zu regnen. Für so wasserscheu hätte ich unseren Moritz nicht gehalten. Er hat sich mit seiner panikartigen Flucht also nur in Sicherheit bringen wollen.

Eine Zeitlang beobachtet mich Moritz von seinem Sitzplatz auf dem Campinghänger aus. Dann wird es ihm zu langweilig. Während ich noch die letzten Radmuttern anzuziehen habe, kommt er über dem Betonboden getippelt und springt auf meine Beine. Moritz sieht mich an und miaut. „Hier bin ich!", soll es bestimmt heißen. „Kannst du mir sagen, wie ich da noch was machen soll?", frage ich Moritz. Ich bemühe mich, mit dem kleinen Kater auf den Beinen meine Arbeit fortzusetzen. Aber Moritz mischt sich nun auch noch ein. Er versucht mit seinen Pfoten das Werkzeug zu fassen, als wolle er mir beim Anziehen der Radmuttern behilflich sein. Was soll ich mit dem Kleinen, der mich auf diese Weise von der Arbeit abhält, anfangen?

Ich setze ihn wieder auf den Betonboden der Garage, und Moritz sucht sich bereitwillig eine andere Beschäftigung.

Eine wichtige Neuigkeit erfahre ich heute telefonisch. Offenbar besinnt sich unser Kleiner nun darauf, dass er bei uns auch seine Aufgaben und Pflichten hat. Um die Mittagszeit rufe ich Helga meist einmal im Labor an, und sie berichtet mir von einer toten Spitzmaus, die sie früh an der Garageneinfahrt entdeckt hat. „Ich glaube, dass sie unser Moritz gefangen hat."

Wir befürchteten schon, Moritz kümmere sich nicht um Mäuse, weil er viel zu gut versorgt wird. Aber nun besteht wohl Hoffnung, dass aus unserem Kleinen doch noch eine richtige Katze wird.

Abends hat mir Helga noch mehr von diesem wichtigen Ereignis zu berichten. Denn gleich nach ihrem Eintreffen zu Hause schleppte Moritz die Spitzmaus vor die Haustür. Moritz erwartete Anerkennung und Lob für seinen ersten kleinen Jagderfolg. Helga gab sich Mühe, die Tat gebührend zu würdigen, und er vernahm die lobenden Worte und Gesten mit Stolz.

Über das, was danach geschah, konnte sich Helga allerdings weniger begeistern. „Ich weiß nicht, ob ich dir das jetzt beim Essen erzählen soll", sagt sie. „Kurz bevor du kamst, musste ich die Treppe reinigen." Moritz hatte nämlich die Maus gefressen, sie aber nicht vertragen.

Trotzdem dürfen wir annehmen, dass sich Moritz im Notfall nun auch selbst versorgen kann. Und das ist sehr wichtig, damit wir ihn mit gutem Gewissen auch einmal zwei Tage allein lassen können.

Die Grenzen sind geöffnet! Endlose Autoschlagen quälen sich nach Süden und Westen. Kinder werden in überfüllten Zügen verletzt. Die ungeliebte Mauer ist durchbrochen. Doch für uns ist es kein Anlass, sich in dieses Chaos hineinzustürzen. Wir können warten. Eine Fahrt in den Westen kommt für uns unter diesen Umständen nicht infrage, und es bleibt bei unserem Plan, am Wochenende die Eltern in Erlabrunn zu besuchen.

Am Abend vor der Abfahrt trage ich Reste von Brettern und Pfosten zu unserem Schwimmbecken. Die Vorstellung, unser Kleiner könnte durch ein Missgeschick in den Swimmingpool fallen und ertrinken, lässt mir keine Ruhe. Ich ersinne eine Konstruktion, durch die sich der kleine Kater im Notfall aus dem Wasser retten könnte. Es dauert nicht lange, da hat mich Moritz bemerkt. Er kommt über die drei Treppenstufen auf die Plattform und beobachtet neugierig meine Arbeit. Dabei beugt er sich so weit über den Beckenrand, dass ich wirklich befürchten muss, er fällt ins Wasser. Lustig und verspielt springt er in meiner Nähe umher.

Schließlich entschließt er sich, mir wieder einmal seine Kletterkünste zu zeigen.

Der Laubbaum mit den sonst so auffälligen, grün-gelb gemusterten Blättern am Rande des Swimmingpools, den selbst der Gärtner bei seiner Grundstücksbegehung nicht so richtig einzuordnen wusste, ist nun blätterlos und unterscheidet sich nur wenig von den anderen.

Moritz erklimmt den Baumstamm und bewegt sich geschmeidig von Ast zu Ast. Als ich nahe an den Baum trete, um ihn zu beobachten, steigt sein Eifer noch, und er versucht, die kompliziertesten Situationen zu meistern. Schließlich balanciert er einen dünnen Ast entlang und bemerkt dabei eine schwarze Schwanzspitze. Er tut so, als wüsste er nicht, dass es seine eigene ist und versucht sie mit den Pfoten zu fassen. Schließlich jagt er – sich wild im Kreis drehend – seiner Schwanzspitze hinterher. Das alles geschieht auf einem nur wenige Zentimeter dicken Ast, auf dem er sein Körpergewicht ständig ausbalancieren muss, um nicht abzustürzen. Ich stehe staunend vor dem Baum und bewundere die Gewandtheit und Körperbeherrschung des kleinen Kerls. Ich habe den Eindruck, Moritz gibt mir eine Zirkusvorstellung.

Irgendwie erfasst mich aber eine gedrückte Stimmung, Volle zwei Tage haben wir ihn noch nie allein gelassen, und mir ist sehr unwohl bei dem Gedanken, dass wir erst Sonntagabend zurückkommen. Hoffentlich läuft er uns nicht weg!

Bei unserer Abfahrt steht der große Keramiknapf bis zum Rand mit Wasser gefüllt im Hundezwinger, und die Wurstportion ist reichlich. Dass Moritz verhungert oder verdurstet, ist wohl am wenigsten zu befürchten. Unser Kleiner ist abgelenkt, und bis er sich satt gefressen hat, haben wir mit dem dunkelroten Lada schon die Straße erreicht, die bergab in das Zentrum der kleinen Stadt führt. Sich selbst überlassen, muss Moritz nun sehen, wie er sich zwei Tage lang die Zeit vertreibt.

Die Eltern freuen sich über unseren Besuch. Seit Vatis Geburtstag vor fünf Wochen waren wir nicht mehr oben. Sonnabendnachmittag kommt auch Mathias mit seinem Trabi. Wir trinken zusammen Kaffee, und Mathias erzählt von seiner verunglückten Fahrt nach Bayern. Früh um halb fünf ist er mit seinem Freund losgefahren. Nachmittags gegen 16 Uhr waren sie erst bei Hof über die Grenze. Wir sind Zeugen einer interessanten und bewegten Zeit, und unmöglich Geglaubtes ist plötzlich Realität. Die ungewöhnlichen Ereignisse erhitzen unsere Gemüter, und die Diskussion währt noch lange. Als wir unsere Kaffeerunde auflösen, ist es fast Zeit zum Abendbrot.

Wir hatten uns vorgenommen, am Sonntag noch vor Einbruch der Dunkelheit die Rückfahrt anzutreten. Aber wir schaffen es nicht. Die Tage sind kurz, und ich steuere das Auto mit Scheinwerferlicht auf der vertrauten Strecke. Wir denken unterwegs oft an unseren Moritz. Aber in dem Moment, da das gelbe Ortseingangsschild an der Zschopaubrücke im Scheinwerferlicht aufleuchtet, wird die Ungewissheit zur quälenden Frage.

Die Fahrt geht bergauf an den alten baufälligen Reihenhäusern vorbei. Kurz vor der Grundstückseinfahrt bremse ich fast auf Schrittgeschwindigkeit ab. Äste streifen das Auto, ganz langsam nähern wir uns dem eisernen Tor am Ende der Zufahrt. Helga steigt aus und dreht die beiden Torflügel nach außen. Das Scheinwerferlicht erleuchtet das Innere der Garage. Vor dem Treppenaufgang halte ich an. Noch während ich den Gurt löse, kommt uns ein kleines graues Kätzchen aus Richtung Garage entgegengeflitzt. „Hallo, mein Moritz. Da bist du ja, mein Kleiner!", ruft Helga ihm zu. Wir sind von dieser Sorge erlöst. Moritz lässt sich streicheln und freut sich, dass wir wieder zurück sind.

Etwas Geheimnisvolles verbirgt sich hinter der schmalen Grundstückseinfahrt für unseren Kleinen. Denn immer wird er zurückgewiesen, wenn er Helga oder mir auf diesem Weg folgen will. Moritz hat mit den Gefahren, die am Ende dieses Weges auf ihn lauern, noch keine Erfahrung machen können. Ob das ein Vorteil für ihn ist oder nicht, lässt sich schwer sagen. Für welchen Preis sind Erfahrungen mit dem Straßenverkehr möglich? Wie oft muss eine Katze dafür mit dem Leben bezahlen!

Eines Morgens sehe ich auf dem Weg zur Arbeit eine tote Katze am Straßenrand liegen. Es ist in unmittelbarer Nähe unserer Einfahrt. Ich brauche nicht zu erschrecken, denn es ist eine ausgewachsene Katze mit schwarzweiß geflecktem Fell. Moritz ist bei Helga in Sicherheit, sitzt vor der Haustür und schleckt jetzt seine Milch. Trotzdem tut es mir leid um die schwarzweiße Katze, wie um jedes Tier, das auf der Straße verendet. Unbeschreibbar ist das dem Tier zugefügte Leid für den Fall, dass der Tod nicht auf der Stelle eintritt. Der angefahrene Igel, die schwer verletzte Katze – sie können auf keine Hilfe hoffen!

Und nicht zu vergessen, dass Haustiere auch einen Besitzer haben. Es ist die einsame alte Frau, der das Tier alles bedeutete, es ist der kleine Junge, der verzweifelt ist und weint, weil sein Kätzchen nicht zurückkehrt.

Dabei sterben wohl die meisten Tiere, weil infolge der Geringschätzung ihres Lebens nicht einmal der Versuch gemacht wird, durch Abbremsen oder ein kleines Lenkmanöver das Leben des Tieres zu retten.

Moritz' Terrain ist groß genug, und er akzeptiert das Verbot, sich zu weit in Richtung Straße zu bewegen. Er setzt sich auf halber Strecke auf den Weg oder trottet sogleich langsam zurück, wenn er unser zurückweisendes Rufen und Gestikulieren bemerkt. Noch nie habe ich ihn außerhalb der Grundstückzufahrt oder gar auf der anderen Straßenseite ertappt. Komme ich abends vom Bus, wartet Moritz meist in Wächtlers Garten. Doch gelegentlich kommt er ein Stück weiter entgegen. Dann überrascht er mich schon auf der Mitte der Grundstückszufahrt mit einem Begrüßungsmiauen, und im nächsten Augenblick springt er mir aus seinem Versteck in den Büschen vor die Füße.

Die Temperatur ist stark gefallen. Eine dünne Schneedecke verkündet den Einbruch des Winters. Schade, dass ich nicht dabei sein kann, wenn Moritz seine erste Bekanntschaft mit den weißen Flocken macht, die tanzend vom Himmel fallen.

Der Bus kommt trotz glatter Straßen pünktlich an. Auch unseren kleinen Weg in das Grundstück hat es eingeschneit. Ich entdecke verschiedene Abdrücke im Schnee. Und diese Spuren hier – sind sie nicht von unserem Moritz?

Wenn sie von ihm stammen, ist es eine gute Gelegenheit, einmal die Wege des kleinen Katers zu verfolgen. Wo treibt er sich den ganzen Tag denn so herum? Im gesamten Gelände finde ich diese Spuren, und es gibt kaum Zweifel, dass es die unserer Katze sind. An den Grundstücksgrenzen enden sie trichterförmig an bestimmten Punkten. Es sind Moritz' Übergangsstellen zu den Gärten der Nachbarn. Insgesamt zähle ich acht solche Übergangsstellen. Aus einigen ist ein ausgetretener schmaler Pfad entstanden, er hat sie offenbar mehrfach am Tag benutzt.

Auch durch unser Tor in Richtung Straße führen zwei Spuren. Ich sehe mir die Sache genau an. Erwarte ich doch von den Abdrücken im Schnee Aufschluss darüber, ob Moritz auch ohne unser Beisein das geltende Verbot ernst nimmt. Eine der Spuren endet auf halben Weg. Hier ist unser Moritz offensichtlich umgekehrt. Aber die zweite Spur geht weiter in Richtung Straße. Also hat die Neugier doch unseren Kleinen überrumpelt! Die Spur endet auf dem Fußweg der Straße in einer stark niedergetretenen Stelle vor dem einstigen Torpfeiler. Hier hat er sich längere Zeit aufgehalten, sich in den Schnee gesetzt und das Leben auf der Straße beobachtet.

Warum tun die beiden nur so gefährlich, wenn ich mit will? Und wohin verschwinden sie hier immer, wenn sie mich früh allein zurücklassen?

Von der kleinen niedergetretenen Stelle am Torpfeiler führt keine Spur weiter. Moritz ahnte die Gefahr und wanderte, ohne die Straße zu betreten, den schmalen Weg zwischen den Gärten zurück in sein Reich hinter dem orangefarbenen Tor.

Nach dem Abendessen habe ich eine recht ungewöhnliche Aufgabe zu erledigen. Der Swimmingpool ist eingefroren. Ich mache mich auf den Weg in den Hundezwinger, um die Axt zu holen. Moritz kommt nicht mit. Er verkrümelt sich bei diesem Wetter lieber in der warmen Wohnung.

Die Axt kracht auf dem Eis. Es ist dicker als vermutet, und die Eissplitter fliegen wie kleine Geschosse durch die Luft. Ich muss bald eine Verschnaufpause einlegen. Da bekomme ich Besuch. Moritz kommt die Stufen hochgehoppelt. „Na, hat dich Helga rausgesteckt?", frage ich den neugierigen Besucher. Moritz interessiert sich für meine Arbeit. Er untersucht die schmale Rinne, durch die schon das Wasser gluckert. Dann flitzt er den davonfliegenden Eissplittern hinterher. Er hat Schwierigkeiten mit dem Abbremsen und rutscht tolpatschig auf dem glatten Eis entlang.

Trotz der Angstkäufe und der seit Monaten wie ausgekehrt wirkenden Flächen in den Möbelabteilungen – Helgas Durchstehvermögen, das ständige Nachfragen wenigstens zweimal pro Woche, hat es möglich gemacht! Uns wurde eine Couchgarnitur reserviert. Und welch ein ungewohnter Service – die Anlieferung erfolgte gleich am nächsten Tag.

Abends sieht es dann in unserer Wohnstube wüst aus. Die Verpackungsfolien liegen im Raum umher. Lehnen müssen angebracht und die einzelnen Teile zu einer Eckcouch zusammenmontiert werden. Moritz taucht auf und springt in dem Chaos mit umher. „Hast du ihn reingelassen?", fragt Helga verwundert. Ich bin mir keiner Schuld bewusst. Er ist bei diesem Hin und Her wohl wieder einmal unbemerkt mit durchgeschlüpft. Als wüsste er die Bedeutung der Angelegenheit einzuschätzen, beteiligt sich unser Kleiner emsig. Er kriecht geschäftig zwischen den Couchteilen umher, springt auf eine eben anmontierte Lehne und von da aus auf Helgas Rücken, die sich in gebückter Haltung eben bemüht, den Rest einer Folie zu entfernen. Um die langen Bolzen von innen durch die vorgesehenen Löcher zu stecken, muss ich regelrecht in die Sitzteile hineinkriechen. Sofort interessiert es unseren Moritz, was ich da drinnen mache. Nun versuchen wir es auf engstem Raum zu zweit, und Moritz' Schwanzspitze kitzelt an meiner Nase. Nachdem ich alle vier Bolzen eingefädelt habe, krabbelt er wieder heraus. Aber Helga muss mit ihm schimpfen. Er steht auf den Hinterbeinen und hakt mit den Krallen in den Bezugsstoff. Als Moritz Helgas ernste, mahnende Stimme vernimmt, lässt er davon ab.

Nun können wir die einzelnen Teile an die Wand rücken. Die Montage ist noch nicht ganz abgeschlossen, da springt Moritz schon auf die Sitzfläche. Er ist wieder einmal der Erste und weiht unsere Neuanschaffung ein. Eine Weile sitzt er ganz brav und schaut uns bei den restlichen Arbeiten zu. Aber dann erhebt er sich und krallt erneut seine Vorderpfoten in den hellbraunen Bezugsstoff. Irgendwie reizt es ihn, an dem Plüsch herumzuzerren. Aber wie soll unsere Couchgarnitur in einem Jahr aussehen, wenn Moritz sie auf diese Weise strapaziert?

Helga nimmt ihren Pantoffel, und er bekommt einen kleinen Klaps auf den Po. Moritz springt herunter auf den Teppich. „Bei der alten grünen Couch kam es nicht so darauf an", sagt Helga verärgert. „Aber hier können wir ihn nicht mehr hoch lassen!" Ich suche nach einen Kompromiss. Wo ist denn die braun karierte Decke? Ein paar Minuten später bekommt Moritz seinen Platz auf dem neuen Sessel zugewiesen, der an Stelle des alten mit der Rückenlehne in Richtung Fenster aufgestellt ist. Ich setze Moritz auf seine Decke, und er ist zufrieden.

„Aber schön auf der Decke bleiben!", ermahnt Helga ihn mit erhobenem Finger. Moritz schaut sie mit seinen großen Augen respektvoll an.

Angenehm sitzt es sich auf der neuen Couch mit der bequemen weichen Kopflehne. Wir finden, dass es in der Couchecke am gemütlichsten ist. Ich fülle zwei Gläser mit Wein. Wir wollen auf unsere neue Errungenschaft anstoßen.

Eng beieinander sitzend, streichelt meine Hand Helgas Arm. Moritz schaut von seinem Platz im Sessel zu uns herüber. Mein Streicheln erweckt zunehmend seine Aufmerksamkeit. Auf einmal erhebt er sich, springt über die Sessellehne auf die Couch, und noch ehe Helga schimpfen kann, ist er bei uns angekommen. Er setzt sich auf Helgas Schoß und beobachtet meine Hand. Seine Augen rollen im Rhythmus der Handbewegung hin und her. Schließlich legt er sein Pfötchen auf Helgas Arm und bewegt es ungeschickt ein kleines Stück. Dabei verliert er meine Hand nicht aus den Augen.

„Das kann doch nicht wahr sein!", meint Helga verwundert. „Was geht nur in dem kleinen Kerl vor? Ist Moritz vielleicht eifersüchtig?" Ich wende mich dem Kleinen zu, und meine Hand gleitet über sein kuscheliges Fell. „Du willst wohl Helga auch mal streicheln?"

Moritz geht uns nun nicht mehr von der Pelle und beobachtet alle meine Handlungen und Zärtlichkeiten, als gäbe es da etwas Wichtiges abzugucken.

In meinem Glas ist nur noch ein kleiner Rest des lieblich schmeckenden Weines. Ich tauche die Fingerspitze hinein und lass Moritz an dem Finger schnuppern. Es dauert nicht lange, und Moritz beginnt den Wein abzuschlecken. „Mach doch nicht solchen Unsinn!", ermahnt mich Helga.

„Wenn er ihm aber schmeckt!" Moritz bekommt ein zweites Mal davon, und wieder schleckt er mit der kleinen rauen Zunge emsig an meinem Finger.

Allmählich werden wir alle müde. Moritz geht auf der neuen Couch in Schlafposition. Es ist die neueste Variante seiner Schlafstellungen auf dem Rücken. Wir haben beide bisher noch keine Katze in einer solchen Lage schlafen sehen. „Langsam glaube ich", sagt Helga, „unser Moritz ist gar keine Katze, sondern ein verzauberter Mensch." Da muss ich Helga zustimmen. „Ja, vielleicht ein verzauberter Prinz."

Wir sehen uns noch die Spätausgabe der Tagesschau an. Haben wir etwas verpasst?

Immer noch fällt es schwer, die volle Bedeutung von alledem zu erfassen, was über dem Bildschirm in unser neues Heim gelangt. Schier endlose Schlangen von Trabbis und Wartburgs schieben sich wie die Fangarme eines Ungeheuers nach Süden und Westen in das einst verbotene Land. Auch für uns war es ein verbotenes Land. Nun fürchten wir nur noch die Strapazen stundenlanger Staus, das Chaos in überlaufenen Städten. Aber der Ansturm wird sich bald gelegt haben, und so beraten wir schon einmal den günstigsten Zeitpunkt für unsere erste Fahrt.

Bei der Abfahrt regnet es. Zum zweiten Mal schon ist unser Fahrziel das einst verbotene Land. Moritz sitzt geschützt im Vorhäuschen und beschäftigt sich mit seiner Wurstschüssel. Er hat sich daran gewöhnt, dass wir ihn gelegentlich allein lassen. Manchmal nur für einen Abend, wenn wir Karten für eine Veranstaltung in der Stadthalle oder für das Opernhaus haben. So alle drei bis vier Wochen sind wir das Wochenende bei den Eltern in Erlabrunn, und es gibt keine Probleme mehr. Moritz vertraut darauf, dass wir letztlich doch zurückkommen und ihn nicht im Stich lassen.

Diesmal muss unser Kleiner nicht allzu lange allein bleiben. Wir haben uns einen Tag mitten in der Woche ausgesucht und wollen abends zurück sein. Wir hoffen, so wie das letzte Mal auf dem Weg über die CSSR den endlosen Fahrzeugkolonnen ausweichen zu können und unser Ziel in Nordbayern schneller zu erreichen. Vor Oberwiesenthal geht der Regen plötzlich in Schneefall über. Das war im Wetterbericht nicht angesagt. Wir sind nicht die Einzigen, die von den schlüpfrigen Straßen überrascht werden. Am Beginn der kurvenreichen Auffahrt zum Grenzübergang spitzt sich die Situation dramatisch zu. Einige PKWs stehen schon am Straßenrand. Andere versuchen, die ganze Straßenbreite nutzend, in Schlängelfahrt doch noch ein Stück weiterzukommen. Ich gebe vorsichtig Gas, um mich der Steigung mit dem nötigen Schwung zu nähern. Die Hinterräder sind zu wenig belastet, der Lada fängt an zu schlingern, und wir haben noch einige Kilometer bis nach oben. Helga klettert während der Fahrt auf die Hintersitze – wir müssen alles versuchen, um nicht stecken zu bleiben. Mühsam kommen wir höher. Die rutschenden Räder hinterlassen tiefe Spuren in der Schneedecke. Zu allem Übel zieht auch noch Nebel auf, und ich bekomme Schwierigkeiten, mich in dem fahlen Licht, in dieser kontrastlosen Mischung aus Weiß und Grau, zu orientieren.

Wir haben es geschafft! Die Gebäude der Grenzabfertigung tauchen im Nebel auf. Wie in einer Geisterwelt steht unser Lada als einziger PKW vor der Zollabfertigung. Niemand vor uns und niemand hinter uns – eine wahrhaft ungewöhnliche Situation! Ich erinnere mich an die Zeit der kilometerlangen Staus vor dieser Grenze. Stunden warteten hier DDR-Bürger, bis sie auf der Fahrt in die CSSR, nach Karlsbad, Prag oder dem Riesengebirge, die Grenzstelle passieren konnten.

Wir sind innerhalb weniger Minuten auf der anderen Seite, und nach der schwierigen Auffahrt gibt es an diesem Tag kein weiteres Hindernis auf dem Weg nach der kleinen nordbayerischen Stadt Selb.

Das Begrüßungsgeld erhalten wir, ohne viel Zeit dabei zu verlieren, im Rathaus, und es bleibt uns ein halber Tag zur Besichtigung der Stadt und der Geschäfte.

Ein paar Rollen Auslegware für unseren Korridor haben wir bei der Rückfahrt im Auto. Der Teppichhändler hat sich große Mühe mit uns gemacht. Wir sind einen solchen Umgang mit dem Kunden nicht gewöhnt, und mir war es schon peinlich. Eine halbe Stunde lang hat er sich nur mit uns beschäftigt und dann auch noch geholfen, die zurechtgeschnittenen Rollen zum Auto zu transportieren.

Unserem Moritz haben wir nichts mitgenommen. Er hätte die schöne Verpackung für das Katzenfutter, das in großer Auswahl in den Regalen stand, auch nicht zu schätzen gewusst und sich nur für den Inhalt interessiert. Und um einen ordentlichen Katzennapf kümmern wir uns das nächste Mal.

Am späten Abend sind wir wieder zu Hause. Die Scheinwerfer leuchten durch das Torgitter in die offene Garage. Auf der Eingangstreppe erscheint ein kleiner grauer Körper, und zwei Augen funkeln im grellen Licht. „Sieh mal", sage ich zu Helga, „da erwartet uns schon jemand!"

Wenige Tage vor Weihnachten fließt endlich Wasser in der Küche. Die Küchenmöbel stehen genau ausgerichtet an Ort und Stelle. Helgas Lieblingslampe, eine flache, blumenverzierte Glaslampe aus Großmutters Zeiten, kommt noch an die Decke, und dann ist Übergabe. Gerade noch zeitig genug. Denn wir erwarten zu Weihnachten Gäste, und niemand könnte es Helga ohne eine nutzbare Küche zumuten.

Alle Malerarbeiten im Haus sind abgeschlossen. Unser Hauptmann hatte im Dezember wieder Zeit für uns. Er war nachdenklich geworden und zudem mittlerweile ein Hauptmann ohne Soldaten. Der Aufmarsch der Truppenteile hatte am Ende keinen Sinn, und es wäre nicht anders verlaufen, wenn er in den kritischen Wochen seine Arbeit in unserer Küche fortgesetzt hätte.

Helga ist immer noch dabei, die Fächer einzuräumen. Auf dem Gasherd brutzelt es schon. Moritz liegt auf seiner Decke, aber unsere Tätigkeit in der Küche und der sich verbreitende Bratengeruch machen ihn neugierig. Plötzlich bekommen wir Besuch, obwohl die Küchentür geschlossen ist. Unser Moritz ist durch die geöffnete Durchreiche gesprungen. Das ist nun wieder etwas ganz Neues! „Was willst **du** denn hier?", fragt ihn Helga. „Du hast doch schon bekommen!"

Moritz hat sich beim Hochklettern mit den Hinterpfoten in die Tapete eingekrallt, und bei genauem Hinsehen erkennt man die kleinen Löcher. Wir müssen zukünftig darauf achten, dass die Durchreiche geschlossen bleibt, wenn der Kleine in der Nähe ist.

Beim Abendessen setzt sich Moritz neben mich auf die Bank. Ganz diszipliniert, mit korrekt zusammengestellten Vorderpfötchen, den schwarz geringelten Schwanz in einem Bogen um die Vorderbeine gelegt, sitzt er auf dem dunkelroten Bankkissen und beobachtet, wie wir es uns schmecken lassen.

Eine Zeitlang sitzt er so an meiner Seite, obwohl er weiß, dass er nichts bekommt und auch nicht auf den Tisch hopsen darf, um sich selbst zu bedienen. Doch nun wird es unserem Kleinen doch zu langweilig. Er verlässt seine Sitzposition und tippelt über den Teppich auf die andere Seite der Wohnstube. Dort springt er ohne zu zögern mitten auf die neue Couch.

„Moritz!", fängt Helga sofort an zu schimpfen. „Du hast da nichts zu suchen!"

Hat er es immer noch nicht begriffen?

„Moment mal!" Ich erhebe mich ein wenig.

„Wer hat denn die braun karierte Decke vom Sessel auf die Couch gelegt?" Moritz sitzt auf seiner Decke! Ich unterbreche unsere Mahlzeit für einen Augenblick, fasse die Decke und transportiere sie samt Moritz auf den Sessel. Nun ist alles wieder in Ordnung.

Moritz war unschuldig. Wir dürfen nicht mit ihm schimpfen.

Die Winterabende sind lang. Moritz fühlt sich in der Wohnstube am wohlsten. Er schläft im Sessel, putzt sich oder tollt so wild auf dem Teppich herum, dass man es krachen hört. Ein bisschen müssen wir ihn immer im Auge behalten. Noch weiß unser Kleiner nicht, wie er sich deutlich genug bemerkbar machen kann, wenn er einmal sein Geschäft verrichten muss.

Vor ein paar Wochen ist es das letzte Mal in der Wohnstube passiert. Zuvor lief er unruhig hin und her, und es schien so, als würde er etwas suchen. Wir haben dieses Verhalten nicht gleich recht deuten können. Moritz wurde immer nervöser. Im letzten Moment kroch er hastig unter den gelben Schrank, der zu unserer Bauernecke gehört. Er miaute kläglich, als wäre ihm etwas Schlimmes widerfahren, kroch am anderen Ende wieder hervor und setzte sich in die kleine Lücke zwischen Schrank und Wand. Für unser Eingreifen war es zu spät. Moritz hinterließ eine Pfütze auf dem Parkett.

Mit wie viel Aufregung und Angst war das Verrichten seiner Notdurft in dieser Situation verbunden! Dabei haben wir ihn nie gestraft, und es war bisher äußerst selten passiert, dass wir wegen eines solchen Malheurs mit ihm schimpfen mussten. Aber unser Moritz hatte es wohl sehr ernst genommen. Nun wollen wir ihm natürlich helfen, ein solches Missgeschick zu vermeiden. Wenn er unruhig im Zimmer umherläuft, müssen wir ihn schnell rauslassen!

Unser erstes Weihnachten in dem neuen Heim! Draußen sieht es nicht nach Winter aus. Kein Schnee, und die Temperaturen liegen weit über Null. Die Eltern haben wir gestern vom Bus abgeholt. Vati sitzt im Sessel und blättert in Zeitschriften. Die beiden Frauen sind in der Küche, und auf dem Gasherd brutzelt es in mehreren Töpfen und Pfannen.

Ich habe ein bisschen Zeit, um mich mit Moritz abzugeben. Wir setzen unsere Übungen zum Erlernen des Laufens auf zwei Beinen fort. Moritz stellt sich etwas ungeschickt an. Ich führe ihn zur Unterstützung an den Vorderpfoten. Durch die offenstehende Tür gelangen wir in die Küche und können den erzielten Fortschritt demonstrieren. Die beiden Frauen sehen, wie schwerfällig Moritz ein Bein vor das andere stellt. Sie lachen und nehmen unser Vorhaben nicht ernst.

Doch nun bekommt unser Kleiner seinen Anteil am Weihnachtsbraten. Erlöst von der anstrengenden Sache, bewegt er sich wieder flink auf seinen vier Beinen und nimmt im Vorhäuschen seine Schüssel mit klein geschnittenem Gänsefleisch in Empfang. Keine fünf Minuten vergehen, da tippelt er, sich noch das kleine Maul leckend, wieder über den Teppich. Sein Sessel am Fenster ist besetzt! Moritz springt auf die Lehne und sieht Vati vorwurfsvoll an. Weißt du nicht, dass du auf meinem Platz sitzt? Unser Kleiner begibt sich auf Vatis Beine und legt sich da lang. Zur Entschädigung will er nun wenigstens ein bisschen gestreichelt werden. Vati amüsiert die zutrauliche und etwas freche Art unseres kleinen Katers. Er lässt seine Zeitschriften liegen und streichelt liebevoll über das graue Fell.

Die Durchreiche wird geöffnet – ein Zeichen, dass bald der Weichnachtsschmaus auf den Tisch kommt. Moritz' Augen sind auf die geöffnete Durchreiche gerichtet. Er hüpft von Vatis Beinen auf den Teppich herunter, begibt sich auf den Stuhl vor der Durchreiche und setzt zum Sprung an. „Halt, halt!" Im letzten Moment erwische ich ihn noch. Seitdem er es einmal probiert hat und weiß, dass man auf diesem Weg von einem Raum in den anderen kommt, müssen wir immer aufpassen. Die Durchreiche scheint unseren Moritz magisch anzuziehen.

Nun ist der Tisch gedeckt und die ganze Fläche mit Tellern, Schüsseln und Gläsern belegt. Die beiden Frauen haben sich viel Mühe gemacht. Eine Lichterkette auf den Fichtenzweigen bringt Weihnachtsstimmung in unser Heim. Der kleine Weihnachtsbaum im Keramiktopf stammt aus unserem Grundstück. Ich fülle noch die Weingläser und zünde die blaue Tischkerze an. Wir wünschen uns guten Appetit.

Moritz schleicht um den Tisch herum. Auf einmal macht er neben Helgas Stuhl Männchen und schaut in dieser Stellung hoch auf den gedeckten Tisch. Er steht mit gestrecktem Körper auf den Hinterbeinen – so etwa wie ein Pinguin. Nun ist bewiesen, dass unsere Übungen doch nicht umsonst waren. Moritz kann schon allein auf zwei Beinen stehen!

„Fein machst du das!", lobt ihn Helga. „Aber du hast schon bekommen!"

Moritz merkt, dass wir uns nicht erweichen lassen und verkrümelt sich unter den Teewagen, der an der Wand zwischen Durchreiche und Wohnstubentür abgestellt ist. Ich bemerke wenige Minuten später, wie eine Kette der Kuckucksuhr hin und her pendelt. „Sieh mal nach, was Moritz da unten anstellt!", sage ich zu Helga. Helga schiebt den Teewagen ein wenig beiseite. Moritz lässt sich deswegen nicht von seiner interessanten Beschäftigung abhalten. Er spielt mit den Gewichten der Kuckucksuhr. Immer wenn der eiserne Zapfen zurückbaumelt, bekommt er erneut einen kräftigen Schlag von Moritz' Vorderpfote. Der schwere Zapfen saust zu Moritz' Freude schon beachtlich hin und her.

Helga steht auf und zieht die beiden abgelaufenen Ketten mit den Gewichten nach oben. Aber unser Moritz verharrt auf seinem Platz unter dem Teewagen. Von der Sitzbank aus habe ich die hölzerne Kuckucksuhr im Blickfeld. Es scheint in unserer Wohnung zu spuken – die Uhr bewegt sich an der Wand. Nun hören wir die Ketten am Teewagen rasseln. Moritz steigert sich in seinem ausgelassenen Spiel mit den Ketten, die er nun an ihrem anderen Ende zieht. Ich kann die Lage nicht anders einschätzen: „Die Kuckucksuhr kommt gleich angeflogen!"

Helga schiebt den Teewagen ganz beiseite. „Moritz!", schimpft sie und droht mit erhobenem Zeigefinger. Unser Kleiner springt davon und nutzt sofort die Gelegenheit, seinen Platz auf dem Sessel zurückzuerobern.

Am zweiten Feiertag wollen wir die Eltern zurückfahren und bis Mittwoch bei ihnen in Erlabrunn bleiben. Moritz wird uns vermissen. Zum Glück hat er nun wieder einen festen Schlafplatz im Hundezwinger. Helga kam auf die Idee, die Holzstiege, die bisher als Transportmittel beim Umzug und für einige andere Zwecke gedient hatte, mit Heu zu füllen. Damit war die richtige Wahl getroffen. Moritz nahm das erhöhte und warme Lager an, ohne dass wir erst große Überzeugungsarbeit leisten mussten. Die günstige Position ermöglichte es ihm auch, durch die Gitterstäbe zu spähen und zu beobachten, was draußen vorging. So hatte der kleine Kerl für den Fall, dass er nicht in das Haus konnte, ein warmes Lager, und er benutzte es gelegentlich sogar tagsüber, um in der entstandenen Kuhle eine Schlafpause einzulegen.

Als wir vormittags das Auto packen, schläft unser Kleiner in seinem Bett aus Heu und nimmt keine Notiz von unserer Abfahrt.

Da die Zeit in Erlabrunn zu knapp würde, wollen wir unterwegs Mittag essen. In einem Tal wenige Kilometer nach der Ortsausfahrt Frankenberg kommen wir an der ersten Gaststätte vorbei. Sie liegt in einer landschaftlich schönen Gegend und direkt an der Fernverkehrsstraße. Aber man kann den Namen der Gaststätte an dem großen Gebäude kaum lesen. Steine sind aus dem Mauerwerk herausgebrochen, der Putz ist abgebröckelt – das Haus befindet sich in einem elenden Zustand.

„Erinnerst du dich, Helga, welchen Reinfall wir hier erlebt haben?"

Helga weiß, auf welchen Vorfall ich anspiele und beginnt, den Eltern die kleine Begebenheit zu erzählen.

Hungrig und in der Hoffnung, noch etwas zu essen zu bekommen, waren wir hier einmal so gegen 14 Uhr eingekehrt. Die Kellnerin war gerade mit dem Abräumen der Tische beschäftigt. Als sie uns bemerkte, unterbrach sie kurz ihre Arbeit: „Sie wollen doch nicht etwa jetzt schon Kaffee trinken?" Sie sah uns so vorwurfsvoll und böse an, dass wir beide geschockt und ohne Widerrede sofort das Lokal verließen.

Ich füge dem gleich noch ein weiteres Beispiel aus unserem Urlaub an der Ostsee hinzu, das die absurde Situation in unserem Dienstleistungsbereich fast noch drastischer belegt. In mehreren Gaststätten wurden wir dort mittels Hinweisschildern zu richtigem Benehmen ermahnt. Der Text lautete: Seien Sie freundlich zu unserem Personal. Kunden haben wir genug – aber kein Personal!

Wir wollen uns trotz dieser Erfahrungen die Hoffnung auf ein ordentliches Mittagessen heute nicht nehmen lassen. „Wie wäre es mit der Hammerschänke in Breitenbrunn? Da sind wir eigentlich noch nie enttäuscht gewesen!"

Der alte Lada wird laut. Oft muss ich herunterschalten – wir kommen in die Berge. Und immer häufiger bemerken wir die schwarz-rot-goldenen und grün-weißen Fahnen – an Holzmasten gehisst in den Gärten oder demonstrativ an den Fenstern angebracht. Wir sehen Fahnen, die zu hissen vor wenigen Monaten noch niemand gewagt hätte, und wir sehen Tausende von Kerzen leuchten, auf Weihnachtsbäumen vor den Häusern und in den mit Bergmännern und Engeln geschmückten Fenstern.

Wie geplant fahren wir bereits einen Tag später wieder zurück, um den Rest des Jahres in unserem neuen Zuhause zu verbringen.

Das neue Jahr bringt uns gleich ein paar eingreifende Veränderungen. Zwei Monate hatte Helga Zeit, sich mit ihrer neuen Arbeitsstelle vertraut zu machen. Aber ab Januar wird sie im Wechsel mit den anderen Kolleginnen im Labor auch für die Dienste eingeteilt. Das heißt, dass sie einen Tag in der Woche nicht nach Hause kommt und im Bereitschaftszimmer schlafen muss.

Heute ist es das erste Mal. Die Luft ist feucht, und liegen gebliebenes Herbstlaub klebt fest auf dem Weg zum Tor. Nur Moritz kann mich heute empfangen, aber er ist nicht zur Stelle. Erst nachdem ich rufe, kommt er angesaust, um mich wie üblich mit ein paar Katzenlauten zu begrüßen. Aber es misslingt ihm, und es hört sich eher an wie die Stimme einer Krähe.

Statt den Klingelknopf zu betätigen, muss ich in meiner Tasche den Schlüsselbund suchen, und Moritz bekommt von mir alles genau erklärt: „Wir beide sind heute Abend allein! Helga hat nämlich Dienst und kommt erst morgen Nachmittag wieder."

Die Situation ist völlig ungewohnt – um alles muss ich mich allein kümmern. Am besten, ich fang mit meinem Moritz an! Er sitzt schon vor der Küchentür, um deutlich zu machen, was er im Moment für das Wichtigste hält. Er sieht zu mir hoch und versucht zu miauen. Aber mehr als ein paar dieser kläglichen Krählaute bringt er wieder nicht zustande. Hat er sich erkältet?

Ich hole den schweren Hundenapf aus den Vorhäuschen und fülle lauwarmes Wasser ein. Das Wasser wird mit einer Portion Kaffeesahne aus dem Kühlschrank vermischt. Beim Raustragen muss ich aufpassen, dass ich nicht über Moritz stolpere, denn er quirlt mir zwischen den Beinen umher, bis ich den Napf endlich am gewohnten Ort abgestellt habe. Während mein Kleiner draußen schleckt, kann ich seine Wurstschüssel zurechtmachen und auch an mein eigenes Abendbrot denken. Es fällt in Helgas

Abwesenheit nicht so komfortabel aus, und ich versuche, den Abwasch auf ein Minimum zu reduzieren.

Bevor ich mit dem Abendessen beginne, kann ich Helga schnell noch mal anrufen. Sie ist jetzt schon allein im Labor. Ich setze mich neben dem Telefon auf das blaugraue Kissen der Dielengarnitur und lege mir das kleine Notizbuch zurecht. Ich habe die Telefonnummer noch nicht im Kopf. Moritz geistert schon wieder im Flur herum und beobachtet, was ich da mache. Ich nehme den Hörer ans Ohr und wähle die fünfstellige Nummer. Da, ein Satz auf das weiße Schränkchen der Dielengarnitur, und Moritz steht neben mir. Während im Hörer schon das Rufzeichen ertönt, nimmt er unmittelbar an meiner Seite Platz, als wollte er das bevorstehende Telefongespräch belauschen. Helga hebt ab und meldet sich aus dem Bereitschaftsraum. Sie vernimmt die Stimme am anderen Ende der Leitung: „Hier sind Max und Moritz!" Helga stutzt und erwidert erst nach einigem Zögern. „Bitte?" Ich wiederhole: „Max und Moritz!"

Nun scheint sie zu begreifen. „Ach, du bist es!"

„Nein, wir! Moritz hat sich zu mir gesetzt, als ich dich anrufen wollte." Helga kann es kaum glauben. „Wirklich? Da hört er also mit. Na, da ist er wohl doch bei der Stasi!"

Wir plaudern ein wenig. Helga kommt gut zurecht. Es ist ruhig im Labor – im Moment keine Anforderungen! Helga hat noch einen kleinen Auftrag für mich, damit es mir nicht zu langweilig zu Hause wird.

„Rufst du mich vor dem Schlafengehen noch mal an?" Ich versichere Helga, dass ich es tun werde. Dann fragt sie, ob Moritz noch neben mir sitzt. „Ja, er hat die ganze Zeit zugehört!" Ich halte den Hörer an Moritz' Ohr. Er weicht ein Stück zurück.

„Hallo Moritz, Moritzel!", schallt es aus dem Telefon.

Ich könnte mich schwer daran gewöhnen, hier in dem Haus allein zu wohnen. Es ist eine ungewohnte, fast unheimliche Stille. Vor dem Einschlafen lauscht man dieser Stille und jedem Ton, der sie unterbricht. Da ein Quietschen, dann wieder ein leises Knarren von oben. Ein Glück, dass Moritz im Haus ist. Er schläft heute Nacht auf der Holztreppe. So sind wir wenigstens zu zweit.

Es ist doch eine Unmenge an Arbeit, die wir uns aufgeladen haben. Im Winter sollen nach Möglichkeit alle unsere Vorhaben im Haus zu Ende gebracht werden. Regale müssen gebaut, Türschwellen und Dielenbretter geschliffen und Türen zweifarbig gestrichen werden. Glasscheiben sind zu erneuern und die noch leer stehenden Zimmer einzurichten.

Vom Keller bis hoch zu den Zimmern im Obergeschoss gibt es zu tun, und wir werden Mühe haben, bis zum Frühjahr alles zu schaffen.

Die Woche über ist abends nicht viel Zeit. Das Errichten meiner Werkbank im Keller zieht sich in die Länge. Durch das geöffnete Kellerfenster entnehme ich die zurechtgelegten dicken Bretter, lege sie auf dem Betonboden zusammen, um zu ermitteln, wie sie am besten zu einer stabilen Platte montierbar sind.

Da miaut es plötzlich, und Moritz spaziert auf einem der Bretter entlang. „Na, wo kommst du denn her?" Moritz muss durch das geöffnete Kellerfenster eingedrungen sein, ohne dass ich es bemerkt habe. Nun kriecht er neugierig in allen Ecken und Winkeln des Kellers umher, alles muss angeschnuppert und gründlich untersucht werden. Er tippelt über den an der Wand aufgeschichteten Bretterstoß und interessiert sich dann für meine Arbeit. Moritz läuft vor meinen Beinen herum und versucht, auf jede denkbare Weise ein bisschen mitzumachen.

Erst nach dem Einschalten der Bohrmaschine verkrümelt er sich. Die kreischenden Geräusche der Maschine mag er nicht. Moritz ist verschwunden. Nach einiger Zeit höre ich ihn von der Kellertreppe her miauen. Er sitzt ganz oben vor der Tür zum Flur. Helga öffnet und wundert sich, wo der Kleine herkommt. Da sie wenig Zeit hat, sich mit ihm zu beschäftigen, setzt sie Moritz kurzerhand vor die Haustür.

Es dauert nur wenige Sekunden, da schaut der kleine Kerl wieder zum Kellerfenster herein. Ich kann beobachten, wie er sich mit den Vorderpfoten abstützt und dann aus ziemlicher Höhe auf den Betonboden herunterspringt. Doch diesmal beschäftigt er sich nur kurze Zeit in meiner Nähe, dann verliere ich ihn aus den Augen. Vielleicht drückt er sich im Waschraum herum – oder im Vorratsraum. Aber da höre ich wieder das vertraute Miauen aus Richtung Kellertreppe. Helga unterbricht erneut ihre Arbeit und öffnet die Kellertür. „Da bis du ja schon wieder. Kannst du mir mal sagen, was das bedeuten soll?", schimpft sie ein wenig mit Moritz und trägt den frechen Kerl das zweite Mal vor die Haustür. Aber unser Moritz hat an diesem Spiel offensichtlich Gefallen gefunden und möchte uns auf diese Weise noch eine Zeitlang beschäftigen.

Wenige Augenblicke später kommt er erneut durch das Kellerfenster. Meine Arbeit interessiert ihn nun nicht mehr. Stattdessen versucht er, sich an mir vorbeizuschleichen, um auf schnellstem Wege wieder die Kellertreppe zu erreichen. Im letzten Augenblick erwische ich den Burschen noch. Ich hebe ihn hoch in die Luft und schüttle ihn hin und her. „Was machst du denn da, willst du dich mit Helga anlegen? Hm, willst du das?"

Aus seinen lebhaften Augen spricht ein kleiner Schalk, der glaubt, er kann uns hier zum Besten halten. Ich schiebe ihn aus dem Kellerfenster heraus und schließe die Klappe. Moritz drückt seinen kleinen grauen Kopf an die Scheibe und miaut.

Doch ich darf nicht immer nachgeben, sonst tanzt uns der Kleine eines Tages tatsächlich noch auf dem Kopf herum.

Der Zeitpunkt ist ungewöhnlich, und mit einem Blumenstrauß stehe ich nur selten mitten in der Woche vor der Haustür. Es ist erst Mittag, als Helga öffnet, und unsere Begrüßung dauert diesmal länger als sonst. Helga sucht nach einer geeigneten Vase und stellt den Strauß in das Wohnzimmer. Es sind nicht die ersten Blumen für sie, und es werden noch viele dazu kommen. Ein runder Geburtstag ist heute zu feiern. Helgas Mutti ist schon ein paar Tage bei uns und bemüht sich, trotz ihrer Körperbehinderung behilflich zu sein, wo es irgendwie nur geht. Unruhe und Nervosität machen sich bemerkbar. Wir erwarten noch viele Gäste – für alles muss gesorgt sein, und nichts soll schiefgehen.

Früher als erwartet rollt der gelbe Skoda durch unser Tor. Helgas Angehörige aus Spremberg sind eingetroffen. Es sind ihre beiden Söhne Robert und Ralf, Roberts Frau Verena und die kleine zarte Elisa. Am Abend treffen noch weitere Gäste ein, und für Moritz herrscht große Aufregung, muss er doch all den fremden Leuten vorgestellt werden. Es wäre ein Leichtes für unseren Moritz, sich einfach zu verkrümeln. Aber die Neugier ist stärker. So schlüpft er immer wieder in das Haus und mischt sich in den Trubel. Helgas kleine Enkelin freut sich am meisten über den neugierigen Kerl und glaubt, einen guten Spielgefährten gefunden zu haben. Aber Moritz weicht ihr aus, und Elisa muss ihm auf allen Vieren unter Tisch und Stühlen folgen. Vor dem zarten hellblonden Mädchen, das noch keine drei Jahre alt ist, hat unser kleiner Kater den größten Respekt. Dem temperamentvollen und etwas unkontrollierten Zugriff von Elisas kleinen Händen versucht er sich immer wieder zu entziehen.

Nur einem unserer Gäste kann sich Moritz sofort anvertrauen. Es ist Ralf. Mit ihm hat er sich schon einmal herumgekampelt. Moritz' Sessel ist besetzt, auch auf der Couch ist kaum noch Platz. Wir stoßen auf Helgas Geburtstag an. Moritz muss unbedingt auch noch mit auf die Couch. Er setzt sich neben Ralf und passt auf, wie Helga ihren Gästen Salzstangen und Likörpralinen anbietet. Moritz bekommt als Einziger wieder mal nichts. Er legt sich auf den Rücken, zappelt hin und her und lässt sich von Ralf den Bauch streicheln.

Robert ist Ralfs älterer Bruder und der Vati der kleinen Elisa. Er sitzt daneben, und es scheint, dass er sich im Moment etwas langweilt. Während Ralf Moritz streichelt, lässt Robert ein blaues Band über Moritz' Kopf baumeln. Aber nicht Moritz versucht das blaue Band zu erhaschen. Ralf übernimmt die Sache, und Robert zieht das Band immer wieder schnell zurück. Helga schüttelt den Kopf über ihre beiden Söhne. Sie meint, sie würden wohl nie erwachsen.

Beim Abendbrot ist die kleine Elisa von uns allen die Sauberste. Nach jedem Bissen und jedem Schluck nimmt sie die blaue Serviette, um sich den Mund abzuwischen. Zwischendurch beobachtet sie unseren kleinen Kater, der unter dem Tisch herumgeistert, da alle Plätze auf der Bank und auf den Stühlen belegt sind. Noch keinmal ist es ihr gelungen, Moritz zu erwischen. Wir mussten unseren Kleinen festhalten, damit sie ihn endlich auch einmal streicheln konnte. „Komisch", sage ich, „sonst ist unser Moritz recht zutraulich – aber vor der kleinen Elisa hat er Angst."

„Wer hat vor ihr keine Angst?", meint Robert trocken.

Es ist schon spät geworden, und die ersten Gäste verabschieden sich. Für die Besucher aus Spremberg haben wir ein provisorisches Nachtquartier aus Liegen, Matratzen und zusammengestellten Sesseln zurechtgemacht. Sie fahren erst am folgenden Tag zurück, und wir können morgen ausschlafen. Ein Grund, unser neues Monopoli endlich einmal einzuweihen. Wir spielen an dem Esstisch unserer Bauernecke. Bier und Likör kommen auf den Tisch, und es wird reichlich nachgeschenkt. Nicht gut für mich, denn ich brauche einen klaren Kopf, um das Spiel zu erlernen. Alle anderen am Tisch kennen es schon. Ich mache mich mit den ungewohnten Denkweisen vertraut. Sie werden an Bedeutung gewinnen – in der Zeit, die auf uns zukommt.

Die Spielleidenschaft hat uns ganz gepackt. Wir spielen verbissen um falsches Geld und um Vermögen und können uns nicht vor zwei Uhr nachts dazu entschließen, das Spiel abzubrechen. Wir zählen lange zusammen. Robert ist der Gewinner, und ich schließe mit dem schlechtesten Ergebnis ab.

Mein Moritz hat das ganze Spiel verschlafen. Er liegt glücklich und zufrieden auf seiner braunen Decke. Ich wecke ihn sanft und bringe ihn nach draußen.

Ein Wochenende im Februar. Skifahren ist auch in den höheren Regionen nicht möglich. Es ist wieder einmal ein schneeloser Winter. Umso besser kommen wir aber mit den Arbeiten in unserem Haus voran. Ich habe mir das größere der beiden Zimmer im Obergeschoß vorgenommen. Vom Fenster aus hat man einen schönen Blick auf das gesamte Grundstück, über den kleinen Wald hinter der Garage, über die Bäume und Büsche an den Grundstücksgrenzen und über die große Wiese, die den blau gestrichenen Swimmingpool umschließt.

Das Bearbeiten der Dielenbretter mit dem Schwingschleifer geht nur mühsam voran. Ich muss die Tür geschlossen halten und am unteren Rand zusätzlich mit einem feuchten Scheuerhader abdichten. Denn der feine Holzstaub zieht durch alle Ritzen, und Helga hat wenig Lust, nach dieser Arbeit im ganzen Haus den Staub zu entfernen.

Moritz ist auch mit oben. Er hat sich im Korridor hinter dem Vorhang des Schuhregals versteckt. Unter dem Regal gefällt es ihm. Wenn ich vorbeikomme, fuchtelt er mit seinen Pfoten unter dem grünen Vorhang heraus und versucht, mit mir herumzustänkern. Aber auch mit einem Überfall ist beim Vorübergehen zu rechnen.

Bei den Schleifarbeiten finde ich eine Hinterlassenschaft unserer Vorgänger – einen weißen Tischtennisball. Ich reinige den kleinen leichten Ball ein bisschen und will ihn Moritz zum Spielen bringen. Aber hinter dem grünen Vorhang des Schuhregals finde ich ihn nicht mehr. Ist Moritz vielleicht wieder die Treppe runter? Nein, er sitzt im Holzzimmer auf dem Korbstuhl. Das Holzzimmer ist der kleinere Raum im Obergeschoß. Wir nennen den Raum so, weil er an Wänden und an der Decke mit Sperrholztafeln verkleidet ist.

„Hallo, mein Moritz!" Ich nähere mich dem Stuhl, auf dem er sitzt, und zeige ihm den weißen Ball. „Guck mal, was ich da Feines für dich habe!" Ich lasse den Tischtennisball ein Stück auf den Bretterdielen entlangrollen. Moritz beobachtet aufmerksam das Geschehen, aber er rührt sich nicht von der Stelle. Wie angewurzelt sitzt er auf seinem Stuhl. Nichts bewegt sich außer seinen gelbgrünen Augen, mit denen er das unbekannte Objekt verfolgt. Nun hebe ich den Ball wieder auf und lege ihn auf den Stuhl – Moritz direkt vor die Füße. Aber Moritz lässt sich zu nichts verleiten. Er sieht die kleine weiße Kugel von oben herab und fast verächtlich an, rührt die ordentlich nebeneinander gestellten Pfötchen keinen Millimeter von der Stelle.

Ich gebe es auf. „Na, dann lässt du es eben bleiben!" Ich lass unseren versteinerten Kater mit dem weißen Ball vor den Pfoten auf dem Stuhl sitzen und begebe mich im gegenüberliegenden Zimmer wieder an die Arbeit.

Mir ist es von Anfang an schon aufgefallen. Ich muss an die ersten Tage denken, die wir Moritz bei uns hatten. So oft wir es auch versuchten, ihn zum Spielen zu bewegen – unser Kleiner ließ sich durch nichts beirren. Er rannte auch dem bunten Wollknäuel nicht hinterher, den wir vor ihm herzogen. Dabei war es doch immer mit das schönste Erlebnis, einem Kätzchen beim Spielen zuzusehen. Ich erinnerte mich an die Kleinen, die ich als Schuljunge in den Garten meiner Eltern gelockt hatte, die sich ausgelassen auf alles stürzten, was man in ihrer Nähe in Bewegung brachte. Ein bisschen traurig war ich darüber, dass sich Moritz dagegen so reserviert verhielt. Hatten wir uns wirklich ein Kätzchen angeschafft, das nicht spielen wollte?

Ich habe wieder zwei Bretterlängen bearbeitet, und ein weiteres Stück des Holzbodens hat die helle Farbe frischer Bretter angenommen. Ich schalte den kreischenden Schwingschleifer ab und lege eine Pause ein. Es sind wenigstens fünf Minuten vergangen. Da höre ich im Holzzimmer einen Tischtennisball auf die Dielenbretter fallen und davonkollern. Hat ihn unser Moritz nun doch versuchsweise mal angeschubst? Nun höre ich Moritz vom Stuhl springen. Das Anschlagen des Balles an der Kehrleiste ist deutlich zu vernehmen. Dann schlägt der Ball immer häufiger und härter an und rollt im Holzzimmer hin und her. Ich sehe nach. Unser Moritz ist voll beschäftigt, springt wild umher und bemerkt mich in seinem Eifer nicht einmal. Er hat sich davon überzeugt, dass die kleine weiße Kugel doch ein interessantes Spielzeug ist.

Obwohl es fast keinen Sinn mehr hat, haben wir beide uns nun eine neue Skiausrüstung zugelegt. Beim Abholen der mit Seilzugbindungen komplettierten blauen Tourenski aus der Werkstatt herrscht mildes Frühlingswetter. Aber eine Woche später ändert sich die Außentemperatur urplötzlich, und Schnee ist angesagt. Das kommt uns gelegen – hatten wir doch ohnehin vor, am Wochenende die Eltern zu besuchen.

Als wir mit unserer Skiausrüstung in Erlabrunn ankommen, setzt schon wieder Tauwetter ein. Aber innerhalb der letzten Tage wurde die Gegend von solchen Schneemengen zugeschüttet, dass jetzt für uns noch etwas übrig geblieben ist.

Schon am Morgen des nächsten Tages machen wir uns auf den Weg. Helga folgt mir in wenigen Metern Abstand. Es geht der Skispur am Rand des Fußweges entlang und immer leicht bergauf. Der Schnee pappt ein wenig – aber wir haben blauen Himmel über uns und sind bei guter Stimmung. Ab und zu sehe ich nach, ob Helga den Anschluss hält. Sie arbeitet fleißig mit den Stöcken, und ihre blauen Augen strahlen.

Es ist das erste Mal, dass wir zusammen Ski fahren.

Helga hat wenig Erfahrung, und es ist lange her, als sie das letzte Mal auf den Brettern stand. Wir suchen uns quer zum Hang eine leichte Abfahrt – ohne Kurven und ohne Bodenwellen. Ist es der Zeitpunkt oder der zu nasse Schnee, dass wir hier allein Wintersport betreiben? Nicht mal ein paar Kinder leisten uns Gesellschaft. Ich fahre die Spur an, und Helga folgt mir etwas unsicher und ängstlich aus halber Höhe. Ab und zu fällt sie auf den Hintern. Aber ich merke, dass sie Spaß an der Sache findet und freue mich darüber. Ich verlängere unsere kleine Abfahrtsstrecke ein weiteres Stück nach oben. Auch Helga traut sich zu, noch ein paar Meter zuzugeben und geht, nachdem ich bereits unten angekommen bin, in die Spur. Aber diesmal geht es schief. Wenige Meter von mir entfernt stürzt sie. Die Skier stehen über Kreuz, die Spitzen sind in den schweren Schnee eingedrungen. Helga kann aus eigener Kraft nicht mehr aufstehen. „Volker, komm schnell her – mein rechtes Bein! Mach schnell die Skier ab!"

Mir fällt es schwer, den Ernst der Situation zu begreifen. Unser Skiausflug hat ein jähes Ende. Eine knappe Stunde später liegt

Helga auf dem Untersuchungstisch der Notaufnahme, und ich warte unruhig im Gang der Station. Schließlich erfahre ich vom untersuchenden Arzt das Ergebnis: Eine schwere Bänderzerrung. Das ganze Bein muss in Gips gelegt werden. Für ein paar Tage will sie der Arzt gleich auf Station behalten. Es hat wenig Sinn, dagegen Einspruch zu erheben. Die neuen Tourenski bleiben im Keller, und ich muss die Rückfahrt nach Frankenberg am Sonntagabend allein antreten.

Moritz kommt sofort angeflitzt, als er den Lada in das Grundstück einfahren hört. Wir haben ihn wieder einmal lange allein gelassen. Wenn er das Gefühl hat, dass wir bald zurückkommen müssten, entfernt er sich nicht mehr weit vom Haus. Er möchte unsere Ankunft auf keinen Fall verpassen.

Nun schwänzelt unser Kleiner mir zur Begrüßung um die Beine und wundert sich, dass Helga nicht dabei ist. Ich muss ihm das alles genau erklären – was passiert ist und dass wir nun ein paar Tage allein miteinander auskommen müssen.

Moritz ist als Erster die Treppe hoch und wartet vor der Haustür auf Einlass. Dann führt sein Weg schnurstracks in die Küche vor den Kühlschrank. Und damit ich seine Wünsche auch zur Kenntnis nehme, miaut er ein paarmal. „Alles klar – du bekommst gleich!"

Während ich angestrengt darüber nachdenke, was nun zu tun ist, um hier ein paar Tage allein zurechtzukommen, schlingt Moritz vor der Haustür gierig seine Wurststückchen hinunter.

Nach dem Erledigen der wichtigsten Arbeiten lasse ich ihn wieder in die Wohnung. Aber was treibt er da? Statt sich brav auf seine Decke im Sessel zu setzen, springt er wild im Zimmer herum. Ermuntert ihn Helgas Abwesenheit zu all den Dummheiten, die er nun in der Wohnstube anstellt? Zuerst springt er auf den Fenstersims und klettert zwischen den Pflanzen umher, sodass es mir Angst und Bange um Helgas Keramiktöpfe wird. Kaum habe ich ihn da vertrieben, macht sich der Kleine an dem Schrankwandteil in der Zimmerecke zu schaffen. Er springt hoch in die Nische und reißt dabei fast die kleine Decke mitsamt dem schönen Likörservice herunter. Im letzten Moment kann ich das Likörservice noch retten. Aber nun befasst sich Moritz mit der Tischdecke in unserer Bauernecke, und die Blumenvase beginnt auf dem Tisch zu wandern.

„Nun sag mal, was ist denn heute mit dir los?", schimpfe ich mit dem wild gewordenen Burschen. Ich muss ihm einen Klaps auf den Hintern geben, und dann stecke ich ihn raus auf den Korridor. Welch unruhiger Abend heute! Und mir fällt immer noch einiges ein, was ich zu erledigen habe und was für den nächsten Tag vorzubereiten ist. Kurz vor 22 Uhr bemerke ich, dass Moritz verschwunden ist. Wo steckt er? Die Haustür war doch die ganze Zeit geschlossen! Ich sehe in allen Räumen nach. Zu meiner Überraschung ist er im Schlafzimmer, und da sitzt er mitten auf Helgas Bett.

Wie ist er da reingekommen? Es ist mir wieder einmal ein Rätsel. Ich muss ihm klarmachen, dass hier nicht seine Schlafstelle ist, auch wenn Helgas Bett diese Nacht unbenutzt bleibt. Moritz springt herunter und versteckt sich hinter der schweren Holztruhe neben der Tür. Mein gutes Zureden hat wenig Erfolg. Er lässt sich nicht dazu bewegen, freiwillig aus dem schmalen Gang zwischen Truhe und Wand hervorzukommen. Ich muss ihn irgendwie erwischen. Doch komme ich von der linken Seite, weicht er nach rechts aus, versuche ich es von rechts, ist es umgekehrt und er läuft den schmalen Gang wieder zurück an das andere Ende. Er weiß, dass er im Vorteil ist und ich ihn so nicht fangen kann. Nun versuche ich, den frechen Kerl anders zu fassen, beuge mich über die Truhe und lange mit dem Arm von oben in den schmalen Zwischenraum.

Moritz wehrt die eindringende Hand sofort mit einem kräftigen Schlag seiner Vorderpfote ab. Spielerisch und wild springt er meine Hand immer wieder an, und bald habe ich den ersten Kratzer abbekommen. Ich sehe ein, dass ich den Burschen so nicht einfangen kann. Nun muss ich doch noch die schwere Truhe ein Stück von der Wand abrücken. Erst jetzt gibt Moritz auf und springt durch die offene Tür in den Korridor.

Es ist spät geworden. Ich entschließe mich, schnell noch ein paar Zeilen an Helga zu schreiben. Der Brief könnte sie dann bis Mittwoch erreichen, und bestimmt wird sie sich freuen, wenn kurz vor ihrer Entlassung Post eintrifft. Ich schreibe ihr, dass sie zwei Tage bei den Eltern bleiben soll und wann ich hochkomme, meinen Unglücksraben abzuholen. Dann kommt das zweite Thema: Eine Beschwerde über Moritz!

Der alte Lada kommt kurz hinter der grauen Steintreppe zum Stehen. Diesmal muss ich Kavalier sein. Ich laufe um das Auto herum und öffne auf der anderen Seite die Tür. Mühsam gelingt es Helga, mit dem steifen Gipsbein an der vorderen Türkante vorbeizukommen, und eine kleine Hilfestellung kann sie gut gebrauchen. Endlich steht sie sicher auf ihren zwei Beinen. Das Ausräumen des Autos ist diesmal meine Sache. Helga humpelt mit ihrer Handtasche und dem eingewickelten Frauentags-Blumenstrauß, den ich ihr nach Erlabrunn mitgebracht habe, vor dem Haus herum. Warum ist unser Moritz nicht zur Stelle, um Helga zu begrüßen?

Ich rufe nach ihm. Er lässt nicht lange auf sich warten. Miauend kommt er unter der Hecke hervor. Also ist unser kleiner Kater wieder in Nachbars Garten herumgestrolcht. Mit unserem Eintreffen am frühen Nachmittag hat er wohl nicht gerechnet. Die Freude über das Wiedersehen ist unserem Kleinen deutlich anzumerken. Er lässt sich streicheln und schwänzelt ununterbrochen um Helgas Beine herum. Dann schmeißt er sich auf den Rücken und streckt uns die Beine entgegen. Helga hat Mühe herunterzukommen. Weiß Moritz gar nicht, dass nun wieder ein anderes Regime herrscht, wenn sie da ist?

„Was habe ich da erfahren?", spricht Helga den vor ihren Füßen herumkollernden Kerl mit strenger Stimme an. „Ganz frech und ungezogen warst du, als ich nicht hier war!"

Es ist genau eine Woche her, dass wir mit unseren blauen Skiern im Auto in Richtung Erlabrunn losfuhren. Ist alles noch in Ordnung im Garten? Gleich nach dem Kaffeetrinken humpelt Helga zwecks gründlicher Grundstücksbesichtigung neben mir her, und Moritz schließt sich unserem Rundgang an. Herr Wagler erscheint mit seinem großen schwarzen Hund am Gartenzaun und grüßt uns. „Na, was ist Ihnen denn passiert?" Helga erläutert unserem Nachbarn, dass sie beim Skifahren gestürzt ist. Herr Wagler kann es nicht verstehen. „Es war doch gar kein Schnee!" „Doch", erwidert Helga, „am vergangenen Sonnabend." Herr Wagler schüttelt ungläubig den Kopf. „Das bisschen – die zwei Stunden?"

„Da sehen Sie mal – ich mach' eben aus allem was!" Der Nachbar schmunzelt, und Helga fügt hinzu: „Ich bin eben ein richtiger DDR-Bürger!"

Keine Spur von Schnee mehr. Auch auf der Wiese in Erlabrunn, auf der das Missgeschick passierte, weiden schon wieder die Schafe. Was haben wir uns mit diesem kleinen Unternehmen nur eingehandelt? Vier bis fünf Wochen müssen wir rechnen, bis der Gips entfernt werden kann, und dann wird es noch geraume Zeit dauern, bis Helga wieder fähig ist, normal zu laufen. Der einzige Nutznießer ist eigentlich unser Moritz. Er hat tagsüber wieder Gesellschaft, und das kann unserem Kleinen nur recht sein. Beim Abendbrot sitzt unser kleiner Kater sehr diszipliniert neben mir auf dem roten Bankkissen, und Helga ist davon überzeugt, dass ihre Anwesenheit den Ausschlag dafür gibt, dass sich Moritz jetzt wieder ordentlich benimmt.

Ab heute sitzt sie mir am Tisch gegenüber. So kann sie das eingegipste Bein auf den Stuhl unter der Durchreiche legen.

Moritz Blickrichtung zielt immer häufiger auf den Stuhl mit dem Gipsbein. Aus dem Gips lugt Helgas Fuß heraus. Der Fuß ist mit einem hellen Söckchen bekleidet und wackelt ab und zu etwas hin und her. Moritz hält die Sache unter Beobachtung. Schließlich erhebt er sich, um sich an den Fuß anzuschleichen. Ich ahne schon, was passiert. Und tatsächlich!

„Volker hilf, Volker hilf!", ruft Helga. Sie ist mit dem schweren Gipsbein zu unbeweglich, um sich zu wehren. Moritz hat sich auf ihren Fuß gestürzt, hält ihn umklammert und beißt Helga in den großen Zeh.

Der Rhododendron blüht

Kein Straßenlärm stört die friedliche Ruhe, und kein Wecker reißt uns heute aus dem Schlaf. Die Frühlingssonne scheint durch das Fenster in unsere Gesichter und stimmt uns zwei Langschläfer behutsam auf den neuen Tag ein. Ich drehe mich noch einmal auf die andere Seite und kann beobachten, wie Helga im Licht der Sonnenstrahlen zu blinzeln beginnt.

Es wird ein schöner Tag, und der blaue Himmel lenkt meine ersten Gedanken auf die Busreise in die österreichischen Alpen, die an diesem Sonnabend geplant war. Wir werden die Alpen und den Wolfgangsee heute nicht sehen. Das Gipsbein, mit dem sich Helga nun schon die vierte Woche herumplagt, lässt unsere Teilnahme nicht zu. Wir mussten die Reise abgeben – nicht zu ändern.

Ich lausche noch ein wenig der erholsamen Stille, die nur ab und zu durch das Zwitschern eines Vogels unterbrochen wird. Doch jetzt eben – die schwache Stimme dazwischen. Es ist kein Vogel. Moritz muss vor dem Schlafstubenfenster sein. Ich rolle schnell dem Bettrand zu und bin mit zwei Schritten am Fenster. Mein Körper beugt sich über den niedrigen Fenstersims. Der kleine Kerl sitzt wieder dicht vor der Hausmauer. Er schaut nach oben und miaut mir zu. Es folgen ein paar schwer verständliche Katzenlaute. Ich versuche, Moritz' Sprache zu übersetzen: „Nun wird es aber Zeit, dass ihr aufsteht!"

Inzwischen hat auch Helga das Bett verlassen. Sie zieht die dunkelbraunen Vorhänge zur Seite, öffnet den zweiten Fensterflügel und beugt sich weit hinaus. „Hallo, guten Morgen, mein

Moritz", begrüßt sie den Kleinen da unten freundlich. Und Moritz hebt das graue Köpfchen und erwidert den Gruß.

Wer ist denn heute mit dem Frühstück dran? „Letzte Woche habe ich gemacht", versichert mir Helga. Da bleibt mir nichts anderes übrig. Ich begebe mich auf den Weg zur Küche und setze den Kaffee an, während Helga noch ein wenig mit Moritz plaudert. Als ich in das Schlafzimmer zurückkehre, unterrichtet mich Helga begeistert von Moritz' Fortschritten. „Was glaubt du, wie schön er schon antwortet und sich mit mir unterhält. Du wirst sehen, wenn wir noch ein bisschen üben, wird er bald richtig mit uns sprechen können!"

Ich glaube auch, dass Moritz auf dem besten Wege dazu ist und vielleicht die erste Katze sein wird, die die menschliche Sprache erlernt hat.

Helga humpelt mit ihrem dicken weißen Bein ins Bad. Ich trete noch einmal an das weit geöffnete Fenster, um nach Moritz zu sehen. Er ist schon unterwegs, verschwindet gerade um die Hausecke. Gleich wird er an der Haustür erscheinen und dort sein Frühstück erwarten.

Es fällt mir schwer, mich von dem Fenster zu lösen. Frisches Grün belebt den Garten. Die Morgensonne wirft lange Schatten. Ihre Strahlen bringen die Blätter zum Leuchten, und Tautröpfchen glitzern auf dem Gras, das in der aufkommenden Wärme ein wenig zu dampfen beginnt. Mir erscheint der herrliche Morgen in unserem kleinen Reich wie eine Entschädigung für die ausgefallene Reise, und ich atme die erwachenden Geister der Natur tief ein.

Beim Frühstück besprechen wir unseren Tagesplan. Wir haben keine Eile und verlieren uns schließlich beim Diskutieren und Erzählen wie geschwätzige Leute. Helga merkt zuerst, wie lange wir schon wieder am Frühstückstisch sitzen. „Nun, wollen wir nicht mal aufstehen? Sonst wird doch heute gar nichts mehr!"

Helga begibt sich in die Küche, um noch ein bisschen Ordnung zu machen. Ich ziehe mich währenddessen um und trete in Arbeitskleidung vor die Haustür. Moritz hat seine Wurstschüssel schon ausgeleert und ist wieder verschwunden. Aus dem Schatten des Hauses komme ich in die Sonne und spüre zum ersten Mal die wärmenden Sonnenstrahlen schon am Morgen so deutlich. Es ist wieder angenehm draußen.

Ohne ein bestimmtes Ziel anzusteuern, schlendere ich über die Wiese. Das Gras ist immer noch feucht und mit kleinen silbernen Perlen geschmückt. Das Gegenlicht der noch niedrig stehenden Sonne durchleuchtet die frischen Blätter an Bäumen und Büschen. Ich schaue mich ein wenig um – unser Gartengrundstück erwacht aus dem Winterschlaf! Doch wo steckt denn mein Kleiner? Er lässt doch nie lange auf sich warten, wenn jemand draußen erscheint. Ich laufe noch ein Stück in Richtung auf die hintere Grundstücksecke und suche nach Mäuselöchern und starken Unebenheiten in der Wiese. Da höre ich hinter mir jemanden durch das Gras spurten. Moritz holt mich mit großen Sprüngen ein und flitzt, ein paar abgehackte Laute von sich gebend, dicht an mir vorbei.

Wenige Meter vor mir verschwindet er schnell unter einem der Ziersträucher. Ich sehe, wie er mich in geduckter Haltung aus seinem Versteck heraus beobachtet. Er freut sich, schon am Morgen einen Spielgefährten gefunden zu haben und hofft, dass wir ihm nun den ganzen Tag Gesellschaft leisten können. Da kommt auch Helga schon über die Wiese gelaufen, und wir setzen die morgendliche Grundstücksbegehung zu dritt fort.

Vom hinteren Teil des Geländes führt unser Weg am Swimmingpool vorbei. Das abgestandene Wasser ist nach den Wintermonaten unansehnlich und trüb. Helga bewegt sich schwerfällig von der Plattform an der vorderen Schmalseite des Schwimmbeckens die Treppenstufen hinunter. „Sieh mal", sagt sie. „Unser Rhododendron setzt schon Knospen an!"

Auch meine Aufmerksamkeit gilt nun dem mächtig wuchernden Rhododendronstrauch. „Ja, und wie viele es sind – bestimmt ein paar Hundert. Wenn das alles Blüten werden!" „Vielleicht ist es schon in ein, zwei Wochen soweit – da können wir ja gespannt sein!", meint Helga.

Unser Rundgang geht zu Ende, und ich hole Schubkarren und Schaufel aus dem Hundezwinger. Wir haben uns vorgenommen, die vielen Löcher und Unebenheiten mit Erde auszugleichen, bevor das Gras erst richtig zu wachsen beginnt. Die Wiese dehnt sich weit über das Grundstück aus, und man kommt mit einem Rasenmäher nur gut voran, wenn das Gelände einigermaßen eben ist. Ich beginne mit dem Abtragen des unansehnlichen Erd- und Abfallhügels in der hinteren Gartenecke und transportiere einige Fuhren Erde mit der Schubkarre auf die Wiese. Dann kommt Helga mit der Harke und zieht die Erde breit.

Moritz darf bei alledem natürlich nicht fehlen, und er beteiligt sich an dem Geschehen, so gut er nur kann. Er quirlt mir zwischen den Beinen herum, springt auf die Schubkarre, als wolle er die Zuladung kontrollieren, und von da in die aufgelockerte Erde hinein, die wir gerade ausgebreitet haben. Dann flitzt er wieder zu Helga und hindert sie an der Arbeit, indem er den Harkenstiel anspringt und festhält. „Lässt du jetzt den Stiel los!", höre ich Helga mit ihm schimpfen. Es dauert nicht lange, da kommt der muntere Kerl wieder angeflitzt. Er spurtet mit großen Sprüngen an der Schubkarre vorbei und erklettert blitzschnell den nächstliegenden Baumstamm, um dann meine Arbeit eine Zeitlang von oben zu beobachten.

Als unser Kleiner merkt, dass wir von seinem Mitwirken nicht so recht begeistert sind, beginnt er, sich selbst zu beschäftigen. Er entfernt sich nicht weit von uns und flitzt wild und ausgelassen auf der Wiese umher. Hin und wieder geht er in Deckung. Wir beobachten, wie er sich an irgendetwas anschleicht. Plötzlich ein hoher Sprung in die Luft – die Pfote schlägt heftig nach einem unsichtbaren Etwas. Ein Außenstehender könnte meinen, unser kleiner Kater spinnt ein bisschen. Aber wir wissen mittlerweile, was das zu bedeuten hat: Moritz jagt Mücken und Fliegen. Und er betreibt das ausdauernd und mit vollem Einsatz.

Das Blau des Himmels wird kräftiger, und die wärmenden Sonnenstrahlen trocknen die Wiese. Es wird wirklich ein wunderschöner

Tag. Ab und zu lege ich eine Pause ein und halte Ausschau nach unserem Kleinen, der von Ausgelassenheit und überschäumender Lebensfreude getrieben auf der Wiese herumstürzt. Gerade kommt er wieder aus Richtung Haus über das Gras geflitzt. Nachdem er mit weit ausholenden Sprüngen die größte Geschwindigkeit seines Spurts erreicht hat, bremst er den Lauf schlagartig ab und überschlägt sich dabei mehrfach im Gras. „Hast du das jetzt gesehen?", rufe ich Helga zu. „Jetzt hat er drei Purzelbäume hintereinander gedreht!"

Auch Helga freut sich über das ausgelassene Treiben des kleinen Kerls. Ist es doch ein Zeichen, dass es Moritz gut geht und er sich wohl bei uns fühlt.

Ein Lied von Udo Jürgens geht mir durch den Sinn: Hast du heute schon gelebt?

Welch seltsam anmutende Frage! Doch da hilft eine kleine graue Katze, den Sinn der Frage zu verstehen.

Es ist Freitagabend. Eine kurze Arbeitswoche liegt hinter uns, denn wir haben unseren Ostermontag wieder! Er ist im Kalender noch nicht als Feiertag eingetragen. Bei Redaktionsschluss konnte keiner ahnen, was in diesem Land geschehen würde.

Ich habe noch drei Gehwegplatten einzusetzen. Seit Monaten ist der schmale Streifen zwischen unserer Hauswand und Wächtlers Bungalow aufgegraben, und die Betonplatten liegen auf der Wiese umher. Helga hat schon öfter gemahnt. Aber es fehlte immer die Zeit.

Ich fülle Sand in den flachen Graben und richte die eingelegten Platten mittels einer straff gespannten Schnur aus. Gelegentlich erscheint Moritz, um den Fortgang meiner Arbeiten zu kontrollieren. Beim Absenken der schweren Platten fuchtelt er mit seinen Pfoten bis zum letzten Moment in dem immer kleiner werdenden Spalt herum, als wäre mit der Sandschicht irgendetwas noch nicht in Ordnung. Ich habe aufzupassen, dass ihm dabei nichts passiert.

Schließlich erscheint mir diese Art seiner Beteiligung doch zu gefährlich, und ich muss ihn erst einmal wegjagen. Er verkrümelt sich hinter der Hausecke. Doch kurze Zeit später bemerke ich, wie die Schnur erschlafft und ins Gras fällt. Ich richte mich auf, um die Ursache zu ergründen. Wer macht sich da am anderen Ende der Schnur an dem kleinen Stock zu schaffen, den ich zum Abspannen in die lockere Erde eingeschlagen habe? Moritz hält den abgeschnittenen Holzstiel umklammert und setzt seine ganze Körperkraft ein, um den Stiel aus dem Boden zu reißen.

„Na warte, du Bursche!" Mit schnellem Schritt laufe ich den bereits fertiggestellten Teil des Gehweges zurück, um dem Übeltäter das Handwerk zu legen und die Schnur wieder zu spannen. Moritz lauert in geduckter Haltung meine Ankunft ab. Im letzten Augenblick erst springt der freche Kerl mit einem wilden Satz auf und rennt in Richtung Garage davon.

Es gelingt mir, an diesem Abend die Arbeit zum Abschluss zu bringen. Mit der letzten Gehwegplatte muss ich nun den Anschluss an die Umfassung des Blaubeerbeetes herstellen, ohne dass dabei eine Stolperstelle entsteht. Ich trampel auf der Platte herum und überzeuge mich, dass sie eine stabile Lage hat.

Da kommt Moritz wieder um die Ecke. Er schwenkt auf die erste Betonplatte am gegenüberliegenden Ende ein und schreitet mit gemächlichem Schritt die ganze Länge des eben fertiggestellten Betonweges ab. Er ist wieder einmal der Erste. Moritz weiht den neuen Gehweg ein. Er kommt nahe an mich heran und lässt sich, ohne Widerstand zu leisten, fangen und hochnehmen. Ich kraule dem frechen Kerl ein bisschen das Fell. Er schnurrt, und die gelbgrünen Augen rollen hin und her. Von der hohen und bequemen Position aus gibt es Vieles zu entdecken.

Ich entdecke in Moritz Fell wieder einmal eine dicke Zecke und daneben gleich noch eine kleinere. Im vergangen Herbst habe ich bei meiner ersten Berührung mit diesen lästigen Parasiten im Fell unseres kleinen Katers noch auf eine seltsame Hautwucherung getippt. Helga aber wusste Bescheid und erklärte mir, was dagegen zu tun ist. Nur gelegentlich war es notwendig, Moritz von solch einem Blutsauger zu befreien. Aber in diesem Frühjahr nimmt es überhand. Jede Woche, manchmal in noch kürzeren Abständen, müssen wir uns Moritz' Fell vornehmen und solche Plagegeister entfernen.

Jetzt nehme ich ihn gleich mit in die Wohnung. Helga holt Pinzette und Öl. Moritz kennt die Prozedur schon ganz genau. Ein Tropfen Öl kommt auf die Stelle. Wir lassen ihn damit noch ein paar Minuten herumrennen. Dann nehme ich ihn nochmals hoch, und Helga greift sich die Pinzette. Moritz weiß in solch einem Moment genau, was ihn erwartet. Manchmal hilft das Öl nur wenig, und so eine Zecke sitzt immer noch sehr fest. Ein paarmal rutscht Helga mit der Pinzette ab, und fast immer erwischt sie ein paar Fellhaare mit. Es ist kaum machbar, ohne Moritz ein bisschen wehzutun. Umso erstaunlicher, mit welcher Geduld er die Prozedur immer wieder über sich ergehen lässt, wie ruhig und tapfer er in meinem Arm liegen bleibt, bis die Sache erledigt ist. Wie wäre das möglich, wenn er unsere gute Absicht nicht verstehen würde?

Die unangenehme Angelegenheit ist schnell vergessen, sobald unser Moritz wieder auf seinen vier Beinen steht. Er springt im Korridor umher und spielt dann, auf dem Rücken liegend, in der Ecke zwischen Wohnzimmer- und Küchentür mit der Telefonleitung.

Am Wochenende bekommen wir wieder Besuch, und Helga beginnt in der Küche mit den Vorbereitungen zum Backen einer Obsttorte. Ich habe die Haustür einen Spalt geöffnet. Vielleicht möchte unser Kleiner wieder raus. Er möchte nicht und setzt sich stattdessen vor die Wohnungstür. In dieses Zimmer darf er eigentlich nicht ohne Aufsicht. Ausnahmsweise lass ich es einmal zu. Moritz schlüpft schnell durch den Türspalt und tippelt über den Teppich. Aber statt sich auf seine Decke im Sessel zu legen, springt er auf die Couch. Ich darf es nicht dulden und nehme ihn mir vor: „Willst du, dass Helga mit dir schimpft – willst du das?" Moritz scheint zu verstehen. Er setzt sich zwischen der neuen Couch und dem Clubtisch auf den Teppich.

Ich begebe mich wieder in die Küche, um nachzusehen, was Helga macht und ob sie von den Pfirsichstücken ein paar abzugeben hat. Doch nun dringen seltsame Geräusche an unsere Ohren. Es ist ein Krachen und Rumpeln, und es wird immer lauter.

„Hast du Moritz ins Wohnzimmer gelassen?", fragt mich Helga mit leicht vorwurfsvollem Gesichtsausdruck. Na, da wollen wir mal nachsehen, was los ist!

Moritz ist so beschäftigt, dass er uns nicht bemerkt. Und außerdem tut er nichts Unrechtes. Er versucht, um ein Bein des Clubtisches herum seinen Schwanz zu fangen. Dabei ist er in Ekstase geraten. Mit wilden Sprüngen bis in Höhe der Tischplatte jagt unser kleiner Kater der schwarzen Schwanzspitze hinterher. Nach jedem Sprung landet er sich überschlagend und laut polternd auf dem Teppich.

Es wäre ein normaler Arbeitstag, wenn mich der Zahnarzt nicht bis morgen krankgeschrieben hätte. So schließe ich die Haustür erst gegen acht Uhr morgens auf, um nach Moritz zu sehen. Zu meiner Überraschung schleicht eine graue Katze an unserem Treppenaufgang vorbei. Sie sieht Moritz zum Verwechseln ähnlich. Erst beim genaueren Hinsehen fällt mir auf, dass sie etwas größer ist. Sie stiehlt sich schnell davon, als ich aus der Haustür trete. Vor allem daran merke ich, dass es nicht unser Moritz sein kann. Ich gieße den Milchrest von gestern weg und fülle die Plastikschale wieder mit frischem Wasser und etwas Kaffeesahne auf. Das Rufen nach unserem kleinen Kater bleibt ohne Erfolg. Liegt es an der ungewohnten Zeit, oder hängt es mit der anderen Katze zusammen, die sich in unser Grundstück eingeschlichen hat?

Ich gehe in das Haus zurück, um mit Helga zu frühstücken. Als ich eine halbe Stunde später wieder nachsehe, erkenne ich bereits durch das geriffelte Glas der Haustür, dass Moritz sich inzwischen eingefunden hat. Er spaziert auf der obersten Treppenstufe hin und her und wartet, bis jemand herauskommt. Ich begrüße unseren Kleinen und frage ihn, wo er sich denn wieder herumgetrieben hat. Die Milch ist ausgeschleckt, aber Moritz ist damit noch nicht zufrieden. Er schwänzelt um meine Beine herum und bewegt sich von da aus immer wieder auf die leere Wurstschüssel zu. „Ja, du bekommst ja gleich!"

Moritz begleitet mich, beharrlich vor meinen Füßen herumtanzend, in die Küche und dann wieder hinaus vor die

Tür, um die mit Wurststückchen aufgefüllte Schüssel in Empfang zu nehmen. Seine Mahlzeit ist noch nicht beendet, als die fremde graue Katze wieder um die Hausecke kommt. Moritz bemerkt sie und ist so abgelenkt, dass er die restlichen Wurststückchen in der Schüssel vergisst. Ich bleibe vor der Haustür stehen, um die beiden zu beobachten. Sie interessieren sich ganz auffällig füreinander und lassen sich keinen Augenblick mehr aus den Augen. Moritz hoppelt zwei Treppenstufen hinunter, setzt sich hin und beobachtet. Dann bezieht er noch ein paar Treppenstufen tiefer Position und betrachtet die fremde graue Katze erneut mit regem Interesse. Die fremde Katze ist durch meine Anwesenheit verunsichert. Sie schleicht in großem Abstand an der Eingangstreppe vorbei und bewegt sich langsam in Richtung auf die große Silbertanne neben dem Tor zu. Moritz entschließt sich, ihr behutsam zu folgen, und schließlich stehen sie sich zu beiden Seiten des Baumstammes in geringer Entfernung gegenüber. Es ist keine Abwehrhaltung und keinerlei aggressive Reaktion zu erkennen. Die beiden scheinen sich zu mögen, und die Annäherungsversuche nehmen belustigende Formen an.

Der Baumstamm ist im Weg, und ich werde Zeuge einer neuen Art von Partnerspiel. Auf der Stelle verharrend, strecken die beiden ihre Hälse und versuchen so im Wechsel mal links, mal rechts vorbei an dem Baumstamm den Blickkontakt wiederherzustellen.

Nun muss ich die beiden doch noch stören. Ich hole den Lada aus der Garage, fahre ihn vor den Treppenaufgang und warte auf Helga. Da kommt sie auch schon aus der Haustür gehumpelt. Es ist heute die erste Fahrt, die Helga wieder ohne Gipsbein antreten kann. Ihre Situation hat sich geändert, aber noch nicht gebessert. Eine falsche, unbedachte Bewegung – und Helga spürt das Knie in sehr schmerzhafter Weise. Nach wie vor muss ich ihr beim Einsteigen behilflich sein. Wir befördern das steife Bein zusammen in das Wageninnere. Die Gehhilfe muss auch mit – für alle Fälle.

Es wird nur ein kleiner Ausflug. Zwei Gärtnereien und eine Baumschule sind in der näheren Umgebung. Vielleicht finden wir jetzt schon etwas für den Blumengarten an unserem Wohnstubenfenster. Den Bepflanzungsplan des Gärtners hat Helga in ihre Handtasche gepackt.

Wir müssen uns mit dem einsetzenden unfreundlichen Wetter abfinden. Unterwegs fängt es kräftig an zu gießen, und das Aussuchen und Verpacken der Pflanzen macht mit ständig aufgespanntem Regenschirm wenig Freude.

Auch als wir wieder zu Hause eintreffen und darangehen, die Stauden und stachligen Rosensträucher auszuladen, hat sich noch nichts gebessert. Moritz spurtet aus der Garage heraus und sucht schnell unter dem Dach des Vorhäuschens Schutz. Kaum dass Helga die Haustür geöffnet und den Korridor betreten hat, folgt er und springt auf der neuen Auslegeware umher. „Na, Moment mal!" Helga schiebt ihn sanft in den gefliesten Vorraum zurück. „Mit den dreckigen Pfötchen kommst du mir nicht rein!" Wenige Augenblicke später kehrt sie mit einem feuchten Lappen zurück. Moritz hält nicht viel von einer Pfötchenreinigung und macht es Helga schwer.

Das regnerische Wetter hat auch einen Vorteil. Wenn wir jetzt einpflanzen, wachsen die Sträucher gut an, und das Gießen entfällt. So begeben wir uns in regenfester Kleidung wieder nach draußen. Helga steht mit dem durchnässten Bepflanzungsplan vor der Hauswand und zeigt mir, wo die Löcher für die betreffenden Pflanzen auszuheben sind. Es ist ganz ungewohnt, dass unser Kleiner bei solch einer Aktion nicht mit umherspringt. Moritz hat es gut, denke ich so bei mir. Er ist im Trocknen und schläft im Wohnzimmer auf seiner Decke.

Gegen Ende der Woche hat sich das Wetter wieder etwas gebessert. Das Vogelgezwitscher dringt aus allen Winkeln unseres Grundstückes an meine Ohren, als ich abends versuche, den Rest der alten Rohrinstallation vom Rand des Swimmingpools zu entfernen. Mitten in diesem Konzert vernehme ich plötzlich schrille hackende Töne. Die auffälligen Laute müssen von einem

Vogel irgendwo hinter der Garage stammen, und ich weiß aus Erfahrung, dass es damit seine Bewandtnis hat.

Wo steckt denn unser Moritz? Ich mache mich auf den Weg in den kleinen Wald hinter der Garage. Und da sehe ich die Bescherung. Moritz hat einen jungen Vogel erwischt, und die Amselmutter flattert aufgeregt und kurze laute Töne ausstoßend in der hohen Hecke an der Grundstücksgrenze herum. Ich kann der Amselmutter nicht mehr helfen. Das Junge ist nicht mehr zu retten, und unser Kater spielt mit dem braun gefederten Körper, in dem kaum noch Leben ist. Es ist nun schon das zweite Mal passiert, sodass ich die Bedeutung der hackenden Vogellaute sofort ahnen konnte.

Ist das Junge aus dem Nest gefallen, oder ist der Amselbau zu ungeschützt gegen den Zugriff einer Katze? Da ich das Nest nicht entdecken kann, finde ich keine Antwort auf diese Frage.

Wie soll ich unserem Moritz beibringen, dass er keine Vögel jagen soll? Mit Frau Köhler habe ich mich schon darüber unterhalten. Es ist mit ihrer Katze nicht anders. Der Versuch einer „Umerziehung" wäre ziemlich aussichtslos.

Auch Helga hat mitbekommen, dass etwas nicht stimmt. Als ich aus dem kleinen Wald zurückkomme, unterbricht sie ihre Arbeit im Gemüsegarten. Ich muss ihr erzählen, was unser kleiner Bösewicht angestellt hat. Die Amsel braucht lange Zeit, um sich zu beruhigen. Während wir unsere Arbeit fortsetzen, schimpft sie immer noch aufgeregt und mit schrillen Tönen. Vielleicht ist es unsere Hausamsel. Dann würde es uns besonders leidtun.

Unsere Hausamsel, das ist der dunkelbraun gefiederte Vogel, der am liebsten vom Dachgiebel unseres Hauses seinen Gesang vorträgt. Immer von der gleichen Stelle aus und meist zur gleichen Zeit in den Abendstunden erklingen die kleinen Melodien. Es sind stets neue Varianten melodischer Tonfolgen, die sich anhören wie das Spiel auf einer Flöte. Der liebliche Gesang ist uns wohl vertraut, denn unsere Amsel hatte ihren Stammplatz auf dem Dachgiebel von Anfang an und begrüßte uns schon in den ersten Wochen von dieser Stelle aus mit ihren Liedern. Nun bin ich mir nicht sicher, ob wir mehrere Amselpaare im Grundstück haben. Und wie sollte man sie auch voneinander unterscheiden können?

Das letzte Stück des alten Plastikrohres ist demontiert. Unser Moritz scheint sich immer noch mit dem toten Jungvogel zu beschäftigen. Wir schenken seinem Jagderfolg keine Beachtung und kümmern uns nicht weiter um ihn. Doch auf einmal bringt er seinen Fang angeschleift. Er zieht den toten Vogel den schmalen Gehweg aus Betonplatten entlang, der von der Waldecke hinter der Garage vorbei am Swimmingpool bis kurz vor die gegenüberliegende Grundstücksgrenze führt. Am Swimmingpool legt er den Vogel auf dem Gehweg ab und schaut zu mir herüber. Es ist ganz offensichtlich: Unser Moritz möchte zeigen, dass er erfolgreich gejagt hat und erwartet für seine Tat Anerkennung. Wie soll ich mich verhalten? Loben kann ich ihn dafür nicht, aber schimpfen hat auch keinen Zweck. Er würde es nicht verstehen. Das Beste wird es sein, überhaupt nicht darauf zu reagieren. Ich lasse unseren Kleinen mit dem unerwünschten Fang links liegen. Moritz bemerkt diese unerwartete Verhaltensweise mit Sicherheit, ist er doch sehr feinfühlig. Er soll wenigstens spüren, dass wir nicht begeistert sind und uns über seine Tat nicht freuen können.

Schon wieder zwei arbeitsfreie Tage! Der Montag wurde herausgearbeitet, und Dienstag ist der 1. Mai. Auf meinem Programm steht heute die Leerung des großen zylindrischen Stahlbehälters im Pumpenhäuschen. Der hinterlassene Sandfilter ist für unser Schwimmbecken völlig überdimensioniert und technisch total veraltet. Und das aus Ziegelsteinen gemauerte Pumpenhäuschen mitten im Gemüsegarten passt ganz und gar nicht dahin. Ich nehme das mit einem Drahtnetz vergitterte Kellerfenster heraus. Das geöffnete Kellerfenster ist meine Durchreiche für Werkzeug und Material.

Um die Hausecke herum höre ich Helgas Stimme. Mit wem spricht sie denn da? Ich gehe ein paar Schritte nach links und schaue nach. Helga spricht mit ihren Pflanzen! Sie nimmt den Rest der gekauften Pflänzchen aus den Blumentöpfen heraus und pflanzt sie vor dem Wohnzimmerfenster in die Erde ein. Da die trüben regnerischen Tage der letzten Woche nun wieder durch freundlicheres Wetter abgelöst werden, schwemmt Helga die frisch eingesetzten Pflänzchen mit der Gießkanne ein. Und jedes Mal beim Angießen spricht sie die beschwörenden Worte: „Wachset schön, wachset schön!"

Etwas verlegen bemerkt sie, dass ich ihr zuschaue und mich über ihre Beschwörungsformeln wundere. „Kannst du mir glauben", rechtfertigt sie sich, „die Pflanzen wachsen besser, wenn man mit ihnen spricht!"

Dann führt sie mich zu den Rosensträuchern im neu angelegten Blumenbeet zwischen Jasminhecke und dem Eingangsbereich zur Garage. Wir haben die fünf Sträucher erst vor einer Woche gepflanzt. Kahl und unförmig wirken die stark zurückgeschnittenen Gewächse. Aber Helga hat etwas entdeckt. Die stacheligen Gebilde beginnen schon auszutreiben, und ich soll mich davon überzeugen. Ich muss sehr genau hinsehen, um die winzigen Triebe zu erkennen.

Ein Bündel Reisig liegt neben den Rosensträuchern. Es raschelt ein wenig unter dem Bündel. Helga tritt einen Schritt zurück und bemerkt einen kräftigen Ast, der offenbar lebendig geworden ist und ab und zu etwas wackelt. Sie lächelt und zeigt auf die Stelle. „Guck mal, wer da ist", sagt sie leise. Moritz hat sich angeschlichen und glaubt, dass er uns von seinem Versteck aus unbemerkt beobachten kann.

Nun gehen wir noch einmal zurück in den Pflanzbereich zwischen Wohnstubenfenster und Köhlers Grundstücksgrenze, wo bald Ziersträucher und Blumen gedeihen sollen. „Hast du das schon gesehen?", fragt mich Helga und zeigt auf einen kleinen, gelb blühenden Busch unmittelbar am Gehweg. Es ist Steinkraut. Unser erster sichtbarer Erfolg! Helga ist ganz stolz und freut sich über die so früh blühende Pflanze.

Moritz hat inzwischen sein Versteck unter dem Reisig verlassen. Er kommt hinter uns hergerannt und streift beim Überholen meine Hose. Dann spurtet er immer schneller werdend zwischen den jungen Pflänzchen hindurch. In einem großen Bogen jagt er wieder zurück und geschwind wie eine Rakete den Stamm des Apfelbaumes hoch. Interessiert schaut er um sich und begutachtet von seiner hohen Warte aus, was sich auf dem kleinen Stück Erde zwischen der Hauswand und Köhlers Gartenzaun alles schon wieder verändert hat.

„Ritzmor, Ritzmor!", ruft es draußen auf der Eingangstreppe. Helga steht im Morgenmantel mit der aufgefüllten Milchschüssel vor der Haustür und wartet auf unseren Kleinen. Moritz könnte beleidigt sein. Aber da es vermutlich etwas zu schlecken gibt, überhört er die Verunglimpfung seines Namens und kommt sofort angesaust. Er überspringt von der Seite her gleich drei Stufen und findet, die Milchschüssel im Auge, kaum Zeit, guten Morgen zu sagen.

Auch am Morgen des folgenden Tages wird Moritz wieder mit dem verunstalteten Namen gerufen.

„Komm, Ritzmor, komm!", hört er Helgas Stimme. Ich frage mich, warum Helga mit ihm herumstänkert und nehme ihr die Schüssel aus der Hand. „Musst du ihn immer ärgern? Pass nur auf, dass er dich dafür nicht mal beißt!"

„Er stänkert ja auch immer mit mir herum", verteidigt sich Helga. „Gestern hat er mich wieder nicht arbeiten lassen und mir beim Häckeln andauernd die Hand festgehalten!"

Heute ist der erste Mai. Der Himmel über den ausgedehnten Gartenanlagen färbt sich wieder blau, und der Frühling gewinnt nun ganz und gar die Oberhand. Halb angezogen komme ich mit nach draußen, um die Morgenluft einzuatmen. Wir stehen zusammen vor der Tür, und unsere Augen erfreuen sich an den Geschenken des Frühlings. Die Obstbäume ringsumher stehen in voller Blüte. Das gesamte Grundstück ist eingekleidet in ein Gewand aus Weiß und zartem Rosa.

Nach ausgiebigem Frühstück in unserer Bauernecke entschließe ich mich erst mal zu einem kleinen Rundgang durch unseren Garten. Vom ehemaligen Hundezwinger bis zu dem großen Rhododendronstrauch sind es nur wenige Schritte. Der mächtig wuchernde Strauch an der Treppe zum Swimmingpool lenkt meine Aufmerksamkeit auf sich, denn die ersten Knospen sind aufgebrochen, und schneeweiße Blüten beginnen den Strauch zu schmücken.

Inzwischen ist Helga mit der Küchenarbeit fertig geworden. Sie kommt in ihrer bunten Wickelschürze über die Wiese und gesellt sich zu uns. Wir erleben den ersten Frühling in unserem Garten und bewundern die großen weißen Blüten. Unter dem dichten Blätterwerk des Rhododendrons raschelt es – Moritz inspiziert den Strauch von unten.

Ich schlage Helga für den Nachmittag einen kleinen Ausflug in die Umgebung der Stadt vor. Sind wir doch immer noch Fremde hier, und es wird Zeit, die neue Heimat auch außerhalb unserer Grundstücksgrenzen allmählich kennenzulernen.

Zur Anfahrt nutzen wir das Auto. Dann wandern wir durch den Nachbarort zur Besichtigung einer Gartenanlage.

Der Ausflug hat uns viele Anregungen gegeben und auf so manch neue Idee gebracht. Doch die zu Fuß zurückgelegte Strecke hätte um kein Stück länger sein dürfen. Helgas rechtes Bein begann zu streiken, und wir schafften es nur mit Mühe noch bis zum Auto.

Nun fahre ich den alten Lada zurück in die immer noch torlose Garage, und Moritz freut sich, dass wir wieder daheim sind. Die Strahlen der Abendsonne beleben Haus und Garten. Der Himmel ist immer noch blau, die Luft duftet nach frischem Grün und Blüten. Ein Grund, sich schnell umzuziehen und draußen noch etwas zu unternehmen.

Der große Filter im Pumpenhäuschen ist leer. An die 50 Eimer Sand habe ich gestern weggetragen. Nun geht es ohne Unterstützung nicht weiter. Das immer noch zentnerschwere Gerät kann ich allein nicht transportieren. Doch es findet sich eine andere Arbeit.

Ich begebe mich in die hintere Grundstücksecke, wo mittlerweile ein Berg von Ästen an die Stelle des abgetragenen Erdhügels getreten ist. Die Äste sind umzulagern, da wir uns entschlossen haben, hier einen zweiten Komposthaufen anzulegen.

Es dauert nicht lange, da taucht auch mein Moritz in der Ecke auf. Er beachtet mich zunächst nicht und tut so, als hätte er rein zufällig hier auch etwas zu tun. Er erklettert die nahe stehenden Bäume, beschnuppert alle Stellen, wo sich gerade etwas verändert hat und balanciert auf den am Boden liegenden Ästen, bis ich sie wegziehe. Dann spurtet er plötzlich den schmalen Weg zwischen den Büschen zurück und tollt ausgelassen auf der Wiese herum.

Als ich etwas später noch einmal zurück in den Hundezwinger muss, um die Baumsäge zu holen, ist Moritz verschwunden. Ich laufe auf kürzestem Weg über die Wiese und dicht an den Ziersträuchern vorbei, die auf der Böschung zum Swimmingpool angepflanzt sind. Plötzlich fliegt vom Rand der Büsche ein grauer Körper in hohem Bogen auf mein rechtes Bein zu. Ich spüre die Umklammerung. Moritz hat mich überfallen! Gleich darauf löst er sich von meinem Bein und verschwindet wieder unter dem Sanddornstrauch. Was hat er nun vor? Ich laufe in einem Bogen zurück und komme ein zweites Mal in geringer Entfernung an den Sträuchern vorbei. Diesmal erschrecke ich weniger. Der kleine Kerl kommt wieder in einem hohen Satz herausgesprungen und umklammert mein Bein.

Das muss ich unbedingt Helga vorführen. Sie ist im Gemüsegarten beschäftigt und kommt nach meiner Bitte, doch einmal aufzupassen, ein paar Schritte auf uns zu. Ich laufe ein drittes Mal an der gleichen Stelle die Wiese entlang. Der bekannte Vorführeffekt könnte alles verderben. Ich befürchte schon, dass es kein weiteres Mal gelingen wird. Aber Moritz enttäuscht mich nicht. Noch einmal springt er aus seinem Versteck heraus und in einem hohen Bogen an mein Bein. Helga applaudiert. „Mit dieser Vorführung könnt ihr beide ja auftreten!" Und wie wir die Nummer nennen, liegt auf der Hand: Überfall!

Langsam wird es Zeit, Schluss zu machen. Helga beginnt, ihre Geräte und Schüsseln wegzuräumen. Moritz hat sich ausgetobt und aalt sich, die letzten Strahlen der Abendsonne nutzend, auf der lockeren Erde neben dem Rhododendronstrauch.

Auf dem Blaubeerbeet gibt es noch eine kleine Arbeit für mich. Die mit Betonplatten eingefasste und mit einer speziellen Mischung aus Walderde, Kompost, Sand und Sägespänen aufgefüllte Grube begrenzt den Blumengarten am Haus in Richtung zu Wächtlers Grundstück. Damit nicht wie im vergangenen Jahr wieder die Amseln unsere Blaubeeren ernten, müssen die Pflanzen geschützt werden. Ein paar alte Gardinen hat Helga dafür schon zurechtgelegt, und ich möchte die Angelegenheit schnell noch erledigen.

Auf dem Stück Erde neben dem Rhododendron wird es schattig. Moritz erhebt sich von seinem Lager und sieht sich um. Wo sind denn die beiden? Er begibt sich auf die Suche. Mit einem kurzen Miauen macht er mich auf sein Eintreffen aufmerksam. Ein Irrtum zu glauben, dass ich der Einzige bin, der hier noch etwas zu tun hat. Bienen, Mücken und Schmetterlinge schwirren zwischen den Büschen und Blumen herum. Moritz schleicht sich an und katapultiert sich dann mit kühnen Sprüngen in die Luft, um die geflügelten Tierchen zu fangen. Seine Lufteinsätze werden immer temperamentvoller, und ich fürchte um Helgas Pflanzen. Man sagt, Katzen fallen aus jeder Lage wieder auf die Beine. Ich muss feststellen, dass Moritz kaum einmal auf seinen vier Beinen landet. Die ausgelassenen Sprünge beschließt er in allen Körperlagen, rücklings und kopfüber.

Ein Schmetterling fliegt auf. Moritz reagiert blitzschnell und gibt sein Bestes. In erstaunlicher Höhe fliegt der kleine graue Körper durch die Luft. Aber der unkontrollierte Absprung endet rücklings in dem schönen, gelb blühenden Steinkraut am Gehweg neben dem Wohnzimmerfenster. Klatsch – die Hälfte der Blumen ist breit. „Wenn das Helga sieht, kannst du was erleben!"

Müsste ich ihm dafür nicht ein paar auf den Po hauen?" Die Gefahr ahnend, springt Moritz davon und spurtet, wie von einem Rudel Hunde gejagt, zurück auf die Wiese.

So manches scheint Helga einfach zu langsam zu gehen. Schon den dritten Tag liegen die großen schweren Schieferplatten auf dem Rasen. Sie sind, den geplanten Weg vom Haus über die Wiese zum Swimmingpool andeutend, in einem leichten Bogen aneinandergereiht. Helga hat sie dahin befördert. Aber die Anerkennung blieb aus. Es war eindeutig abgesprochen, dass sie diese Arbeit mir überlässt, und ich bin immer noch fassungslos, dass sie sich als Frau an diese Arbeit gemacht hat. Schwerstarbeit mit einem immer noch lädierten Knie!

„Ich habe doch die Sackkarre für den Transport benutzt!", versucht mich Helga zu besänftigen. Die Schieferplatten liegen nun auf der Wiese herum, ohne dass sich ihrer noch jemand annimmt. Helga versucht, schließlich einzulenken: „Es hilft ja nun alles nichts. Wir können doch die Platten nicht so herumliegen lassen. Morgen kommen Ralf und Katrin. Ralf kann dir doch auch ein bisschen helfen!"

Ich entschließe mich, mit dem Verlegen der Schieferplatten schon heute Abend zu beginnen. Die Zeit am Wochenende möchte ich mir für das Abreißen des Pumpenhäuschens freihalten.

Für den anfallenden Abrissschutt steht uns ab morgen ein LKW zur Verfügung. Ein Angebot in der Zeitung – Anruf genügte. Wann wurde einem je ein LKW so kurzfristig und unbürokratisch zur Verfügung gestellt? Es sind für uns ungewohnte Maßstäbe im Dienstleistungsbereich, Vorboten des Wandels. Bis Sonntag muss das Fahrzeug beladen sein, und es passt schon gut in unsere Planung, wenn Ralf an diesem Wochenende mit zupacken kann.

Umgezogen und gewaschen laufe ich vom Bad in das Wohnzimmer. Von dem Raum hinter der Zwischentür gelangen seltsame Geräusche an mein Ohr. „Moritz spielt im Vorraum mit dem Tischtennisball!", klärt mich Helga auf. „Was glaubst du, wie gern und ausdauernd er jetzt mit dem kleinen Ball spielt." Ich öffne neugierig die Zwischentür, und Moritz kommt wie ein Stürmer mit dem Ball über die Schwelle geprescht.

Mit einem Spielgefährten geht es noch besser. Geräuschlos rollt der weiße Ball über den Teppichbelag, und ich spiele ihn Moritz von einem Ende des Korridors zum anderen zu. „Sieh dir das mal an!", rufe ich Helga begeistert zu. „Er spielt ja den Ball richtig zu mir zurück!"

„Siehst du", erwidert Helga, „das ist mir auch schon aufgefallen, als ich vor ein paar Tagen mit ihm gespielt habe."

Es ist nicht immer der kürzeste Weg, den die leichte weiße Kugel nach Moritz' Abstoß zurückrollt. Manchmal prallt sie gegen die Kehrleiste und bleibt auf halbem Weg liegen. Aber die Grundrichtung der Rückgabe stimmt, und nach vielen Versuchen bin ich überzeugt, dass es nicht nur Einbildung sein kann.

Helga hat im Gästezimmer die Betten überzogen und freut sich schon auf Ralfs Besuch. Nach dem Abendbrot wird schnell noch abgewaschen, und danach sitzen wir in unserer gemütlichen Couchecke beim Fernsehen. Draußen ist es trocken und warm. Doch niemand möchte Moritz heute aus der Wohnstube vertreiben. Er liegt friedlich auf seinem Platz im Sessel und schläft. Ab und zu korrigiert er seine Schlafstellung, er dehnt und streckt sich und rollt seinen Körper auf der braunen Decke hin und her, bis er wieder eine bequeme Lage gefunden hat.

Um die aktuelle Berichterstattung nicht zu verpassen, nehmen wir unsere Plätze wieder ein. Neue Informationen zur bevorstehenden Wirtschafts- und Währungsunion: Die im Verhältnis eins zu eins tauschbare Geldmenge nun gestaffelt – in Abhängigkeit vom Geburtsjahr. Wir können die Auseinandersetzungen zur Regelung des Umtauschverhältnisses mit Gelassenheit verfolgen. Nach dem Hauskauf ist uns nicht viel geblieben. Es gibt nichts zu manipulieren, und auf das Schlangestehen vor den Sparkassen können wir verzichten. Aber was uns in der Tat beeindruckt, ist die Geschwindigkeit der politischen Entwicklung. Was über Jahrzehnte als unmöglich galt, als realitätsfremd verunglimpft wurde oder in eine unbestimmte Zukunft gerückt war, vollzieht sich nun innerhalb von Monaten. Und die rasante Entwicklung erweist sich als Auslöser einer Explosion, die die Grenzen unseres Landes überschreitet, als Beginn einer Umwälzung, deren Folgen und Tragweite schwer einzuschätzen sind.

Moritz blinzelt zu uns herüber, überzeugt sich, dass wir noch da sind. Ich möchte, dass er sich vor dem Schlafengehen noch ein bisschen zu uns gesellt.

„Mal sehen, ob es wieder funktioniert!" Ich lege meine Hand auf Helgas Arm und beginne sie zu streicheln. Moritz bemerkt es – seine Augen öffnen sich einen kleinen Spalt, und er blinzelt nun ständig in unsere Richtung. „Siehst du, wie er uns beobachtet", sage ich zu Helga. Der kleine Augenspalt öffnet sich, wird noch einmal kleiner, und dann öffnet er sich wieder. Nun ist es soweit: Moritz rappelt sich auf, streckt seine Glieder ein paarmal, um die Müdigkeit zu vertreiben, und schon springt er über die Sessellehne hinweg auf die Couch. Er tippelt über den weichen Plüsch in Richtung auf unsere Couchecke. „Hallo, mein Kleiner!", begrüßt ihn Helga.

Moritz setzt sich zwischen uns und interessiert sich wie vermutet für die streichelnde Hand. Und plötzlich schlägt er mit seiner Pfote – ich bekomme eins ab. Will er meine Zärtlichkeiten mit Helga nicht dulden, dass er sich auf diese Weise einmischt? Ich sehe auf meinen Handrücken. Wieder mal ein kleiner Kratzer! Helga schimpft mit Moritz: „Na hör mal – macht man das?"

Das Armstreicheln ist beendet, und wir wenden uns beide dem kleinen Kater zu. Abwechselnd streichelt mal Helgas und mal meine Hand über das weiche, matt schimmernde Fell. Wir haben ein großes Wohnzimmer mit vielen Sitzplätzen. Aber eng zusammengedrängt beschließen wir drei den Abend in unserer gemütlichen Ecke, und Moritz ist, bevor er seine Schlafstelle im Hundezwinger beziehen muss, erst noch einmal eingeschlummert.

Sonnabendmorgen. Draußen ist es längst hell geworden. Wir liegen sorglos im Bett und verlassen uns darauf, dass Moritz an das Schlafzimmerfenster kommt und uns mahnt aufzustehen. Aber das erwartete Miauen bleibt aus. Ich sehe auf die Uhr. Schon nach acht. Wir müssen zum Bahnhof, um Ralf und Katrin abzuholen. Ich rappel mich auf und ziehe den braunen Fenstervorhang und die Gardinen beiseite. „Die beiden haben Glück!", sage ich zu Helga. „Blauer Himmel – es wird wieder ein schöner Tag."

Doch wo steckt denn unser Kleiner? Helga schüttelt die Betten auf, während ich mich zum Fenster hinausbeuge. „Moritz, Moritz!" Keine Reaktion, und mir scheint die kurze Zeit des Wartens endlos lange. Doch nun kommt er von links um die Hausecke geflitzt. Vor dem Schlafzimmerfenster streckt er seinen grauen Kopf nach oben und miaut. „Hier bin ich!", will er sagen. Helga ist schon im Bad verschwunden. Ich wende mich noch ein paar Minuten unserem Kleinen zu.

„Hallo! Na, wo hast du denn gesteckt? Warst du wieder bei deiner Freundin?" Moritz hat auf einer der Gehwegplatten längs der Hausmauer Platz genommen. Er hebt sein Köpfchen und antwortet jedes Mal, wenn ich ihm eine Frage stelle. Keine Antwort gleicht der anderen. Immer sind es neue Laute, die er zusammenfügt. Es klingt nicht wie das Begrüßungsmiauen, und es sind auch nicht die drängelnden Töne beim Betteln um Futter. Moritz sitzt ganz ruhig da. Die Lautfolgen klingen gelassen und gehen nun zu meinem Erstaunen in einen erzählenden Tonfall über. Meine Verwunderung wird noch größer, als ich in seinen Äußerungen schließlich Helgas Stimmklang und ihre Sprachmelodie herauszuhören glaube.

Plötzlich lenkt ihn irgendetwas von unserer Unterhaltung ab. Moritz' Blick konzentriert sich auf eine Stelle in Richtung der hohen Jasminhecke. Er erhebt sich und läuft langsam, aber äußerst interessiert auf diese Stelle zu. Ist seine Freundin aufgetaucht? Ich kann nichts entdecken.

Helga ruft – das Bad ist frei. Ich mus ihr erst von diesem wichtigen Erlebnis mit Moritz berichten. „Stell dir vor – er gibt jetzt beim Erzählen schon manchmal Laute von sich, die sehr an den Klang deiner Stimme erinnern." Helga aber wundert sich über gar nichts mehr. „Ich sag es doch schon lange. Unser Moritz ist ein verzauberter Prinz!"

„Da sind sie doch!" Freude und Erleichterung spiegelt sich in Helgas Gesicht, als sie die beiden langhaarigen und völlig schwarz gekleideten Gestalten in dem Menschengewimmel auf dem Bahnsteig endlich entdeckt hat. Helga umarmt ihren Ralf, und ich begrüße mit Handschlag Ralfs große hübsche Begleiterin. Ich bemerke, wie Helga ihren Sohn kritisch betrachtet. Die Haare hat er sich zu ihrem Leidwesen immer noch nicht kürzer schneiden lassen, und Helga muss einsehen, dass sie auf dieser Strecke wohl nichts mehr ausrichten kann.

Katrin erscheint mir schlanker, als ich sie von unserer ersten Begegnung vor einem Jahr in Erinnerung habe. Aber am Auffälligsten ist die veränderte Haartracht. Das sehr lange Haar ist rot gefärbt, und im Unterschied zu früher trägt sie es nun offen. „Mit dem roten Haar sieht sie ja fast aus wie Milva", flüstere ich Helga ins Ohr. Laut will ich es nicht aussprechen. Könnte es doch sein, dass es die junge Frau keineswegs als Kompliment auffasst. Aber Helga platzt es sogleich heraus, was ich ihr eben vorsichtig anvertraut habe. Katrin lächelt. Da hatte ich ja noch mal Glück – es wäre ja auch dumm, sich gleich bei ihr unbeliebt zu machen!

Unser Grundstück wirkt in diesen Maitagen wie ein kleines Paradies. Immer noch blühen alle Obstbäume ringsumher. Die Frühlingssonne lässt das schon hoch gewachsene Gras auf der Wiese leuchten. Baumgruppen, Büsche und die vielen Ziersträucher beleben unser kleines Reich mit satten Farben, und Helgas frisch gepflanzte Blumen blühen allerorts. Vieles hat sich seit unserem Einzug schon geändert, und Besucher, die längere Zeit nicht hier waren, empfinden es am deutlichsten. Unsere Mühe hat sich gelohnt. Und doch wird noch einige Zeit vergehen, bis alles so ist, wie wir uns das vorstellen.

Ich wende das Auto, um es rückwärts in die Garage zu fahren, während Helga schon mal mit einer kleinen Führung beginnt. Ralf bemerkt den LKW, den der Fahrer vor dem Schlafzimmerfenster abgestellt hat. „Ja, es gibt Arbeit für dich!", versucht Helga ihren Sohn schon ein wenig einzustimmen. Ralf lässt sich davon nicht beeindrucken und schmunzelt in sich hinein.

Eine grau getigerte, halbwüchsige Katze kommt durch das hohe Gras geflitzt und mustert neugierig die Ankömmlinge. „Ach, da ist ja euer Moritz!", meint Ralf. „Ist ja schon ganz schön gewachsen!" Katrin interessiert sich auch für den kleinen neugierigen

Kerl. Sie versucht ihn einzufangen. Aber Moritz entwischt ihr im letzten Moment und versteckt sich unter einem Strauch. Wir gehen noch ein paar Schritte in Richtung Swimmingpool. Ein weißer Berg taucht vor uns auf. Helga präsentiert den Gästen unseren großen Rhododendron. Hunderte von Knospen sind aufgegangen. Die Blütenpracht verdeckt alle Blätter. Die weißen Blüten bedecken die gesamte Pflanze wie eine kunstvoll gefertigte Decke.

„Na, nun berichtet mal!", beginnt Helga das Gespräch am Mittagstisch. „Was macht ihr so? Was gibt es Neues in Spremberg?" Helga muss die Fragen immer von Neuem stellen. Nur stückchenweise bekommt sie von ihrem Sohn etwas zu erfahren. Vielleicht ist es ihm alles nicht so wichtig. Er sagt ein paar Sätze, nur das Nötigste, und schmunzelt dann wieder vor sich hin.

Ich versuche, das Gespräch auf die Themen zu lenken, die einen DDR-Bürger jetzt so beschäftigen. Aber auch da ist von den beiden wenig zu erfahren. „Sprecht ihr auf Arbeit denn gar nicht darüber?", wendet sich Helga ihrem Sohn zu. „Ja, doch", antwortet Ralf. „Aber ich kann es schon gar nicht mehr hören!" Die abwehrende Haltung der beiden verwundert mich ein wenig. Waren sie doch in die Konflikte beim Ausbruch der politischen Unruhen verwickelt, gehörten sie doch zu den Ersten, die aufbegehrten – zu einem Zeitpunkt, wo andere noch nicht daran dachten, weil es Nachteile brachte oder zu gefährlich war.

„Bei mir zu Hause gibt es ja derzeit nur noch ein Thema", schaltet sich Katrin ein. „Geld und Konsum! Über was anderes kann man nicht mehr sprechen."

An unserem Mittagstisch herrscht nachdenkliches Schweigen. Ich nehme ihre Haltung mit Interesse zur Kenntnis. Das ist also nicht wichtig. Aber was ist für die beiden wichtig?

Der Tisch ist schnell abgeräumt. Ich reiche das Geschirr durch die kleine Öffnung in die Küche, und Helga beginnt mit dem Abwasch. Ralf kümmert sich auf der Treppe um Moritz, während Katrin mit unbekanntem Ziel verschwunden ist.

Es ist an der Zeit, Ralf mein Vorhaben bezüglich Abriss des Pumpenhäuschen zu erläutern. Wir machen uns auf den Weg.

„Wo steckt denn Katrin?" „Weiß nicht", antwortet Ralf. Statt quer über die Wiese in Richtung Pumpenhäuschen zu laufen, schlage ich den Weg über die frisch gelegten Schieferplatten zum Swimmingpool ein. Ralf folgt mir, und auch Moritz kommt mit. Der kleine Kater spurtet an uns vorüber und hoppelt geschwind hinter dem weiß blühenden Rhododendron die Treppe hoch. Ich erreiche die Plattform am Swimmingpool als Nächster. „Hier ist sie ja!" Katrin hat es sich im Liegestuhl bequem gemacht. Mit einem Buch in der Hand liegt sie in der wärmenden Mittagssonne. Kompliziert sind die jungen Leute ja nicht, denke ich mir so und gehe noch einmal zurück in die Küche. „Soll ich dir abtrocknen?" „Lass nur", meint Helga. „Fang lieber mit dem Pumpenhäuschen an. Sonst wird es doch zu spät."

Unser erstes Problem ist der Abtransport des geleerten Filters. Ich möchte ihn vorläufig in der Garage abstellen. Wir entschließen uns, das immer noch zentnerschwere Gerät mit der Sackkarre zu transportieren, und Katrin unterbricht willig ihr Sonnenbad, um uns zu helfen.

Den großen Vorschlaghammer habe ich von unserem Nachbarn, Herrn Köhler, ausgeborgt. Ralf schaut sich, den großen Hammer mit sich führend, das kleine Häuschen mitten auf unserem Grundstück noch einmal von allen Seiten an. Die Wellasbestplatten, die einmal das Dach bildeten, liegen schon auf dem Boden, und der Türrahmen ist schnell demontiert. Nun beginnt Ralf, mit wuchtigen Schlägen gegen das Mauerwerk zu donnern. „Stop!" Unser neugieriger kleiner Kerl muss natürlich auch wieder dabei sein. Ich setze Moritz in sicherer Entfernung auf der Wiese ab. „Mach, geh zu Katrin ... Wir können dich hier nicht gebrauchen!"

Schon stürzen die ersten Mauerstücke krachend und eine Menge Staub aufwirbelnd zu Boden. Wir können mit den Bruchstücken gerade noch eine Schubkarre beladen. Helga ruft aus dem Schlafzimmerfenster: „Aufhören! Kaffeezeit!"

Bei solch schönem Wetter wird natürlich draußen Kaffee getrunken. Es dauert noch eine Weile, bis wir uns gewaschen und etwas frisch gemacht haben. Dann marschieren wir in Gänsereihe aus dem Haus. Ich vorne weg mit dem Tablett. Hinter mir trägt Katrin auf einem großen Glasteller die frisch gebackene Fruchttorte, und als Letzte kommt Helga mit Kaffeekanne und Sahnesiphon. Moritz gesellt sich zu uns und quirlt mir zwischen den Beinen herum. Krampfhaft halte ich das Tablett fest. „Soll ich erst über dich wegstürzen, oder wie denkst du dir das?" Nun flitzt er ein Stück voraus. Er weiß genau, wo es hingeht, wenn wir am Nachmittag mit Kaffee und Kuchen aus dem Haus kommen. Moritz hoppelt auf den Schieferplatten entlang, springt flink die kleine Treppe hoch und erwartet uns auf der Plattform am Swimmingpool. Auf dem überdachten Teil der Plattform sind eine rot gepolsterte Boulevardgarnitur und ein kleiner runder Tisch aufgestellt. Es ist für alle Platz. Moritz hat sich inzwischen mit Katrin angefreundet und ist schon sehr zutraulich geworden. Er wirft sich in Katrins Nähe auf den Rücken und fuchtelt mit seinen Pfoten in der Luft herum. Katrin lächelt, als ich ihr darlege, was es zu bedeuten hat. Moritz grapscht verspielt mit allen vier Pfoten nach ihrer Hand, als sie sich bückt, um ihm den Bauch zu streicheln.

Sein gewohnter Platz auf der Bank ist heute besetzt. Aber Ralf rückt ein Stück zur Seite, sodass Moritz noch dazwischen kann. „Er bekommt hier normalerweise nichts", kann ich unseren Gästen versichern. „Er möchte nur dabei sein!"

Während wir uns Helgas Torte schmecken lassen, sitzt Moritz brav auf der Bank neben Ralf, ohne auch nur den Versuch zu machen, sich an unserer Mahlzeit zu beteiligen. Er beobachtet Fliegen und alles, was sonst noch in der Luft herumschwirrt. Fliegt so ein Insekt in seiner Nähe vorüber, wird er blitzschnell aktiv und fällt in seinem Eifer fast von der gepolsterten Sitzfläche herunter. Eine Gruppe Vögel fliegt in großer Höhe über das Grundstück. Wir bemerken, wie Moritz die Vögel anvisiert und seine Augen dem Flug folgen.

„Moritz ist hier nämlich unsere Luftabwehr", kläre ich unsere Gäste auf. Und wenige Minuten später kann sich Katrin davon überzeugen, dass ich keinen Scherz gemacht habe. Eine Wespe belästigt sie. „Nicht danach schlagen!", ermahnt Helga. Moritz hat sie schon im Visier und nimmt sich sofort der Angelegenheit an. Er läuft über Katrins Beine und von da aus auf die Armlehne der Bank. Es folgt ein hoher Sprung in die Luft, und Moritz jagt mit kühnen Attacken der Wespe hinterher, bis er sie in die Flucht geschlagen hat.

„Wie sieht es denn mit dem Mäusefangen aus?", erkundigt sich Ralf. „Na ja", gestehe ich kleinlaut. „Das Wichtigste ist es für ihn nicht. Aber er fängt schon – gelegentlich …"

„Ach ja!" Helga schmunzelt schon, bevor sie anfängt, unseren Gästen die kleine Geschichte zu erzählen: „Köhlers haben nämlich eine sehr fleißige Katze. Gelegentlich ist sie auch bei uns auf dem Grundstück. Und sie sitzt oft stundenlang vor einem Mäuseloch, bis sie ihre Maus endlich erwischt hat. Mir ist aufgefallen, wie aufmerksam unser Moritz Köhlers Katze bei ihrem Geschäft beobachtet. Ich nehme an, er wollte sich nun endlich ein Beispiel an ihr nehmen. Jedenfalls bemerke ich ein paar Tage später Moritz in Sitzhaltung an der Böschung zum Swimmingpool. Ich denke, was macht er denn da so lange? Ich schau nach – aha, ein Mäuseloch! Ganz akkurat und wichtigtuend sitzt unser Moritz vor dem Loch. Aber es vergehen keine fünf Minuten, da beginnt Moritz' Körper hin und her zu schwanken. Und auf einmal fällt er um. Ich denke, was ist denn nun passiert? Ich sehe nach: Moritz liegt neben dem Mäuseloch im Gras und ist eingeschlafen!"

Mehr als die Hälfte der Torte ist verspeist, und Helga verteilt den Rest Kaffee aus der Kanne. Unsere Kaffeepause vergeht mit dem Erzählen von Tiergeschichten. Ralf und Katrin sind selbst Katzenbesitzer, und sie können sich gut vorstellen, dass Moritz der Liebling aller Kinder ist, die uns hier besuchen.

Auch einen Igel haben wir auf dem Grundstück. Helga berichtet von dem ersten Zusammentreffen unseres kleinen Katers mit Igel Karlchen und mit welcher Ratlosigkeit Moritz dem stacheligen Wesen begegnete.

Katrin hat Moritz auf den Schoß genommen und streichelt ihn geduldig. Ich suche einen fachmännischen Rat für das Vorgehen gegen die kleinen Plagegeister, die wir jede Woche aus seinem Fell entfernen müssen. „Dieses Jahr scheint es ja besonders schlimm zu sein."

„Einen Tropfen Öl auf die Stelle und längere Zeit einwirken lassen – die Zecken fallen dann meist von allein ab", meint Katrin.

„Seht mal, hier zwischen den Ohren!" Ich zeige unseren Gästen die Stelle im Fell unseres Kleinen. „Ich glaube, hier ist noch was drinnen – wir haben es nicht vollständig entfernen können." Katrin sieht sich die Sache genau an. „Ich glaube, es ist der Rest von einem Holzbock. Holzböcke muss man immer links herum rausdrehen."

Katrin fummelt an Moritz' Kopf herum, und unser Kleiner lässt es geduldig über sich ergehen. „Besser wir entfernen ihn gleich, sonst bohrt er sich erst ein!" Da es Katrin mit den Fingern nicht schafft, hole ich eine Pinzette. Aber die Sache erweist sich schwieriger als angenommen. Moritz verliert die Geduld, und er versucht, sich der Prozedur zu entziehen. Ralf und Helga müssen ihn nun festhalten. Ich stehe als Assistent mit Zellstoff und einer kleinen Flasche Speiseöl daneben und beobachte das Geschehen. Es ist die Atmosphäre wie an einem Operationstisch. Dabei geht es nur um unseren Moritz. Vier Menschen bemühen sich um das Wohlergehen einer kleinen grauen Katze.

Katrin hat große Schwierigkeiten, den Holzbock herauszuziehen. Moritz fängt an zu wimmern, es tut ihm weh. Ich kann kaum noch zusehen und es schwer ertragen, dass unser Moritz nun ein bisschen leiden muss. Aber ich will auch Katrin nicht auffordern, die Aktion abzubrechen. Wer sagt mir, dass ich dem Kleinen damit einen guten Dienst erweise? Ich gehe ein Stück beiseite und warte angespannt auf ein erfolgreiches Ende der Prozedur.

„Ich glaube, jetzt habe ich ihn!", höre ich Katrin sagen. Ich sehe, wie sie sich noch einmal über Moritz beugt und sich vergewissert, dass auch wirklich alles heraus ist. Dann lassen sie den Kleinen frei, und Moritz flitzt schnell davon.

Nun wird es aber Zeit, die begonnene Abrissarbeit fortzusetzen! Ich klappe die Rückwand der LKW-Ladefläche nach unten. Katrin hilft Helga, den Kaffeetisch abzuräumen, und Ralf macht sich auf den Weg zum Pumpenhäuschen.

Unser kleiner Kater ist nicht wehleidig, und die unangenehme Sache ist schnell vergessen. Als Ralf die überladene Schubkarre zum LKW schiebt, tollt Moritz schon wieder ausgelassen im Gras herum und jagt nach Schmetterlingen und Fliegen.

Bis spät in die Nacht hinein haben wir Monopoly gespielt, und unsere Gäste finden nicht sehr zeitig aus dem Bett. Ich putze Schuhe vor der Haustür, und Moritz verschlingt gierig sein Frühstück. Es ist noch kühl. Aber schon deutet sich an, dass der Tag so schön wird wie der gestrige. In der Wurstschüssel lässt unser Kleiner nichts übrig, nur in der flachen Milchschale verbleibt ein kleiner Rest. Moritz läuft nach Beendigung seiner Mahlzeit nicht davon. Er drückt sich auf der Treppe herum und wartet darauf, hereingelassen zu werden oder dass ihm wenigstens draußen jemand Gesellschaft leistet. Helga hat noch nicht zum Frühstück gerufen. Ich verweile zusammen mit Moritz noch ein paar Minuten vor der Haustür. Er läuft auf den Stufen hin und her und tut so, als hätte er von der erhöhten Position aus irgendetwas Interessantes in der Nähe des Treppenaufgangs entdeckt. Ich kann seinen Körper und das matt schimmernde graue Fell mit der schönen Zeichnung von der Seite her gut betrachten. Was für ein kleiner Kerl war er doch, als wir ihn vergangenes Jahr hierher brachten! Dann die Periode, wo er den kleinen Kugelbauch bekam … Aber jetzt ist er schlank. Moritz läuft mit ausgestrecktem Schwanz auf der untersten Stufe herum. Ralf wird unseren Kater nun nicht mehr beleidigen können. Auch der schwarz geringelte Schwanz ist gewachsen und hat schon eine stattliche

Länge erreicht. Zufrieden und mit ein bisschen Stolz mustere ich unseren Moritz. Er ist ein hübscher Kerl geworden.

Ich bringe den Kasten mit dem Schuhputzzeug in das Haus zurück. Die schwarzen Stiefel sind mir schon bei der Ankunft der beiden auf dem Bahnsteig aufgefallen. Nun stehen sie hier auf der Treppe, und in Anbetracht der fast sommerlichen Temperaturen ist meine Verwunderung groß.

„Es sind mit dickem Fell gefütterte Winterstiefel", informiere ich Helga in der Küche. „So etwas käme für mich nur im Winter bei klirrendem Frost infrage!"

Helga hat auch keine Erklärung dafür parat. Aber sie scheut sich nicht, Katrin beim Frühstück danach zu fragen. Die Erklärung ist ganz einfach. Mit der Jahreszeit hat es nichts zu tun. Solche Stiefel sind für die beiden eben in.

Die Sonne steht schon hoch am Himmel, als der Vorschlaghammer wieder gegen die Mauerwände des Pumpenhäuschens donnert. Uns verbleiben bis Mittag nur noch zwei Stunden, aber ich komme mit Ralf gut voran. Der Berg aus Bauschutt auf der LKW-Ladefläche ist schon gewaltig, und das Entladen der Schubkarre wird in der grellen Sonne immer mühseliger.

„Sollen wir euch helfen?", fragt Helga und tritt schnell ein paar Schritte zurück, um nicht in die aufsteigende Staubwolke hineinzugeraten. Die beiden Frauen nehmen zur Kenntnis, dass wir sie hier nicht gebrauchen können, und sie sind sicher nicht unglücklich darüber.

Helga begibt sich zu dem sonnigen Platz am Swimmingpool, wo Katrin, den weißen Liegestuhl nutzend, sich wieder in ihr Buch vertieft hat. Das Zubereiten des Mittagessens entfällt heute. So kann sich auch Helga eine Ruhepause gönnen und Zeitschriften studieren.

Der kleine Spaziergang, den wir für Sonntagvormittag geplant haben, muss ein wenig verschoben werden. Wir sehen die Chance, unsere Arbeit bis Mittag abzuschließen. Und es gelingt uns!

Einen halben Tag früher als geplant ist das alte Pumpenhäuschen vom Grundstück verschwunden, und es wird nicht erforderlich sein, am Nachmittag noch einmal mit der Dreckarbeit zu beginnen.

Gegen zwölf Uhr sind wir schließlich soweit. Wir sind gewaschen, ausgehfähig gekleidet und können zu dem geplanten Stadtbummel aufbrechen.

Doch wo steckt denn Ralf nur wieder?

Ich begebe mich auf die Suche und finde ihn zusammen mit Moritz in dem kleinen Wald hinter der Garage. Kann ich meinen Augen trauen? Ralf wirft kleine Stöckchen durch die Gegend, und Moritz flitzt den Stöckchen hinterher, sucht auf dem Waldboden, bis er sie ausfindig gemacht hat. „Na komm, bring es her!", ruft Ralf unserem kleinen Kater zu. Aber Moritz tut ihm den Gefallen nicht. Während Ralf sich bückt, um ein neues Stöckchen zu suchen, begibt sich Moritz in seine Nähe, um auf den nächsten Abwurf zu warten.

Ich berichte Helga von dem seltsamen Spiel hinter der Garage. „Ich glaube, dass er unseren Moritz mit einem kleinen Hund verwechselt!" Helga schüttelt nur den Kopf. „Er ist unmöglich!"

In Anbetracht der sommerlichen Wärme hat Helga ihrem Ralf ein paar gut erhaltene Turnschuhe aufgeschwatzt. Aber Katrin bleibt bei ihren schwarzen Stiefeln. Ralf findet sich endlich zum Abmarsch ein, und Moritz kommt ihm hinterhergeflitzt. Unser Kleiner ahnt, dass wir weggehen wollen. Er schwänzelt um unsere Beine herum.

Katrin ist schon ein Stück vorausgegangen. Ich komme mit Helga und Ralf nach und schließe hinter uns das Tor. Wenige Augenblicke noch steht Moritz neben dem Treppenaufgang und schaut uns nach. Alle gehen weg, und er soll hier allein zurückbleiben. Damit ist er nicht einverstanden!

Als ich noch einmal zurücksehe, ist Moritz schon durch das Tor geschlüpft, um sich uns anzuschließen.

„Moritz, du kannst nicht mit!" „Tsch ... Tsch!" Aber unser kleiner Kater ist diesmal schwer zu überzeugen. Er setzt sich auf den Weg, doch kaum sind wir ein paar Schritte weiter gelaufen, ist Moritz wieder hinter uns her. Nun muss sich auch Helga einschalten!

„Zurück, Moritz!" Helga besinnt sich aller Tricks, die sie gelegentlich anwenden muss, wenn sie sich morgens auf den Weg zur Arbeit begibt. Sie klatscht in die Hände, redet und gestikuliert. Moritz weigert sich diesmal, zurückzulaufen. Er springt nur zur Seite und verbirgt sich in der Nähe eines alten Johannisbeerstrauches am linken Wegrand im Buschwerk. Wir biegen am Ende der schmalen Zufahrt auf die Straße in Richtung Stadt ein. Ich sehe noch mehrmals zurück. Es hat den Anschein, unser Kleiner ist einsichtig. Er lässt sich nun nicht mehr blicken.

Die leicht bergab führende Straße verzweigt sich. Wir halten uns rechts und gelangen in die älteren dicht bebauten Stadtteile. Die grauen Fassaden heruntergekommener Reihenhäuser säumen unseren Weg in das Innere der Stadt. Und doch fällt auf, dass an einigen Stellen schon etwas in Bewegung gekommen ist. Da eine neu eingerüstete Hauswand und dort ein frischer heller Anstrich.

Wir nähern uns dem Markt. Auf dem Marktplatz bietet sich ein besseres Bild. Für das Antlitz dieser historischen Fassaden wurde schon vor einigen Jahren etwas getan.

Im Hotel „Zum Ross" sitzen wir am Mittagstisch. Das Bier macht gesprächig. Wir diskutieren über tausend Dinge und stehen nicht so schnell wieder auf.

Den Heimweg finden Ralf und Katrin nun schon allein. Sie laufen ein Stück vor uns her, und Helga hält mich ab und zu an einem Schaufenster fest. Erst an den gemauerten Torsäulen, dort, wo unsere Grundstückszufahrt beginnt, warten die beiden auf uns. Wir laufen zusammen den schmalen Weg zwischen den Gärten unserer Nachbarn entlang. Auf halbem Wege zu dem orangefarbenen Tor miaut es plötzlich von der rechten Seite aus dem Busch. Es ist in der Nähe des alten Johannisbeerstrauches. Unser Moritz kommt freudig herausgesprungen.

„Das kann doch nicht sein", sage ich zu Helga und schaue auf die Uhr. „Gegen zwölf sind wir weggegangen, und jetzt ist es halb zwei!" Helga nimmt den kleinen Kerl hoch und streichelt ihn liebevoll.

„Ich glaube, er hat die ganze Zeit hier auf uns gewartet!"

Abschied

Die Gemüter der Kollegen erhitzen sich an den aktuellen Themen, und an so manchem Tag wird mehr diskutiert als gearbeitet. Verständlicherweise! Ist doch der Sinn unserer Arbeit hier von Tag zu Tag mehr infrage gestellt, und der Zeitpunkt, wo die unerwartete rasante Entwicklung für viele einschneidende persönliche Konsequenzen nach sich ziehen wird, rückt immer näher.

Im Moment ist es einmal etwas ruhiger in unserem Großraumbüro. Karlheinz lehnt sich in seinem blauen Arbeitssessel zurück und schaut über den Blumenkasten zu mir herüber. „Wie sieht es denn bei dir so aus?", versucht er mit mir ins Gespräch zu kommen. „Du bist also jetzt Hausbesitzer …" Ich unterbreche meine Arbeit und beantworte seine Fragen. Karlheinz interessiert sich für einige Details.

„Da hattet ihr ja wirklich Schwein", meint er schließlich. „Zwei Monate später hätte euch das Haus keiner mehr verkauft. Und eine bessere Geldanlage kann es ja zurzeit gar nicht geben!"

Es war Zufall – keine Spekulation, keine vorausschauende Berechnung. Aber wie auch immer – das neue Heim ist eine wichtige Gegebenheit in unserem Leben, Teil einer insgesamt erfreulichen Situation. Es gibt derzeit keine größeren Sorgen, die mich belasten, und ich kann meinem Kollegen auf der anderen Seite der Schreibtischgruppe bestätigen, dass ich mit meinen persönlichen Lebensumständen nun doch recht zufrieden bin.

„Ich gönn es dir!", versichert mir Karlheinz. „Ich bin eigentlich nie neidisch, wenn jemand Glück hat. Ist das Leben doch oft nur ein Wechselspiel zwischen glücklichen und schlechteren Zeiten. Und in der Summe gleicht sich alles wieder aus."

Ausnahmsweise komme ich heute mit dem Auto zurück. Es ist später als sonst, und mein Moritz wird zur gewohnten Zeit vergeblich am orangefarbenen Tor gewartet haben. Im Schritttempo steuere ich den Lada durch die schmale Grundstückszufahrt. Der Wegrand ist nicht voll einzusehen, und man kann nicht ausschließen, dass unser Kleiner plötzlich aus dem Busch springt. Auch das Rangieren und Wenden des Autos vor der Garage erfolgt stets behutsam und mit großer Umsicht. Was könnte es Schlimmeres geben, als dass der kleine Kerl durch Unachtsamkeit in unserem eigenen Grundstück unter die Räder kommt?

Ich stelle das Auto vor der Garage ab und halte Ausschau nach ihm. Wo steckt er denn? Ich rufe noch einmal von der Treppe aus und drücke dann zweimal den Klingelknopf. Diesmal stehe ich allein vor der Haustür, als Helga öffnet.

„Moritz hat sich wieder einmal illegal eingeschlichen, als ich einen Moment nicht aufgepasst habe", erklärt mir Helga. „Er ist schon im Wohnzimmer!"

An dem fertig gedeckten Tisch erschöpft sich mein Beitrag heute im Füllen der beiden Biergläser. Helga erkundigt sich nach der Durchsicht. Ich kann ihr nur Positives berichten. „Alles gemacht! Keine fehlenden Teile, sogar ein neuer Heizungshahn ist eingebaut!"

„Zufall, oder hat sich die Lage in den Werkstätten wirklich schon verbessert?", will Helga wissen. Ich kann es ihr nicht sagen.

„Und ... Zahnarzt auch erledigt?"

„Ja, alles in Ordnung. Eine Viertelstunde Wartezeit – geht schon!"

Ich spüre, dass jemand zwischen meinen Beinen herumquirlt. Unser Kleiner schleicht unter dem Tisch umher. Ich schiebe die Decke ein wenig beiseite und klopfe mit der flachen Hand auf das rote Schaumgummikissen. „Na komm, Moritz ... Platz!", rufe ich unter den Tisch, als hätten wir einen kleinen Hund in der Wohnung. Moritz lässt sich nicht zweimal bitten. Fast lautlos springt er auf die Bank und setzt sich mit ordentlich zusammengestellten Pfötchen an meine linke Seite.

„Ach, ich muss dir erzählen, was vorhin passiert ist", beginnt Helga ihren kurzen Bericht. Sie wirft Moritz einen ernsten Blick zu. „Er war nämlich heute überhaupt nicht lieb!

Ich saß auf der Couch, um schnell mal einen Blick in die Gartenzeitschrift zu werfen. Moritz kommt auf die Couch gesprungen, was er nicht soll. Ich schimpfe, aber der Freche hört nicht, krallt sich in den Plüsch ein und klettert nun auch noch die Lehne hoch. Da bekommt er von mir ein paar auf den Hintern. Moritz merkt, dass ich ihm nun ernstlich böse bin und springt davon, um sich in irgendeine Ecke zu verkrümeln. Doch es dauert nicht lange, da kommt er etwas verunsichert wieder angetippelt. Er springt erneut hoch, nimmt aber gleich neben mir Platz. Ganz brav sitzt er an meiner Seite und beginnt, mir die Hand zu lecken." „Er wollte sich mit dir versöhnen", sage ich zu Helga. „Ja, das Gefühl hatte ich auch!"

Moritz sitzt immer noch geduldig neben mir auf der Bank. Seine spitzen Ohren sind ständig in Bewegung, als würde er unser Gespräch verfolgen und wissen, um wen es geht.

Meine linke Hand streichelt über sein Fell. „Aber sonst ist es doch ein lieber Kerl – unsere Gäste meinen jedenfalls immer, dass es ein lieber Kerl ist …"

„Stimmt schon", schließt sich Helga an. „Vor allem für die Kinder ist unser Kleiner ja immer das liebste und wichtigste Wesen hier."

Helga erinnert mich an die Begebenheit, als wir bei meinem Freund Helmut Sonntagabend im Garten waren, um den Rasenmäher auszuborgen. Helmuts Sohn Michael, der wenige Wochen vorher zusammen mit den Eltern in Frankenberg zu Besuch war, bemerkte unser Eintreffen zuerst und kam an den Zaun. Aber er vergaß, „Guten Tag" zu sagen und begrüßte uns stattdessen mit der Frage: „Na, wie geht's eurem Moritz?"

Am Mittwoch bekommen wir endlich unseren Schlafzimmerschrank angeliefert. Als ich abends eintreffe, ist der Tischler schon dabei, die in der Garage abgestellten Schrankteile auszupacken und für die Montage zu sortieren. Helga nimmt die Teile vom Schlafzimmerfenster aus entgegen und stellt sie vorsichtig an die Bettlehne. Ich ziehe schnell Arbeitssachen an, um Helga abzulösen. Moritz nutzt das Durcheinander und die häufig geöffneten Türen, um sich Zugang zu jenem Zimmer zu verschaffen, in das er sonst nicht hinein darf. Hier ist etwas im Gange, und schon krabbelt unser neugieriger Kerl zwischen den abgestellten Teilen umher. Als der Tischler hereinkommt, um mit der Montage zu beginnen, bin ich gerade dabei, mit Moritz unter dem Arm das Schlafzimmer zu verlassen. „Der Mann kann dich hier nicht gebrauchen", erkläre ich Moritz. Der Tischler wirft einen Blick auf das graue Bündel in meinem Arm, schmunzelt und macht sich an die Arbeit. Weitere Unterstützung ist erst einmal nicht erforderlich, und so kann ich die Zeit nutzen, um meine Arbeit auf der Wiese fortzusetzen.

Kurz vor dem Erreichen der untersten Treppenstufe fällt mir ein, dass ich etwas vergessen habe, und ich kehre noch einmal zurück in den gelb gefliesten Vorraum.

Ein Schreck fährt mir durch die Glieder, als Moritz' Schmerzenslaut an mein Ohr dringt. Ich habe nicht bemerkt, dass er nach draußen wollte. Blitzschnell muss er an mir vorbei und durch den Türspalt gehuscht sein. Ich habe ihm beim Schließen der Tür den Schwanz eingeklemmt.

„Entschuldige, mein kleiner Moritz, das wollte ich nicht!" Ich nehme ihn hoch und sehe nach, ob an dem Schwanz alles noch in Ordnung ist. Es wird doch nichts Schlimmes passiert sein! Mit liebevollem Streicheln helfe ich dem Pechvogel noch ein wenig über seinen Schmerz hinweg, und dann setze ich ihn bei der Garage wieder ab. Es ist offenbar glimpflich ausgegangen. Schon nach kurzer Zeit fällt mir auf, dass Moritz wieder herumspringt, als wäre nichts gewesen.

Mit dem ausgeborgten Rasenmäher ist der Hauptteil der Arbeit bald getan. Nur ein kleiner Rest der Wiese bleibt für die Sense. Das hohe Gras an der Böschung mäht sich gut, und Wasser für den Bimsstein kann ich gleich dem Swimmingpool entnehmen. Kaum zwei Meter habe ich mich vorwärtsgearbeitet, da entdecke ich nur wenige Schritte entfernt etwas Graues zwischen den langen Grashalmen. Moritz duckt sich, Deckung im tiefen Gras suchend und absprungbereit, dicht am Boden. Zu dem lärmenden elektrischen Rasenmäher hält er von allein Abstand, aber vor der Sense hat Moritz wenig Respekt. Er hat sich angeschlichen, um mit mir zu spielen. Aber ich habe Angst, dass er in die Sense springt und sich verletzt. Ich lege die Sense beiseite und hole Moritz aus seinem Versteck heraus.

„Hier kannst du nicht mit mir spielen", sage ich zu ihm. „Das ist zu gefährlich."

Ein paar Meter von meiner Arbeitsstelle entfernt setze ich Moritz wieder ins Gras. Er akzeptiert es. Einsichtig hält er Distanz und purzelt, mit anderen Dingen beschäftigt, in sicherem Abstand auf der Wiese herum.

Der Tischler kann durch das geöffnete Schlafzimmerfenster ab und zu einen Blick auf das Grundstück werfen und uns beide beobachten. Meine Arbeit auf der Wiese ist bald beendet. Ich bringe die Sense zurück in den ehemaligen Hundezwinger, der Abstellraum für unsere Gartengeräte und Moritz' Schlafstelle zugleich ist. Im Schlafzimmer frage ich noch einmal nach, ob Hilfe benötigt wird. Aber der große zweiteilige Schrank steht schon. Es war für den Tischler Routinesache. Er unterbricht kurz seine Arbeit und schaut zum Fenster hinaus. „Schön haben Sie es hier. So etwas habe ich mir auch immer gewünscht!"

Der letzte Arbeitstag der Woche. Der gewohnte Ablauf ist an diesem kühlen Morgen gestört. Schon zweimal war ich vor der Haustür, um nach Moritz zu rufen. Während wir an der kleinen ausziehbaren Tischplatte in der Küche frühstücken, schleckt Moritz normalerweise vor der Haustür schon seine Milch. Das Nachfüllen der kleinen Plastikschüssel ist meine erste Aufgabe nach dem Aufstehen. Moritz erwartet mich früh vor der Haustür, oder er kommt sofort angeflitzt, wenn ich nach ihm rufe. „Da muss er ja heute in einer ganz wichtigen Angelegenheit unterwegs sein", sage ich zu Helga. „Zum Frühstück hat er sich doch bisher stets eingefunden!"

„Wer weiß", meint Helga. „Vielleicht ist er bei seiner Freundin." Als ich mich mit der kleinen Ledertasche in der Hand auf der Eingangstreppe von Helga verabschiede, vermissen wir unseren kleinen Kater immer noch. Auch Helgas Rufen hilft nichts. Wir machen uns nun doch Sorgen, denn sein Ausbleiben ist ganz und gar ungewöhnlich.

„Ruf mich an, wenn er wieder da ist", bitte ich Helga. „Mach ich! Er wird schon wieder auftauchen!"

Ich laufe den schmalen Weg vor zur Straße. Helga winkt noch einmal vom Tor aus – so wie immer. Und ich winke zurück. Doch das schöne Gefühl, wenn man weiß, dass alles in Ordnung ist, begleitet mich diesmal nicht. Ich kann nur hoffen, dass sich Moritz wieder einfindet und nehme die Ungewissheit darüber mit auf den Weg.

Helgas Anruf kommt noch vor dem Frühstück im Betrieb. „Hallo, ich bin's! Ich will dir nur mitteilen, dass unser Kleiner wieder da ist. Kurz bevor ich weggehen wollte, hat jemand an der Haustür miaut!" Helga spürt am Telefon meine Erleichterung. „Hast du ihn denn gefragt, wo er sich rumgetrieben hat?" „Hab ich", antwortet Helga. „Er hat mir auch geantwortet. Aber du weißt ja, wir haben immer noch einige Schwierigkeiten beim Verstehen seiner Sprache."

Während der Mittagspause sehe ich mir noch einmal das Werbematerial von Quelle an. Die vier Sonnenblumenkerne hat Helga bereits in unserem Blumengarten vor dem Wohnstubenfenster gesät. Warum sollte ich die beiliegenden Coupons nicht ausfüllen und abschicken? Mit jedem ist ein Preis zu gewinnen. „Machen Sie Ihrem Ehepartner, Freunden oder Bekannten ein Geschenk", lese ich auf dem farbig bedruckten Glanzpapier. „Auch die auf dem zweiten und dritten Coupon angegebenen Personen werden in die Auslosung einbezogen!"

Auf den zweiten kommt Helgas Name. Aber was soll mit dem dritten geschehen? Eigentlich sind wir ja drei! Und so schreibe ich auch in das dafür vorgesehene Feld des dritten Loscoupon einen Absender: Moritz, Wilhelm-Pieck-Str. 63.

Die an Quelle adressierte Post kommt noch während der Mittagspause in den Briefkasten. Dann besorge ich Blumen für Helga, was nun kein Problem mehr ist.

Sie hat zwar keinen Geburtstag, aber freuen wird sie sich doch, wenn es am späten Nachmittag zweimal läutet, und ich stehe mit Moritz und einem Blumenstrauß für sie vor der Tür.

Der Fernsehmonteur kommt sehr ungelegen. Heute ist Sonnabend, und spätestens bis zum Mittagessen wollen wir in Erlabrunn sein. Wir haben die Eltern längere Zeit nicht mehr besucht. Ein Umweg ist geplant, und die Abfahrt sollte sich nicht weiter verzögern. „Wie lange brauchen Sie denn etwa?", frage ich den Fernsehmonteur, der im Auftrag der Antennengemeinschaft eine Arbeit in unserem Haus erledigen möchte. „Na, wenn alles gut geht, eine halbe Stunde." Er holt sein Messgerät aus dem Trabbi und schleppt es die Eingangstreppe hoch. Dabei stört er ungewollt unseren Moritz beim Frühstück, das es am Wochenende immer etwas später gibt. Moritz ergreift die Flucht und versteckt sich unter der Hecke gegenüber der Eingangstreppe. Mich verwundert das Verhalten unseres sonst so zutraulichen kleinen Kerls ein wenig. Aber mir erscheint es keineswegs als nachteilig. Es kann kein Fehler sein, wenn Moritz zu fremden Personen erst einmal Distanz wahrt. Haben doch selbst junge und verspielte Katzen wie unser Moritz nicht nur Freunde unter den Menschen.

Helga hat alles, was mit nach Erlabrunn kommt, schon im Vorraum zurechtgestellt. Ich fahre das Auto vor die Eingangstreppe und packe die rote Reisetasche sowie mehrere gefüllte Beutel in den Kofferraum. Leere Plastikbehälter kommen dazu. Sie sind für den Transport der Ziersträucher gedacht, die Mutti bestellt hat. Wir werden über Niederwiesa fahren und in der Baumschule sehen, was jetzt im Angebot ist. Auch Helga hat noch ein paar Wünsche für ihren Blumengarten. Während sie sich im Bad zurechtmacht, nutze ich die Zeit für eine letzte Grundstücksbegehung.

Der zu niedrige Wasserstand im Swimmingpool macht mir wieder einmal Sorgen. Der Gedanke, dem Kleinen könnte hier etwas passieren und der Swimmingpool zu einer tödlichen Falle für ihn werden, ist mir unerträglich. Ich hole ein paar Bretter von dem Holzstoß an Köhlers Gartenzaun. Eines der Bretter klemme ich in Wasserhöhe zwischen Einstiegsleiter und Beckenwand. Ein anderes findet als Ausstieg am hinteren Beckenrand Verwendung. So hat Moritz eine Chance, sich aus dem Wasser zu retten, falls er beim Herumtollen oder einer wilden Jagd nach Insekten doch einmal in das Becken fällt.

Im Hundezwinger ist eine zusätzliche Portion Trockenfutter und eine Schüssel mit Wasser bereitgestellt. Verhungern wird unser Kleiner auf keinen Fall. Trotz aller Fürsorge und der Erfahrung, dass bisher stets alles gut gegangen ist: Die Bedenken lassen sich nicht völlig zerstreuen, und eine gewisse Angst spüre ich immer wieder, wenn wir Moritz hier zwei Tage lang allein zurücklassen müssen.

Der Fernsehmonteur hat sich schon verabschiedet, und sein Trabbi versperrt nicht mehr unsere Zufahrt. Gerade will ich nachsehen, ob Helga fertig ist. Da kommt sie schon, immer noch ein bisschen humpelnd, mit ihrer Handtasche aus der Haustür. Sie bringt auch Moritz' Schüssel heraus und hat noch einmal nachgefüllt, um ihn von unserer Abfahrt abzulenken.

Wo ist er denn? Helga hält von oben Ausschau. „Na sieh nur mal, Volker!", ruft sie plötzlich. „Er liegt vor dem Auto." Etwas ungläubig sehe ich selbst nach. Moritz hat sich wirklich vor das Auto gelegt. „Das hat er doch noch nie gemacht!"

„Da können wir ja gar nicht losfahren", meint Helga. „Moritz will, dass wir hierbleiben!"

Helga bewegt die Wurstschüssel auffällig hin und her. „Moritz, Moritzel, komm!"

Moritz schaut von seinem ungewöhnlichen Liegeplatz auf dem Weg zum Tor nach oben zu Helga. Erst als sie ein zweites

Mal ruft, rappelt er sich langsam auf. Er hoppelt die graue Steintreppe hoch zu seiner Wurstschüssel.

Ich fahre das Auto ein paar Meter nach vorn, und Helga schließt hinter mir das Tor. Dann steigt sie zu, und noch während sie den Gurt anlegt, rollt der Lada langsam der schmalen Zufahrt entlang. Von den Büschen, die den Weg säumen, streifen ein paar zu lang gewordene Äste das Fahrzeug.

Das Verhalten unseres Kleinen geht uns nicht so schnell aus dem Kopf. Wir wollen nicht unbedingt etwas hineindeuten. Aber das kleine Erlebnis vor der Abfahrt bewegt uns doch. Und sicher ist eins: Gern hat es unser Moritz nicht, wenn wir ihn hier allein zurücklassen.

Es ist wirklich sehr spät geworden. „Ich dachte schon, ihr kommt gar nicht mehr!", empfängt uns Mutti an der Wohnungstür. Helga bemüht sich, die Verzögerung zu erklären. „Ach, wir hatten wieder so viel zu erledigen!"

„Aber die Knödel hast du wohl noch warm gehalten?", erkundige ich mich gleich. Noch mal Glück gehabt! Wir können uns schon an den Tisch setzen. Und wie meist, wenn wir nach Erlabrunn kommen, gibt es unser Lieblingsgericht. Das Mittagessen zieht sich in die Länge, nicht nur, weil es uns schmeckt, sondern auch, weil sich nach vier Wochen so einiges angesammelt hat, das zu berichten und zu besprechen ist.

„Habt ihr euch denn nun darauf eingerichtet, kommt ihr morgen mit zu uns nach Frankenberg?", fragt Helga schließlich. „Natürlich!", erhält sie als Antwort. „Wenn es euch nichts ausmacht, würden wir eine Woche bleiben."

„Aber wir sind tagsüber nicht zu Hause – ihr müsst euch dann schon selbst beschäftigen", gebe ich zu bedenken. „Das macht nichts!", meint Mutti. „Wir beschäftigen uns schon, und wir können doch von Frankenberg aus auch einiges unternehmen."

„Es ist gleich zur Übung", sage ich. „Denn wenn wir im Sommer in den Urlaub fahren, sollt ihr das Haus behüten und unseren Moritz versorgen!"

„Wie geht's denn eurem Moritz?"

„Gut geht's ihm!", versichert Helga. „Nur wenn er allein bleiben muss – das hat er nicht so gern." Helga sieht mich an. „Stimmt's, heute wollte er sogar unsere Abfahrt blockieren!" Meine Eltern sind sich nicht sicher, was sie von der Begebenheit halten sollen. „Ihr könnt ja nun wegen eurem Moritz auch nicht immer zu Hause bleiben!"

Das lange Herumsitzen macht faul, und ich denke an das umfangreiche Programm, das wir uns für das Wochenende in Erlabrunn vorgenommen haben. Fragend sehe ich Helga an. „Lohnt es sich, bis zum Kaffeetrinken überhaupt noch etwas anzufangen?"

Helga erhebt sich blitzartig. „Komm, los geht's!"

Meine erste Arbeit draußen ist die Wiederinbetriebnahme des kleinen Springbrunnens im Garten. Behälter und Steine müssen von den Ablagerungen der Wintermonate gesäubert, Hähne gängig gemacht und Schlauchanschlüsse wieder in Ordnung gebracht werden. Indessen zeigt Helga den Eltern die mitgebrachten Sträucher und berät mit ihnen, wo sie eingepflanzt werden sollen. Wir haben mit unseren Arbeiten kaum begonnen, als ein gelber Trabbi über den Wäscheplatz gerollt kommt. Mathias steigt aus und läuft über die Wiese, um uns zu begrüßen. „Na, wie geht's? Was gibt es Neues?" Wir unterhalten uns eine Zeitlang über den Gartenzaun mit Mathias und merken bald, dass es sich wirklich nicht gelohnt hat, vor dem Kaffeetrinken überhaupt noch etwas in Angriff zu nehmen.

Nun sitzen wir schon wieder! „Na, greif zu!", ermutigt Mutti Mathias, sich ebenfalls ein Stück der Aprikosentorte auf den Teller zu nehmen.

Bei uns in Frankenberg gibt es für den jungen Mann noch einiges zu tun, und es wäre wieder einmal notwendig, einen Termin mit ihm zu vereinbaren.

„Zum Wehrdienst eingezogen wirst du nun wohl nicht mehr?", erkundigt sich Helga. Mathias berichtet, wie er im vergangenen Herbst noch die Einberufung zum Spatendienst erhalten hat. Aber er ist zum Wehrkreiskommando gegangen und hat einfach erklärt, dass er die Einberufung ablehnt. Trotz dieser offenen Verweigerung jeglichen Wehrdienstes ist er auch noch freundlich behandelt worden. Die Grenzen waren schon offen! „Da hast du also die Wirrnis ausgenutzt und dich erfolgreich vor allem gedrückt!", kommentiert Helga. Mathias lächelt. „So kann man es auch nennen …" Zivildienst würde er leisten, aber dafür fehlten in der DDR noch die gesetzlichen Grundlagen.

Ich unterbreite Mathias einen Vorschlag. „Du verrichtest deinen Zivildienst bei uns in Frankenberg – wir haben noch viel Arbeit für dich!"

Mathias antwortet mit nachdenklicher Miene. „Ich werde mir euer Angebot durch den Kopf gehen lassen."

Unser Gespräch kommt auf die alltäglichen kleinen Dinge, die mit dem Wandel der Zeit so einhergehen.

„Habt ihr jetzt auch immer so einen vollgestopften Briefkasten?", will Mathias wissen. „Werbematerial, Prospekte, Zeitungen zum Probelesen …" Helga bestätigt seine Aufzählung mit unserer eigenen Erfahrung: „Ja, wir haben abends kaum noch die Zeit, alles zu sichten!"

Auch Mathias sind die Quelle-Aufkleber mit den drei Sonnenblumen an den Heckscheiben der Autos schon aufgefallen. Und ich kann am Tisch berichten, dass wir die Sonnenblumenkerne in die Erde vor dem Wohnstubenfenster gesät haben und uns an dieser groß angelegten Verlosung beteiligt haben. „Wir – alle drei!"

Heiterkeit kommt an unserem Kaffeetisch auf, als ich verrate, mit welchem Absender der dritte Loscoupon unterwegs ist. „Nun stellt euch einmal vor, unser Moritz gewinnt wirklich!"

„So etwas ist bestimmt noch nicht vorgekommen", meint Mathias und verweist auf die verwickelte juristische Lage eines solchen Falles.

Am Sonntagvormittag müssen wir unseren Rückstand aufarbeiten. Länger als geplant beschäftigt mich erst einmal das defekte Schloss in der Wohnungstür der Eltern, und ich renne mit dem ausgebauten Schlosskasten mehrmals zwischen Schuppen und Wohnung hin und her.

Auf dem Wäscheplatz schleicht in der Nähe des Holzstoßes eine halbwüchsige, hübsche graue Katze umher. Ich versuche, mich ein Stück zu nähern, um sie genauer zu mustern. „Ich glaube, hier ist Moritz' Schwester!", rufe ich zu Helga in den Garten hinüber. Helga kommt an den Zaun und schaut in Richtung Holzstoß. „Beschäftige sie ein bisschen, ich komm gleich mal hin!"

Ängstlich weicht die hübsche graue Katze vor uns beiden zurück. Aber sie reißt nicht aus. Man sieht, dass sie im Zweifel ist: Irgendwie habe ich die beiden doch schon mal gesehen! Neugierig bleibt sie in unserer Nähe und sucht immer zutraulicher werdend zu uns Kontakt. Schließlich lässt sich die Hübsche von Helga greifen, ohne Widerstand zu leisten, in den Arm nehmen und streicheln. Wir untersuchen ihr Fell und die schwarze Zeichnung. Alles ist zum Verwechseln ähnlich, und für uns gibt es kaum noch Zweifel: Das ist sie, Moritz' Schwester. Ein paar Kinder, die sich gleich dazugesellen, bestätigen es. „Das ist das Kätzchen, das hier unter dem Holzstoß aufgewachsen ist!"

„Ja, weißt du denn, dass wir dein Brüderchen bei uns haben?", fragt Helga die Kleine, die sich zutraulich bei ihr anschmiegt. Die hübsche graue Katze miaut und sieht Helga mit weit geöffneten, gelbgrünen Augen an. Es hat den Anschein, als hätte sie Helgas Frage verstanden und eine Ahnung, dass wir es waren, die das Brüderchen mitgenommen haben. Ich streichel über ihr Fell und habe das Gefühl, dass sie uns sehr zugeneigt ist. Es tut uns ein wenig leid, dass wir die Kleine hier zurücklassen müssen.

Mutti wird bald zum Mittagessen rufen, und es ist noch nichts fertig. Helga setzt das Katzenfräulein wieder auf den Boden. Unsere hübsche Kleine hebt den Kopf und miaut uns noch ein paar Katzenlaute zu. „Was hat sie jetzt gesagt?", frage ich Helga.

„Sie hat gesagt, dass wir ihrem Brüderchen liebe Grüße ausrichten sollen!"

Das Türschloss ist endlich in Ordnung, und bald hört man auch wieder den Doppelstrahl in dem mit flachen Steinen umfassten kleinen Brunnen plätschern. Bei meinen letzten Arbeiten schaue ich gelegentlich über den Gartenzaun nach der hübschen

Kleinen, die immer noch in der Nähe des alten Holzstoßes herumstrolcht. Ich freue mich auf unsere Heimfahrt. Moritz wird schon warten, und wir werden ihm die Grüße seiner Schwester ausrichten.

Ungewöhnlich zeitig sind wir diesmal mit dem Lada auf der Strecke in Richtung Frankenberg. Helga sitzt wie immer neben mir. Die Hintersitze sind von den Eltern belegt. Sie werden Zeit haben, sich noch bei Tageslicht mit allem vertraut zu machen und sich bei uns einzurichten.

Helga bemerkt die Schrift auf dem großen blauen Schild zuerst. Umleitung! Es wäre auch ein Wunder, wenn einmal kein Abschnitt auf dieser Autobahn in Richtung Dresden gesperrt wäre. Wir benutzen eine Abfahrt zuvor und nehmen zum ersten Mal die Landstraße über Oberlichtenau.

Wie immer auf den letzten Kilometern der Rückfahrt – beim Annähern an unseren neuen Heimatort bohren die gleichen Fragen. Wird alles in Ordnung sein, wenn wir ankommen? Geht es unserem Moritz gut, wird er auch nicht davongelaufen sein? Doch die Angst ist nicht mehr so groß, die Gedanken sind nicht mehr so bedrückend wie in der ersten Zeit. Routine ist im Spiel, die Erfahrung, dass doch immer alles gut gegangen ist.

Ich versuche, die Anzahl unserer Wochenendbesuche in Erlabrunn in der Zeit, seitdem wir uns den kleinen Kerl angeschafft haben, zu überschlagen: neunmal wenigstens, vielleicht schon zehn- oder elfmal haben wir unseren kleinen Kater jeweils zwei Tage lang allein gelassen.

Während ich meine Rechnungen anstelle, nähern wir uns schon der Einfahrt zu unserem Grundstück. Ich muss wegen Gegenverkehr anhalten, dann poltern die Räder über die Unebenheiten des linken Straßenrandes und über den Bürgersteig. Behutsam steuere ich das Fahrzeug durch die schmale Zufahrt. Helga steigt aus und schwenkt die beiden eisernen Torflügel beiseite. Es ist erst gegen 18 Uhr und taghell. Moritz kommt meist gleich angesaust, wenn er das einfahrende Auto vernimmt. Wir beginnen schon mit dem Entladen des Kofferraumes, aber unser Kleiner lässt sich nicht sehen. Vielleicht ist er noch unterwegs und rechnet nicht so zeitig mit uns, denke ich mir.

Wir stellen einen Teil der Koffer und Taschen erst einmal unter dem Dach des Vorhäuschens ab. Die Eltern laufen ein Stück in Richtung Garage. Von hier aus können sie um die Hausecke sehen. Fünf Monate waren sie nicht mehr hier. Sie sind neugierig, was sich alles verändert hat.

„Beginnen wir eben mit einer kleinen Führung", schlage ich vor. Helga stellt die beiden Beutel, die sie gerade in den Händen hat, auf der Treppe ab und folgt mir in wenigen Schritten Abstand. Wir schauen beide über den Gartenzaun in Herrn Müllers Grundstück. „Moritz, Moritzel!", ruft Helga. Oft strolcht unser Kleiner da drüben herum. Aber er scheint unser Rufen nicht zu hören.

Wir holen die Eltern auf der Wiese ein. Sie sind doch überrascht – die Veränderungen sind nicht zu übersehen. „Na, da wart ihr ja fleißig. Das sieht ja schon sehr ordentlich aus!", kommentiert Mutti. Die schönen Büsche und Koniferen kommen nun gut zur Geltung. Das Grundstück beginnt wieder Gestalt anzunehmen und präsentiert sich so, wie es ursprünglich einmal angelegt war.

Staunend verweilen die Eltern vor dem großen Rhododendronstrauch am Swimmingpool. Er steht immer noch in voller Blüte. „Ihr hättet eine Woche früher kommen sollen, da blühten ringsumher noch die Obstbäume in den Gärten", meint Helga.

Ich erreiche über die kleine Treppe den Rand des Schwimmbeckens. Unser Kleiner wird doch nicht verunglückt sein? Mein Blick gleitet über die Wasseroberfläche und auf den Grund des Beckens. Im Wasser ist nichts.

Zehn Minuten sind wir schon hier. Dass sich unser Moritz nicht einfindet, missfällt mir sehr. Mich erfasst das dumpfe Gefühl, dass irgendetwas nicht stimmt. Auch Helga merke ich an, dass sie das ungewöhnliche Ausbleiben unseres Kleinen etwas beunruhigt.

Das Wetter lässt zu wünschen übrig. Es regnet zwar nicht, aber der Himmel ist bedeckt und wirkt unfreundlich. Wir laufen noch ein Stück mit den Eltern im Grundstück umher. Ich dringe mit ihnen zusammen bis zu dem kleinen Nadelwald hinter der Garage vor, und Helga erläutert im Gemüsegarten ihre weiteren Pläne. Aber die richtige Freude kommt bei unserem Rundgang nicht auf – die Stimmung ist gedämpft.

„Dass er nicht mal auf unser Rufen reagiert – spätestens nach ein paar Minuten kam er da doch immer angeflitzt", meint Helga. Wir sind nun überall herumgekrochen, aber von unserem Moritz keine Spur. Es ist noch kein Grund, sich übertriebene Sorgen zu machen oder gar schon das Schlimmste zu befürchten. Ist es doch gelegentlich schon vorgekommen, dass er einen größeren Ausflug unternahm und auch unser Rufen erst einmal erfolglos blieb. „Suchen ist sinnlos – wir können nur abwarten", sage ich zu Helga. Langsam pendelt sie mit den Eltern wieder zum Auto zurück, das immer noch neben der Eingangstreppe abgestellt ist. Ich werfe noch einen Blick in die torlose Garage. „Moritz, Moritzel!", höre ich Helga wieder rufen. Zu dritt stehen sie zwischen Auto und Hecke und schauen über das angrenzende Grundstück in Richtung der Gartenlaube des Nachbarn. Da vernehme ich erneut Helgas Stimme. Ein Gefühl der Erleichterung schwingt in ihren Worten. „Na, da ist er doch! Hallo Moritzel! Na komm!"

Ich beeile mich, an die Stelle zu gelangen, die über die niedrig geschnittene Hecke hinweg den Einblick in Herrn Müllers Garten erlaubt. Den Eltern gelingt es nicht, auf Anhieb den kleinen grauen Kerl in dem ausgedehnten Grundstück des Nachbarn ausfindig zu machen. Aber nun hat ihn auch Mutti entdeckt. „Ja, dort!" Ihre Hand zeigt auf die kleine Wiese. „Jetzt sehe ich ihn auch! Aber er humpelt doch!"

Ich bekomme unseren Kleinen zu Gesicht, als er sich gerade auf das an die Wiese angrenzende Erdbeerbeet zubewegt. Er läuft geradewegs auf uns zu. Helga macht ein besorgtes Gesicht. „Ja, er humpelt! Und was ist denn mit seinem hinteren Bein?" Anders als gewohnt kommt Moritz nur langsam voran. Er ist offenbar verletzt und quält sich mühsam vorwärts. Mein erster Gedanke: Wir bekommen Sorgen – da kommt ein Sorgenkind auf uns zugehumpelt. Noch wissen wir nicht, was passiert ist und wie schlimm es ist. Ab und zu verweilt Moritz einen Moment auf der Stelle, sieht zu uns herüber und miaut. Ich weiß die schwache Stimme zu deuten. Es ist diesmal nicht das vertraute Begrüßungsmiauen. Klagende Laute sind zu vernehmen. Unserem Moritz geht es schlecht. Es muss eine schwere Verletzung sein. Ja, es sieht so aus, als fehlt ihm hinten das Bein. „Vielleicht hat er es nur angezogen", meint Helga optimistisch bleibend. Moritz lässt sich durch nichts ablenken, kommt auf kürzestem Wege auf die Stelle zu, an der wir auf ihn warten. Nun ist er schon dicht vor der Hecke. Ich möchte gern so optimistisch sein wie Helga. Aber ich kann kein angezogenes Bein entdecken – ich befürchte, dass unserem Moritz ein schlimmes Unglück widerfahren ist.

„Wir müssen es uns erst mal richtig ansehen", sagt Helga und kauert sich vor die Hecke, um Moritz in Empfang zu nehmen. Kläglich miauend kommt er unter der Hecke hervor und begibt sich direkt in Helgas Hände. Helga fasst ihn unter den Vorderbeinen und hebt ihn hoch. Wir sehen den kleinen grauen Körper mit Entsetzen. Moritz hat nur noch drei Beine. Helga ist fassungslos und weiß nicht, ob sie ihren Augen trauen soll. „Du armer kleiner Kerl, was ist denn nur mit dir passiert? Mein lieber kleiner Moritz!" Moritz antwortet mit wehleidiger Stimme und miaut, als wolle er uns von seinem Unglück berichten. So sensibel ich sonst reagiere, wenn mit ihm etwas passiert ist – das unserem Moritz zugefügte Leid ist diesmal zu groß. In meinem Inneren ist etwas blockiert, und der Schmerz findet noch keinen Zugang. Ich fühle nur ein dumpfes Drücken in der Brust. Doch die möglichen Konsequenzen sind schnell zu begreifen, und der Gedanke, dass wir uns vielleicht sogar von unserem Kleinen trennen müssen, treibt mir nun die Tränen in die Augen. Ich umarme Helga. Moritz ist zwischen uns. Wir drei rücken dicht zusammen, und es ist, als wollte ich von der restlichen Welt nichts mehr wissen.

„Ein großes Unglück", sage ich mit schwerer Stimme zu Helga. Ich bin so fassungslos wie sie und weiß nichts Besseres zu sagen. Und so wiederhole ich nach einem Moment des Schweigens nur die gleichen drei Worte: „Ein großes Unglück."

„Mal sehen, ob er noch andere Verletzungen hat …" Helga sieht sich den kleinen Kerl noch einmal ganz genau an. Sie kann nichts entdecken – keine Spuren von einem Kampf, absolut keine anderen Verletzungen. Wir sind uns beide sofort einig – ein Autounfall war das nicht, das würde anders aussehen, und einen Kampf mit einem anderen Tier können wir ebenfalls ausschließen. Das Hinterbein ist dicht am Körper abgetrennt.

Ratlos betrachten auch die Eltern die große Wunde. „Das sieht ja aus wie abgehackt", wirft Mutti ein. Auch in mir wächst nun die Überzeugung, dass der kleine Kater einem Sadisten in die Hände gefallen sein muss. Der Vorfall im Herbst vergangenen Jahres, als Moritz mit fettverklistertem Fell nach Hause kam, kommt mir sofort in Erinnerung. Da konnten wir unserem Kleinen noch helfen. Doch einer Katze mit der Axt das Bein abzuschlagen – wer kann zu solch einer grausigen Tat fähig sein?

Wenn das wirklich einer getan hat ... Ich fühle Wut und bitteren Hass in mir aufsteigen. Ich versuche, mir diesen Menschen vorzustellen. Man wird ihm äußerlich nichts ansehen. Er hat keine gesunde Seele. Aber es reicht nicht aus festzustellen, dass er eine kranke Seele hat. Man müsste die Hülle durchdringen können, um Aufschluss zu erhalten. Für einen Augenblick ist mir, als würde ich das Innere des Täters erblicken. Und ich sehe, es ist ein hässlicher Krüppel.

Mein Schmerz verbindet sich mit schwer zähmbarem Hass, aber auch mit Zweifeln. Kommt wirklich nur ein solch grausamer Anschlag infrage, sind nicht doch noch andere Erklärungen möglich? Hat vielleicht eine Falle unserem Moritz das Bein abgeschlagen? Wir werden es jetzt nicht klären können, und Eile ist geboten. Moritz hat Schmerzen, und Helga kann ihn kaum noch im Arm halten.

„Ich glaube, Köhlers sind im Garten", sagt Helga. „Vielleicht wissen sie einen Rat, was wir tun können." Ich fühle mich ziemlich kopflos und renne Helga einfach hinterher, als sie Moritz zum Gartenzaun trägt.

Köhlers bleiben ein paar Schritte vor dem Zaun stehen. Ich habe das Gefühl, dass sie gar nicht richtig hinsehen können. Herr Köhler erläutert uns, wo der Tierarzt wohnt. „Vielleicht haben Sie Glück und treffen ihn zu Hause an!"

Das Auto steht noch abfahrtbereit vor der Haustür. „Bring schnell das graue Handtuch aus dem Bad!", ruft mir Helga zu. „Damit ich ihn auf den Schoß nehmen kann. Mach schnell! Er krallt sich bei mir ein – ich kann ihn wirklich bald nicht mehr halten!"

Ich nehme die zwei abgestellten Koffer mit in das Haus. „Ihr müsst euch nun erst einmal selbst um euch kümmern", versuche ich mich bei den Eltern zu entschuldigen. Es tut mir leid, dass ihr Besuch bei uns einen solch unglücklichen Anfang nimmt. „Fahrt nur los, wir kommen schon zurecht", versucht mich Mutti zu beruhigen. „Und fahrt langsam!"

Bis zu dem neu errichteten Eigenheim des Tierarztes sind es nur wenige Hundert Meter weit. Ein hölzerner Laufsteg ersetzt die noch nicht vorhandene Treppe zur Haustür. Wir haben Glück – es ist jemand zu Hause. Eine Frau öffnet und betrachtet mitleidig das Bündel Unglück, das Helga im Arm trägt. Wir erfahren, dass ihr Mann gerade Dienst hat. Sie erklärt uns, wo die Tierklinik ist und auf welchem Wege man am schnellsten dahin gelangt. Da liegt noch eine Viertelstunde Fahrt mit dem Kleinen vor uns. Es wird das Beste sein, sich sofort auf den Weg zu machen. Die Frau des Tierarztes ruft uns noch etwas hinterher: „Ich telefoniere gleich mit meinem Mann, damit er Bescheid weiß, wenn Sie kommen!"

Wie konnte das nur passieren? Wir werden beide mit dieser quälenden Frage nicht fertig. Ich fahre zügig und kann nur gelegentlich zur Seite schauen. Moritz liegt mit dem grauen Handtuch als Unterlage auf Helgas Schoß und weiß nicht, was mit ihm geschieht. Wird er sich erinnern? Es ist acht Monate her, als er das letzte Mal im Auto saß. Und es war eine Reise in die andere Richtung, die Fahrt auf dem Weg in sein neues Zuhause.

Moritz krallt sich verunsichert und von Schmerzen geplagt bei Helga fest. „Es muss schon eine ganze Zeit her sein, als es passiert ist", sagt Helga. „Was glaubst du, wie das schon riecht!" Sie redet beruhigend auf Moritz ein, und ihre Hand streichelt über das graue Köpfchen. Ich bin zum ersten Mal in meinem Leben mit solch einer schlimmen Verletzung konfrontiert. Im Krieg lagen Menschen mit abgerissenen Beinen auf den Schlachtfeldern. Die Erfahrung mit dem Schlachtfeld ist uns erspart geblieben, und doch gibt es Momente wie diesen, wo man das Wort Krieg besser begreifen lernt. Es ist das Wort für ein grausiges Spiel.

Aber was hat unseren Moritz in dieses Unglück gestoßen? Alle möglichen Gefahren hatten wir im Auge, und wir versuchten sie, so gut es nur ging, von dem kleinen Kerl abzuwenden. Nun steht Moritz' Leben plötzlich auf dem Spiel, und die Gefahr lauerte dort, wo wir sie nicht vermuten konnten und ihr nicht zu begegnen war. Alles sträubt sich in mir, das Geschehene überhaupt als unumstößliche Tatsache zu akzeptieren. Als widersinnig und absurd empfinde ich das Unglück, das unserem Moritz zugestoßen ist.

In der Eile fahre ich etwas scharf in die Kurve. Moritz drückt es auf Helgas Schoß etwas zur Seite, und er wimmert. Bei jeder falschen Bewegung schmerzt die große Wunde, und Helga hat Mühe, ihn wieder zu beruhigen.

Ich habe die Fahrgeschwindigkeit nun stark verringert. Helga schweigt. Ich fühle, was sie bedrückt und dass es die gleiche beklemmende Frage ist, die uns beide beschäftigt. Wir nähern uns schon der Tierklinik. Zögernd und unsicher versuche ich diese Frage nun doch einmal anzusprechen: Wie soll es weitergehen? Was soll mit unserem Kleinen werden?

„Was meinst du?", frage ich Helga. „Lassen wir ihn einschläfern?" Wir wenden uns dem Thema zu und wissen, dass vieles dafür spricht. Es ist zu bedenken, dass unserem Moritz und uns selbst so vieles erspart bliebe. Trotzdem möchte sich Helga noch nicht festlegen. „Wir wollen sehen, was uns der Tierarzt rät!"

Es dauert geraume Zeit, bis wir mit unserem Moritz in den Behandlungsraum kommen.

Wir überreichen ihn dem Mann im weißen Kittel. Der Tierarzt fasst unseren Kleinen am Körper unter den Vorderbeinen und hebt ihn in Kopfhöhe. Er ist von dieser schweren Verletzung nicht minder überrascht. „Na, das sieht ja schlimm aus! Wie ist denn das passiert?"

„Wir wissen es nicht", antworten wir beide fast gleichzeitig. „Wir haben überhaupt keine Erklärung – es ist uns ein Rätsel!"

Der Tierarzt ist offenbar in seiner Praxis mit solch einer ungewöhnlichen Art von Verletzung noch nicht in Berührung gekommen. Eine plausible Erklärung für den Hergang des Unglücks fällt schwer. Er legt Moritz mit dem grauen Handtuch als Unterlage auf einen kleinen schalenförmigen Behandlungstisch aus Edelstahl und beginnt, die große Wunde noch einmal gründlich zu untersuchen. Moritz miaut ängstlich, und Helga tritt an den Tisch, um ihm gut zuzureden und ihn zu beruhigen. Der Tierarzt macht ein sehr bedenkliches Gesicht. „Das sieht wirklich nicht gut aus. Und das Bein kann ich natürlich auch nicht wieder ranmachen …" Beklemmende Augenblicke des Schweigens. Dann fragen wir nach seinem Rat. Es kommt so, wie wir es wohl beide schon befürchtet haben.

„Er wird nichts davon merken", versichert uns der Mann im weißen Kittel. „Die Spritze enthält eine Überdosis Morphium."

„Es ist sehr schade", sage ich ziemlich gefasst und so, als wäre ich damit noch nicht voll einverstanden. „Er ist so ein lieber Kerl und erst zehn Monate alt!"

Der Tierarzt hat Verständnis für unseren Kummer, doch hier kann er nicht mehr helfen.

Wir müssten die Verantwortung dafür tragen und alle Konsequenzen auf uns nehmen, wenn wir mit dem schwer verletzten kleinen Kerl den Behandlungsraum wieder verlassen würden.

Der Mann im weißen Kittel setzt sich an den Schreibtisch, um etwas in sein Buch einzutragen. Er fragt mich nach Namen, Wohnanschrift usw. Ich beantworte seine Fragen, während Helga, den Tränen nahe, sich unserem Kleinen zuwendet und ihn liebevoll streichelt. Moritz unternimmt keinen Versuch, seinen Platz auf dem grauen Handtuch zu verlassen. Erschöpft und verunsichert über das, was hier mit ihm geschieht, liegt er auf dem Behandlungstisch. Die Formalitäten sind schnell erledigt, und Helga macht mir an dem kleinen Tisch in der Mitte des Raumes ein wenig Platz.

„Mein lieber Moritz!" Meine Hand streichelt über das graue Köpfchen und drückt die beiden spitzen Ohren dabei etwas nach hinten. Unverwechselbar liegt der Kleine vor uns. Wie vertraut sind mir die schöne Zeichnung in seinem Fell, die vier dünnen schwarzen Linien, die zwischen den spitzen Ohren hindurchlaufen. Ich bücke mich etwas herunter und komme mit meinem Kopf dem armen Kerl ganz nahe. „Mein Guter!" Moritz sieht mich mit seinen großen runden Augen Hilfe suchend an. Er weicht keinen Zentimeter zurück – es ist das vertraute Gesicht. Ich fühle, wie er das Streicheln seines Körpers genießt, wie ihm die zärtliche Zuwendung die schmerzende Wunde für einen Moment vergessen lässt. Für wenige Augenblicke mag es ihm scheinen, als wäre nun alles wieder gut. Aber ich weiß, es ist der Abschied.

Der Tierarzt hat sich neben uns gestellt und wartet ein wenig. „Ich nehme ihn jetzt mit", sagt er einfühlsam.

„Ach so ..." Mir wird es jetzt erst klar – wir werden also nicht dabei sein. Wir haben dem Tierarzt nur noch auf Wiedersehen zu sagen.

Helga läuft auf die Ausgangstür zu. Ich folge in wenigen Schritten Abstand und schaue noch einmal zu dem Mann im weißen Kittel zurück. Er trägt das kleine graue Bündel mitsamt Handtuch im Arm durch das Behandlungszimmer und verschwindet damit in einem Nebenraum. Durch den Türspalt erfasst mein letzter Blick eine gefliese Wand.

Helga ist schon im Gang mit dem bereits geschlossenen Annahmefenster. Ich fühle mich wie vor den Kopf geschlagen. Ich sehe sie an und suche nach Worten. „Unser Moritz ..." Helga wendet mir den Rücken zu, stellt sich an die weiß getünchte Wand und beginnt zu weinen. Nun überwältigt auch mich mit ganzer Wucht das Gefühl der Trauer über den Verlust unseres Kleinen. Ich nehme Helga in die Arme. Unsere Seelen ringen mit dem Schmerz. Wann habe ich das letzte Mal geweint? Ich kann mich nicht daran erinnern. Aber nun fließen die Tränen.

Es ist ruhig im Gang, keiner stört, und niemand wird Zeuge unseres Kummers. Wir weinen wie zwei hilflose Kinder und rühren uns nicht von der Stelle. Es ist wie eine stille Absprache. Wir bleiben hier im Gebäude, so nahe wie möglich bei unserem Kleinen, in den Augenblicken, wo er aus dem Leben scheidet.

Der Lada steht immer noch allein auf dem Parkplatz. Wir haben nun keine Eile mehr. „Soll ich fahren?", fragt Helga. Ich suche etwas zerstreut den Zündschlüssel in der Hosentasche und gehe auf die linke Tür zu. „Ich fahr schon …"

Das Auto rollt langsam bergab durch das Siedlungsgebiet am Rande der Stadt. Wir wechseln kaum ein Wort und sind beide noch benommen von dem schmerzlichen Erlebnis. Erst allmählich finden wir unsere Sprache wieder, und wir sprechen über das, was uns nun am meisten bewegt: Haben wir richtig entschieden?

Helga verweist auf die Gefahr einer schweren Infektion. „Man kann eine Katze doch nicht wochenlang festhalten, bis eine solch große Wunde verheilt ist. Und dann, was wäre es für ein Leben für unseren Moritz – mit drei Beinen. Ein Kater, der sein Leben lang nicht mehr richtig klettern, nicht mehr ausgelassen herumtollen, ja, nicht einmal mehr sein Revier gegen andere Katzen verteidigen kann."

Es sind auch meine eigenen Gedanken und Überlegungen. „Und er hatte noch ein langes Leben vor sich, fast sein ganzes – das ist es ja …"

Es bleibt das einzige Thema auf unserer Rückfahrt: Das Für und Wider. Es ist wie eine Suche, als wäre uns die Pflicht auferlegt, unsere Entscheidung zu rechtfertigen. Und wir machen es uns nicht leicht.

Die Eltern haben sich mittlerweile allein eingerichtet. Sie stellen keine Fragen, als wir zurückkommen. Sie lesen die schlechte Nachricht in den geröteten Augen. Unseren Moritz gibt es nicht mehr.

Die beiden haben mit dem Abendbrot gewartet, doch der Tisch ist schon halb gedeckt. Helga zeigt Mutti in der Küche, wo sie die restlichen Dinge aufbewahrt.

Mir geht Moritz' Lebensablauf durch den Kopf. Niemand kennt Geburtsstunde und -tag. Wir wissen mit Sicherheit nur, dass es die zweite Juliwoche war, als der kleine Kerl unter dem Holzstoß zur Welt kam.

Ich schaue auf die Uhr. Ich rechne die Fahrzeit ein und dann noch einmal ca. zehn Minuten zurück: So schied also unser Kleiner heute am 13. Mai gegen 19.30 Uhr aus dem Leben.

Kaum bei der Sache, gieße ich Getränke in die Gläser. Es ist mir klar, dass nichts mehr zu ändern ist. Aber die Frage, auf welche Weise unser Moritz zu dieser schlimmen, ungewöhnlichen Verletzung gekommen ist, beschäftigt mich nun wieder unentwegt. Lässt sich nicht wenigstens klären, wie lange sich der kleine Kerl mit der schweren Verletzung herumquälen musste? Ist es heute passiert oder gar schon am Sonnabend?

„Wo rennst du denn jetzt noch hin?", fragt Helga. Ich hoffe, im Hundezwinger eine erste Antwort auf die Frage zu finden. Hatte ich doch vor unserer Abfahrt noch einmal die Decke auf dem Heu in Moritz' Nachtlager glatt gezogen. Nun kann ich mich an der Holzstiege überzeugen. Moritz hat hier übernachtet!

„Nur ein paar Erdkrümel sind in der eingedrückten Kuhle zu finden – keinerlei Blutspuren", kann ich Helga berichten. Also ist es erst heute passiert. Hätten wir unsere Rückfahrt aus irgendeinem Grund noch ein paar Stunden vorverlegt, vielleicht wäre unserem Moritz das schlimme Unglück erspart geblieben. Wenigstens hätten wir ihm eher beistehen können. Sicher hat er Hilfe gesucht – aber es war niemand zu Hause.

Eine bedrückende, schwermütige Stimmung hat uns alle erfasst, und wir finden am Tisch zu keinem anderen Gesprächsstoff. Wir diskutieren alle möglichen Varianten und alle nur erdenklichen Unfallursachen. Von dem gelben Bagger angefangen, der einige Hundert Meter weiter mit lautem Tuckern seine Arbeit verrichtete, bis hin zu den Verletzungsmöglichkeiten durch Berührung mit Rasenmähern und Heckenscheren. Doch wie sollte unser flinkes Kerlchen von einem solch laut tönenden Ungeheuer oder einem lärmenden Gartengerät erfasst werden? Hatte Moritz doch schon vor einer laufenden Bohrmaschine Respekt, machte er doch um alles einen großen Bogen, was unliebsame Geräusche von sich gab. Natürlicher Instinkt und Gewandtheit bewahren eine Katze vor vielen Gefahren, und so ist eines sicher: Das

Unheil kann nur auf ganz heimtückische Weise auf den kleinen Kater zugekommen sein. Ob ihm eine gesetzwidrig aufgestellte Falle in irgendeinem der umliegenden Gärten zum Verhängnis wurde oder die Berührung mit einem brutalen Sadisten – Menschenhand war im Spiel. Und da es sich kaum um ein Versehen handelte, in sehr unrühmlicher Weise.

Unser Abendessen zieht sich in die Länge, und es fällt schwer, die Gedanken von dem traurigen Ereignis zu lösen. Mir ist, als gäbe es nun nichts Wichtiges mehr zu tun und als hätte die Zeit erst einmal aufgehört, mein Leben zu dirigieren. Der Gedanke an den Tod unseres kleinen Moritz verbindet sich mit dem Gefühl der Ohnmacht. Die liebevolle Zuwendung und unsere Fürsorge haben nichts genützt. So manche Katze, um die sich kaum einer kümmerte, erreichte ein hohes Lebensalter. Man hält es gern für das eigene Verdienst, wenn alles in Ordnung ist, wenn es allen gut geht und wenn eine kleine graue Katze ausgelassen auf der Wiese herumtollen kann. Aber es ist nur ganz wenig unser Verdienst. Ich muss erkennen, dass es Geschenke sind, die uns jederzeit wieder genommen werden können.

Der Bungalow Wächtlers ist von unserem Haus nur wenige Schritte entfernt. Helga glaubt, dass ich mich noch im Keller aufhalte, als ich schon Herrn Wächtler und seiner Frau die schlimme Geschichte berichte, die sich am heutigen Tage zugetragen hat. Ihre Anteilnahme und Betroffenheit ist nicht gespielt. Sie hatten den kleinen lustigen Kerl oft bei sich. Aber zu dem Hergang des Unglücks heute können sie sehr wenig sagen.

„Mir ist eine stark humpelnde Katze aufgefallen, und ich habe mich gleich gefragt, ob es Ihr Moritz ist", berichtet Herr Wächtler. „Sie lief in Ihrem Grundstück umher – aus der Nähe habe ich sie aber nicht zu Gesicht bekommen. Es muss so um die Mittagszeit gewesen sein."

Die Nachbarn zeigen großes Verständnis für meinen Kummer, und ich bin froh, dass ich in Ruhe alle Gedanken zu dieser traurigen Angelegenheit mit ihnen austauschen kann. Wächtlers waren schon seit heute früh hier. Trotzdem können sie mir bei der Aufklärung des Unglücks im Moment nicht weiterhelfen. Ich möchte sie nun nicht länger aufhalten und begebe mich an den Blumenrabatten ihres Gartens vorbei wieder auf den Weg nach Hause. „Wir geben Ihnen Bescheid, sobald wir etwas wissen!", höre ich Frau Wächtler noch rufen.

„Wir wundern uns, wo du so lange steckst", empfängt mich Helga. Ich berichte ihr von meinem kleinen Ausflug und was von Wächtlers zu erfahren war. „Unser Moritz ist wohl doch schon ziemlich lange mit der schweren Verwundung herumgelaufen. Kurz nach Mittag haben sie ihn gesehen …" Das Sprechen macht mir große Mühe. „Er war vor unserem Haus, er hat uns gesucht."
Ich merke, dass auch Helga den Tränen wieder nahe ist.

Draußen ist es dunkel geworden. Es wird Zeit, schlafen zu gehen. Der Kopf ist schwer, und ich fühle mich erschöpft.
Doch heute fürchte ich das Bett. Ich habe Angst vor der Nacht und der Stille.
Helga kommt gleich mit ein paar Taschentüchern in das Schlafzimmer und legt sie auf das Nachtschränkchen. Das Licht brennt noch eine Weile, und unsere Hände finden zueinander. Es scheint, als kommen wir mit dem, was uns der Tag heute beschert hat, überhaupt nicht zurecht. Der Schmerz über den Verlust unseres Kleinen ist nicht so bald ausgestanden. Ich ahne schon, was auf mich zukommt, wenn ich morgen früh mit Helga vor der Haustür stehe, und ich kann mich von unserem Moritz nicht mehr verabschieden.
Welch trauriger Augenblick erwartet mich, wenn ich abends zurückkomme, und der kleine Kerl springt nicht mehr miauend aus der Hecke hervor, um mich zu begrüßen, und ich weiß – es wird nie mehr sein!
Es ist nicht schwer, meinen großen Kummer zu verstehen. Schon als Kind habe ich mich gern mit den kleinen verspielten Tieren abgegeben. Wie viele Jahre mussten vergehen, bis es möglich war, mir ein eigenes Kätzchen zuzulegen! Wir sind zusammen mit dem kleinen Kater in die fremde Stadt gezogen, und wir lebten hier alle drei in einem neuen Zuhause.

„Moritz hat uns bei alledem, was wir hier begonnen haben, begleitet. Er gehörte von Anfang an dazu, und er hat uns so viel Freude bereitet", sage ich voller Wehmut zu Helga. „Und was für ein anhänglicher kleiner Kerl er war", fügt Helga hinzu.

„Ja, er versuchte immer dabei zu sein. Er suchte unsere Nähe – und nicht nur, wenn es was zu futtern gab."

Es ist nun schon neun Monate her. „Den bekommt ihr nicht zahm!" Mir klingen die Diskussionen an dem alten Holzstoß und Günters Warnungen noch im Ohr. Da hat man uns doch tatsächlich abgeraten. Der wild aufgewachsene kleine Kater ließe sich nun nicht mehr eingewöhnen.

Unser Moritz – nicht zahm! Die ungewöhnlich enge Bindung an uns beide entwickelte sich schon in den ersten Wochen. Er hatte zu uns absolutes Vertrauen. Aber auch gegenüber den Nachbarn war er bald sehr zutraulich. Alle gaben sich mit ihm ab und waren gut zu ihm. Schlechte Erfahrungen und Gefahren spielten in seinem kurzen Leben wohl keine bedeutende Rolle. Für unseren Moritz war es eine heile Welt.

Eine zu heile Welt! Vielleicht wurde ihm seine Zutraulichkeit zum Verhängnis. Vielleicht hat er sich einem Menschen anvertraut, zu dem er nicht hätte gehen sollen.

Ich lausche in die nächtliche Stille und finde keine Ruhe. Die aufgewühlte Seele hält mich wach, und die Bilder aus dem Leben unseres lieben kleinen Kerls ziehen an mir vorüber. Ich sehe noch einmal ganz deutlich, was für ein einsichtiges Kerlchen wir uns zugelegt hatten. Seine Einsichtigkeit und seine Bereitschaft, sich unseren Wünschen anzupassen, war für uns oft verblüffend und bewegend zugleich. Ein strenger Blick, die gehobene Stimme Helgas, genügte. Aufmerksam und sensibel reagierte der Kleine, wenn er merkte, dass wir mit dem, was er gerade anstellte, nicht einverstanden waren. Dabei war doch keinerlei Züchtigung im Spiel. Wenn er mal einen Klaps auf den Po bekam, was selten genug passierte, so war dies mehr symbolischer Natur als die Absicht, ihm wirklich wehzutun. Ich bin mir sicher, dass er mehr gespürt hat, wenn er bei der Insektenjagd nach einem seiner wilden Luftsprünge wieder auf dem Boden landete. Es gibt keine andere Erklärung. Ich glaube, dass er darauf bedacht war, mit uns in gutem Einvernehmen zu leben.

Mir geht die viele Arbeit durch den Sinn, die seit der Übernahme des Hauses zu bewältigen war. Trotz aller liebevollen Zuwendung – wie oft war unser Moritz sich selbst überlassen. Es fehlte die Zeit, sich so häufig mit ihm abzugeben, wie er es sicher gern gehabt hätte. Aber wir sind ein gutes Stück vorangekommen, der Zeitpunkt ist nahe gerückt, wo sich wieder mehr Spielraum für die kleinen, angenehmen Dinge des Lebens eröffnet. Ich muss an Köhlers gelb-weiß gemusterte Katze denken, die immer mal durch unser Grundstück strolcht und schon das stattliche Katzenalter von 13 Jahren erreicht hat. Wie lange hätten wir unseren Moritz noch bei uns haben können, wie viele Jahre wäre noch Zeit gewesen, das Versäumte nachzuholen!

Die Nacht ist wie angewurzelt, und die Stunden vergehen schlaflos. Ich setze mich auf die Bettkante und schaue hinaus in den Garten. Alles ist in Finsternis gehüllt, doch mitten in dem Dunkel leuchtet schwach ein weißer Berg. Die Blüten des Rhododendrons strahlen ihr Weiß in die Nacht. Der große Strauch war Moritz' Versteck, als er sich am ersten Tag nicht wieder einfangen lassen wollte. Unter seinen Blättern suchte er Schatten an heißen Tagen, und von hier aus startete er so manchen seiner Überfälle, wenn jemand dicht daran vorbeilief.

Auch Helga schläft noch nicht. Sie merkt, dass ich mich herumquäle, und als ich wieder in das Bett komme, streichelt ihre Hand über mein Gesicht. Noch einmal bäumt sich alles in mir auf. Doch jetzt gilt es, sich zusammenzunehmen. Zu lautes Klagen wegen einer kleinen grauen Katze, von denen es hunderttausend auf der Welt gibt, ziemt sich nicht. Wer weiß schon außer uns beiden, dass unser Moritz einzig war. Es war doch unser verzauberter kleiner Prinz – wir werden es nun nicht mehr beweisen können.

Lautlos laufen Tränen in Helgas Hand. Ich schaue nicht nach der Uhr, aber ich hoffe, dass diese Nacht bald vorüber ist. Angespannt suche ich nach einem kleinen Halt, nach irgendetwas, das uns doch ein wenig trösten kann.

Wenn das Leben unseres Kleinen auch kurz war, eines ist sicher: Er hatte es gut bei uns, wirklich gut. Und wir haben mit der schweren Entscheidung, die uns auferlegt war, wohl doch noch das Beste für ihn getan. Er ist ohne Leid und Schmerzen aus dem Leben geschieden. Eingeschlummert ist er unter der Wirkung der Morphiumspritze. Und sicher spukte dabei ein letzter schöner Traum durch seinen Kopf. Vielleicht tollte er in seinem Traum noch einmal im hohen Gras herum. Oder strolchte er zwischen den Blumen in Nachbars Garten umher – auf der Jagd nach einem bunten Schmetterling, der ihm im letzten Augenblick doch immer wieder davonflatterte? Führte ihn der Traum nicht gar auf die braune Decke in seinem Sessel am Fenster oder auf die Couch – in unsere gemütliche Ecke? Vielleicht spürte er träumend noch einmal eine zärtliche Hand, die seinen Bauch streichelte.

Die Suche nach einem Halt lenkt meine Gedanken auf die letzten Erlebnisse mit unserem Kleinen. Befürchteten wir nicht wieder einmal, unser Moritz ist verschwunden, als wir am Abend ankamen? Er war nicht verschwunden – und ich finde in dem schlimmen Bild, als er so schwer angeschlagen durch Nachbars Garten humpelte, nun auch einen kleinen Trost. Ich werde das Bild nicht vergessen, wie er sich über die Wiese und durch die Beete quälte, auf kürzestem Wege auf uns zu lief, durch die Hecke hindurch und direkt in Helgas Hände.

Helga ist noch wach. Ich wende mich ihr zu, weil ich ihr sagen möchte, was mir gerade durch den Kopf geht, und sie ermuntert mich, das Herz zu erleichtern. Schwermut, aber auch ein bisschen Stolz schwingt in meiner Stimme.

„Weißt du, wir hatten immer Angst, wenn wir aus Erlabrunn zurückkamen. Wir dachten, er würde uns einmal davonlaufen, wenn wir ihn so lange allein lassen. Aber Moritz ist nicht davongelaufen. Er ist immer zu uns zurückgekommen – auch dieses Mal, sein letztes Mal."

Der Autor

Der 1943 bei Dresden geborene Autor hat nach einer Facharbeiter-Ausbildung als Elektromechaniker und nach einem Universitäts-Studium im Bereich Hochfrequenztechnik als Forschungsingenieur in der Datenverarbeitung und Lasertechnik gearbeitet. Nach „Die Pinien der Cote d'Azur" ist dies die zweite Veröffentlichung, die in unserem Hause vorliegt. Neben Veröffentlichungen im technischen und naturwissenschaftlichen Bereich widmet er sich heute weiteren schriftstellerischen Aufgaben.

novum ▲ VERLAG FÜR NEUAUTOREN

Der Verlag

„ *Wer aufhört
besser zu werden,
hat aufgehört
gut zu sein!*

Basierend auf diesem Motto ist es dem novum Verlag ein Anliegen neue Manuskripte aufzuspüren, zu veröffentlichen und deren Autoren langfristig zu fördern. Mittlerweile gilt der 1997 gegründete und mehrfach prämierte Verlag als Spezialist für Neuautoren in Deutschland, Österreich und der Schweiz.

Für jedes neue Manuskript wird innerhalb weniger Wochen eine kostenfreie, unverbindliche Lektorats-Prüfung erstellt.

Weitere Informationen zum Verlag und
seinen Büchern finden Sie im Internet unter:

w w w . n o v u m v e r l a g . c o m

novum VERLAG FÜR NEUAUTOREN

Bewerten Sie dieses Buch auf unserer Homepage!

www.novumverlag.com